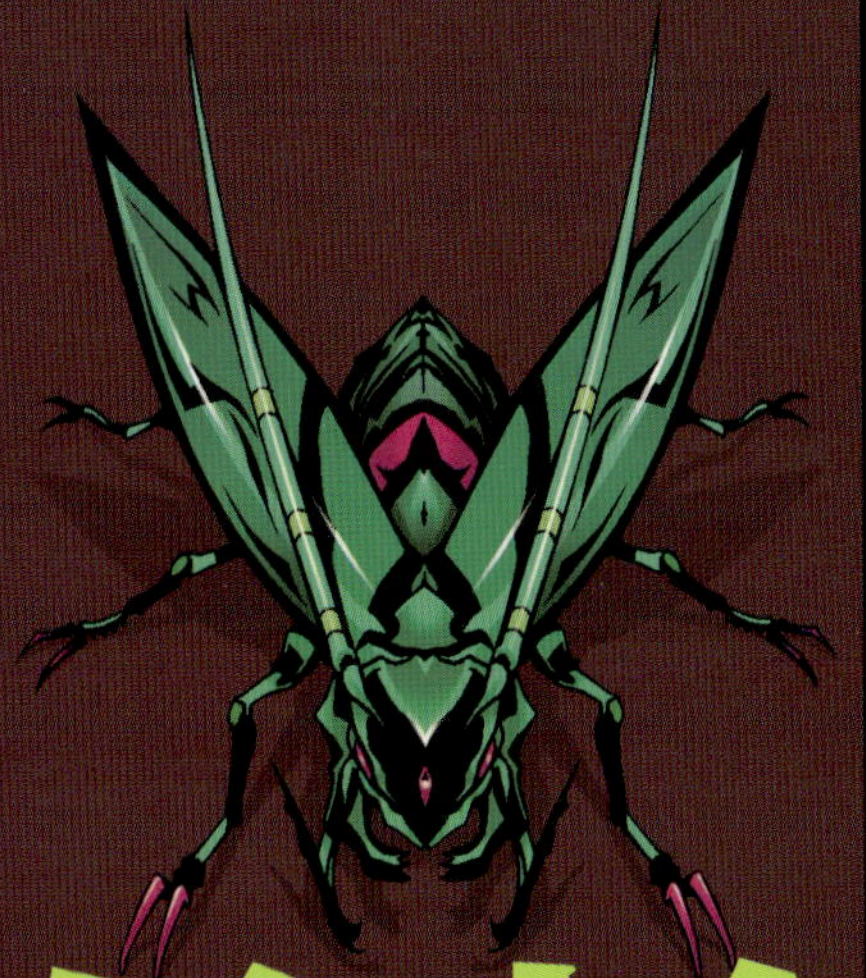

ムシウタ

MU SHI- UTA

12.夢醒める迷宮（上）

岩井恭平

OPS2
“眠り姫”の覚醒
harukiyo
ume
terasu
“C”殲滅
OPS1

kabuto
aijisupa
Siika
nanana
himiko
“大喰い”の殲滅
OPS3
kasuon

ずっと探し続けていたんだぜ。お前をな。

ムシウタ

12. 夢醒める迷宮（上）

岩井恭平

角川スニーカー文庫

17467

CONTENTS

ムシウタ

MU SHI- UTA

12.夢醒める迷宮（上）

Characters of MUSHI UTA

キャラクター紹介

薬屋大助

Daisuke Kusuriya

特別環境保全事務局＝特環の東中央支部局員“かっこう”。最強にして最も冷酷な虫憑きとされる。離ればなれになっている詩歌とは、クリスマスの再会を誓う。

杏本詩歌

Shiika Anmoto

その特異な能力から“ふゆほたる”と名づけられた虫憑き。大助と出会い、強く惹かれあう。特環の研究施設から脱走し、現在“むしばね”に迎え入れられている。

土師圭吾

Keigo Haji

特環の東中央支部長。“むしばね”との戦闘中に負傷し、昏睡中。現在、支部長代理を務める五郎丸柊子からは、高校時代から慕われている。

立花利菜
Rina Tachibana

大助の同級生。虫憑きのレジスタンス組織“むしばね”のリーダー“レイディー・バード”として“かっこう”と激しく戦い、死亡。

大喰い
Oogui

虫憑きを生むといわれる三体の謎めいた存在──“始まりの三匹”の一匹。自らは“エルビオレーネ”と名乗る。詩歌や利菜のような、“分離型”の虫憑きを生み出す。

浸父
Shinpu

“始まりの三匹”の一匹。自らは“ディオレストイ”と名乗る。ハルキヨや千莉のような“特殊型”の虫憑きを生み出す。大助に倒されたと思われていたが……。

三匹目
Sanbikime

“始まりの三匹”の一匹。自らは“アリア・ヴァレィ”と名乗る。その生態は他の二匹に比べても謎が多い。大助や初季のような“同化型”の虫憑きを生み出す。

Characters of MUSHI-UTA

土師千莉
Senri Haji

特環東中央支部局員“火巫女”にして土師圭吾の妹。病により、視力を完全に失っている。大助をもう一人の兄のように慕う。

城谷怜治
Reiji Shirotani

利菜の幼なじみ。利菜の願いにより、特殊型の虫憑き“アイジスパ”として“むしばね”に参加し、詩歌を守り抜くことを誓う。

菰之村茶深
Chyami Konomura

特環西南支部局員“おぅる”。“コノハ”“オゥル”たちを手駒とし、すべての虫憑きを支配し、その頂点に君臨することを夢見る。

鮎川千晴
Chiharu Ayukawa

旧姓・薬屋。大助の姉。自身を監視していた特環局員・茶深との出会いをきっかけに、ただ一人の弟の記憶をついに取り戻す。

白樫初季
Ubuki Shirakashi

特環中央本部局員“からす”。詩歌を中央本部の実験施設“シェルター”から脱走させた。現在、東中央本部預かりの身分。

緒方有夏月
Akatsuki Ogata

特環東中央支部局員“月姫”。土師千莉を護りつつ、利菜を殺した大助への復讐を果たすため、西南西支部より移籍してきた。

魅車八重子
Yaeko Miguruma

特環副本部長として、直属の殲滅班を操る。中央本部地下に“始まりの三匹”のうち一匹を隠し、何らかの実験を行なっているという。

ハルキヨ
Harukiyo

謎に包まれた特環殲滅班の一員。独自の配下“ウメ”らと共に、神出鬼没な単独行動をとる。その目的・実力は未だ不明。

口絵・本文イラスト／るろお
口絵・本文デザイン／田畑善行 + design CREST

プロローグ　0.00　大助　epilogue

〝虫《ムシ》〟――。

十年以上も前に突如《とつじょ》、日本国内に現れた超常《ちょうじょう》の存在。

昆虫《こんちゅう》に似た外見を持つそれらは、思春期の少年少女に取り憑《つ》くと言われている。

『赤牧《あかまき》市の奪還《だっかん》に成功した現時点をもって、特別環境《かんきょう》保全《ほぜん》事務局は次の作戦へ移行します』

〝虫〟に取り憑かれた人間は、虫憑きと呼ばれた。虫憑きは〝虫〟に自らの願望、こうありたいと願う〝夢〟を餌《えさ》として与《あた》える代わりに、超自然的な力を行使できるようになる。

これまで〝虫〟、そして虫憑きの存在は世間には隠《かく》されていた。

その隠蔽《いんぺい》工作を行ってきたのが、特別環境保全事務局という政府機関である。

『赤牧市を隔離《かくり》した霧《きり》の原因であり、〝浸父《シンプ》〟を解放した上で〝始まりの三匹《びき》〟を吸収、統合しつつある虫憑き――』

国の中核《ちゅうかく》都市である赤牧市は、昨日までとはうって変わった姿になり果てていた。

ビルは崩《くず》れ、アスファルトの地面はめくれ上がっている。スーツや学生服を着た通行人の姿はなく、亀裂《きれつ》が走る道路には自動車も見当たらない。

代わりに立っているのは、白や黒、グレーのロングコートに身を包んだ集団。それも例外なく誰《だれ》もが血に塗《まみ》れ、消耗《しょうもう》しきった形相をした少年や少女たち――。

現代に生きる、虫憑きの精鋭《せいえい》たちである。

『超種《ちょうしゅ》一号〝C〟の殲滅《せんめつ》作戦を開始します』

特別環境保全事務局副本部長、魅車《みぐるま》八重子《やえこ》の声が戦場跡《あと》に響《ひび》いた。

その場にいる誰もが、指一本動かすことができなかった。

たった今、強大な敵を倒《たお》したばかりなのだ。

虫憑きを生むとされる〝始まりの三匹〟のうちの一つ――〝浸父〟をである。

被害《ひがい》も甚大《じんだい》だった。

国内で最大の都市が丸ごと一つ機能を失い、結集した虫憑きにも脱落《だつらく》者が出た。生き残った者たちも一人残らず満身創痍《そうい》である。

そんな状況《じょうきょう》で、新たな敵を示された。

それも――誰もが予想しえなかった敵だ。

誰もが硬直《こうちょく》し、動けずにいる状況でたった一人、立ち上がる者がいた。

「――」

無言で。

まぶたを閉ざしたまま、まるで亡霊《ぼうれい》のように立ち尽《つ》くしたのは――。

「〃かっこう〃――くん……？」

すぐそばで、か細い声がした。だが彼は、まだそちらを振《ふ》り向かない。

「〃かっこう〃……？」

「……〃かっこう〃」

「〃かっこう〃」

疲《つか》れ果てた虫憑きたちが、声を揃《そろ》えて彼の名を呼んだ。

〃かっこう〃。

そう、それは自分の――虫憑きとして与えられたコードネーム。

特別環境保全事務局東中央支部、火種《かしゅ》一号局員〃かっこう〃。冷酷《れいこく》な戦闘《せんとう》員として敵味方に畏怖《いふ》されると同時に、今や三人しかいない一号指定の生き残り。

「……」

俯《うつむ》いたまま、彼は薄《うす》く目を開いた。

漆黒《しっこく》のロングコートを纏《まと》う自分の身体《からだ》が見えた。顔には特別環境保全事務局――特環の装備である大きなゴーグルの感触《かんしょく》もある。右手には拳銃《けんじゅう》も握《にぎ》っていた。

そっと顔を上げる。

まず目に映ったのは、ロングコートとゴーグルを装備した虫憑きたち。

特別環境保全事務局。

彼はその機関の一員として、これまでに数え切れない虫憑きを捕《と》らえてきた。時には〝虫〟を殺し、感情と記憶《きおく》をなくした〝欠落者《けつらくしゃ》〟にした者も多い。

それゆえに多くの虫憑きは彼を憎《にく》み、恨《うら》んだ。

当然だ。彼は自分が生き残るために、そうやって犠牲《ぎせい》を生んできたのだから。

「おい、〝かっこう〟……？」

かつて特環に所属し、今では別組織に所属する〝なみえ〟が、彼に近づこうとした。彼女の背後には特環とは異なり、私服姿の少年少女たちがいた。

〝むしばね〟。

特別環境保全事務局に対抗《たいこう》すべく、在野の虫憑きたちが組織したレジスタンス。

〝むしばね〟もまた、彼を恨んでいる。彼が倒した〝むしばね〟のメンバーは一人や二人ではないし、かつてリーダーだった少女を殺したのも彼ということになっている。

これまで、何人の虫憑きと戦ってきただろう？

幾度《いくど》の決戦を生き抜いてきただろう？

どれだけ憎み合い、罵《ののし》り合い、傷つけ合い、勝ち、敗北してきただろう？

だが今、憎み合うことしかなかった特別環境保全事務局と〝むしばね〟が力を合わせ、

〝始まりの三匹〟の一つを倒すまでに至った。

虫憑きたちが力を合わせて、〝始まりの三匹〟に立ち向かう。

たったそれだけのことに、ずいぶんと長い時間がかかったものだ。

「……ちょい待ち」

彼に近寄ろうとした〝なみえ〟の肩《かた》を、ホッケースティックを持つ少年が摑《つか》んだ。血や埃《ほこり》で汚《よご》れた少年の額に、疲労《ひろう》とは異なる汗《あせ》の滴《しずく》が浮《う》かんだ。

「コイツも〝浸父〟に乗っ取られ――いや、これは違《ちが》う――」

ホッケースティックの少年の顔が、引きつる。

「なんだか知らないけど、めちゃくちゃヤバイ力場を感じるんですけど……」

周囲の空気がビリビリと振動《しんどう》し、甲高《かんだか》い耳鳴りが虫憑きたちの鼓膜《こまく》を震《ふる》わせる。

ざわめく虫憑きたちの中心で、彼は――。

〝かっこう〟と呼ばれ、数多《あまた》の戦いを駆《か》け抜けてきた虫憑きは――。

微笑《びしょう》を浮かべた。

「……本当に、よくもったほうだよな」

その呟《つぶや》きと同時に。

まるでパチンと指を鳴らし、合図したかのように――。

〝かっこう〟の全身から、緑色の光条が迸《ほとばし》った。

「ツツツツツツツツツツツツツ！」

周囲にいた虫憑きが、吹き荒《あ》れる爆風《ばくふう》によって後方へ吹き飛ばされる。

〝かっこう〟の全身に、緑色に輝《かがや》く模様が浮かんだ。だが模様はそれに留《とど》まらず、身体の表面に浮かび上がり、一瞬《いっしゅん》にして身体を覆《おお》い尽くした次の瞬間――。

弾《はじ》けるようにして、分厚い装甲《そうこう》へと形を変えた。

左腕《ひだりうで》と両足が何倍もの大きさに膨《ふく》らみ、巨大《きょだい》な鋭《するど》い爪《つめ》を生やした。さらに背中には岩のような四枚の翅《はね》が突《つ》き出し、顔の半分を緑色の装甲が浸食《しんしょく》していく。拳銃を持つ右腕が、巨大な砲口《ほうこう》へと変貌《へんぼう》していた。

「――ツツァァァァァァァアアアアッツ！」

半分が怪物《かいぶつ》の顎《あご》と化した彼の口が、人外の咆哮《ほうこう》を上げた。

急激に増加した体重のせいで、地面が陥没《かんぼつ》した。衝撃波《しょうげきは》のような雄叫《おたけ》びを叩《たた》きつけられ、すでに消耗しきっている虫憑きたちが回転しながら遠方へ吹き飛ばされる。

『成虫化――ですか』

魅車八重子の冷淡《れいたん》な声が、装甲に取り込まれつつあるゴーグルから聞こえた。

『そ、そんな……！』

魅車と対照的に狼狽《ろうばい》した声は、彼の上司である五郎丸柊子《ごろうまるとうこ》だ。魅車と同様、遠方からこちらの様子を窺《うかが》っているのだろう。

『か、〝かっこう〟さん、しっかりしてください！　特環と〝むしばね〟が力を合わせて〝浸父〟を倒したんですよ！　いよいよこれからという時に……！』

その通りだ。

互《たが》いを傷つけ合うだけだった虫憑きが、ようやく諸悪の根源と向き合えるのだ。

そんな光景を見届けただけで――もう、じゅうぶんだ。

今まで敗戦続きだった〝始まりの三匹〟から、最初の勝利を掴むことができたのだから。

「――」

急速に薄れゆく自我の中で、過去の出来事が思い浮かんでは消えていく。

姉と同化した〝始まりの三匹〟によって、虫憑きにされた。

生みの親に見放され、特別環境保全事務局という組織に拾われた。

それからはもう、血と怨嗟《えんさ》の声に塗れた戦いの記憶ばかりだ。

『そうですね。この大事な時に、これ以上、被害を増やすわけにはいきません』

魅車八重子の声は、こんな状況でさえ優《やさ》しげだった。

『現場にいる全局員に命令します。火種一号局員〝かっこう〟を――殲滅しなさい』

『馬鹿《ばか》なッ！』

悲鳴のような柊子の声が重なる。

『あ、あり得ません！　彼はこれからも必要な人間です！　誰よりも彼ら虫憑きが分かっているはずです！　〝かっこう〟さん以外の誰に虫憑きを率いることができるというんです！　彼がいなきゃ、またバラバラになってしまうに決まって——』

『完全に成虫化するまでに倒さないと、葉芝市《はしば》を壊滅《かいめつ》させたレイディー・バードの二の舞《にのまい》になりかねません。〝かっこう〟殲滅の指揮は——〝霞王《かすおう》〟、貴女《あなた》がとりなさい』

倒壊《とうかい》したビルの瓦礫《がれき》の上に、真っ白なロングコートに身を包む少女が立った。

〝霞王〟。——中央本部救出の際に消耗し、〝浸父〟討伐《とうばつ》には加わらなかった戦闘員だ。回復能力を持つ戦闘員の力で息を吹き返し、遅ればせながら戦場に到着《とうちゃく》したようだ。

「——」

しかし突風《とっぷう》で金髪《きんぱつ》を揺《ゆ》らす少女は、微動だにしなかった。ゴーグルのせいで表情は分からないが、変わり果てた〝かっこう〟を見て絶句している。

『命令を復唱しなさい、〝霞王〟』

『か、〝霞王〟さん！　ダメです！　貴女なら分かるでしょう……！』

『情報班、五郎丸支部長代理の通信を切りなさい。——〝霞王〟。命令の復唱を』

〝霞王〟は動かない。命令が耳に入っていないようだ。

身じろぎもしない戦闘狂《きょう》を、魅車が見限るのは早かった。

『では〝月姫《かぐや》〟。貴方《あなた》が指揮を』

折れ曲がった街灯の下で、土師千莉《はじせんり》と寄り添《そ》う少年が顔を上げた。東中央支部に所属する火種二号局員の緒方有夏月《おがたあかつき》である。

有夏月は〝かっこう〟を恨んでいるはずだ。だが、すがるような目つきの千莉と見つめ合い——血まみれの顔を歪《ゆが》ませる。

「ま、まだ、間に合うかもしれない……！　以前に成虫化の兆候があった時だって——」

『〝照《テラス》〟』

魅車がすぐに別の戦闘員に白羽の矢を立てた。

瓦礫の上に倒れていた人物が上体を持ち上げた。その傍《かたわ》らには回復能力を持つ虫憑《つ》き、〝ねね〟がいる。

「了《りょう》……解《かい》……！　全隊、〝かっこう〟の左右に展開……全力で一斉攻撃《いっせいこうげき》をする——」

負傷から立ち直ったばかりの〝照〟が、声を張り上げた。

「〝かっこう〟を殺せぇッ！」

命令が下され、〝かっこう〟に攻撃が雨あられと浴びせられる。

——はずだった。

「なっ——」

しかし実際に攻撃を開始したのは、戦場にいる虫憑きの半数にも及《およ》ばなかった。ことごとく〝かっこう〟の装甲にはじき返される。

「何してるのよ！　今、コイツを殺さないと、私たちが皆殺《みなごろ》しにされるのよ！　今までコイツから受けた仕打ちを忘れたの？　恨みを晴らすチャンスじゃない！」

〝照〟の叱咤《しった》によって新たに攻撃を始めたのも、せいぜい十人といったところだ。

〝霞王〟は相変わらず棒立ちで、有夏月にいたっては攻撃を止《や》めるよう声高《こわだか》に叫《さけ》んでいる。

彼ら以外にも、〝浸父〟との戦いで力を使い果たした者、成虫化しつつある〝かっこう〟に気圧《けお》された者など様々だ。

攻撃する者と、それに参加しない者。それらに共通するのは、ある種の戸惑《とまど》いである。

――本当に〝かっこう〟を倒《たお》していいのだろうか？

そんな迷いが、戦場全体に漂《ただよ》っていた。

少年が瞬間移動して攻撃をかわすが――。

「――」

〝かっこう〟の軀《からだ》が勝手に動いた。砲台と化した右腕を持ち上げる。瞬間的に眼前に現れた少年のホッケースティックを受け止め、左腕の爪で反撃を繰《く》り出す。

「――ぐあっ！」

完全に避《さ》けきれなかったのか、離《はな》れた場所に現れた少年の肩から血が噴《ふ》き出した。さらに爪の衝撃で吹き飛んだ何十トンものアスファルトや土が少年を襲《おそ》う。

下半身を土砂《どしゃ》に埋《う》めた少年に向かって、〝かっこう〟の右腕が狙《ねら》いを定めた。ぽっかりと空いた砲台の奥で、真っ赤に燃える弾丸《だんがん》が回転する。

「や、やべ――」

いよいよ力を使い果たしたのか、ホッケースティックの少年の表情がひきつる。

〝かっこう〟の身体《からだ》は自らの〝虫〟に完全に支配されていた。〝浸父〟との決戦で消耗《しょうもう》しきった戦闘員《せんとう》たちでは――いや、たとえ全力を出せたとしても、成虫化した〝かっこう〟を止めることができる虫憑きなど存在しないだろう。

「〝かっこう〟くん……」

そう――。

たった一人を除いて。

〝かっこう〟という虫憑きは、ある虫憑きを欠落者にすることから始まったのだ。ならば、その戦いに幕を引くべき虫憑きは、その少女をおいて他《ほか》にいない。

「――」

ピタリ、と〝かっこう〟の動きが止まった。

彼自身が止めたのではない。彼を支配しつつある〝虫〟が――怯《おび》えたのだ。

振《ふ》り返る。

小柄《こがら》で、童顔の少女がそこに佇《たたず》んでいた。

いつか見た――今では遥《はる》か昔に思える、あの時と同じように。

その少女は自らの〝虫〟、光り輝く蛍《ほたる》を眼前に掲《かか》げていた。

「……」
荒れ果てた大地で、見つめ合う両者。
——それなら、わたしの夢をあげるね。
あの時は、彼女がそう言った。
彼は頷《うなず》いた。
——おれは絶対に諦《あきら》めない。だから、お前もいつか……。
そうやって全《すべ》てが始まり。
少女は、約束を守った。
一方、彼はというと——。
「——」
もう言葉を出すこともできない。
ただ、わずかに頷いた。
少女も頷き返し、涙《なみだ》を目に浮かべながら笑った。
「〝かっこう〟くんも、絶対に……ね？」
少女、秘種《ひしゅ》一号〝ふゆほたる〟の頭上に煌《きら》めく点が生まれた。
一粒《つぶ》の雪だ。
それは吹き荒れる突風の中、そよ風にたゆたうようにして〝かっこう〟のもとに舞《ま》い降

り──彼はそれを受け入れた。

鼓膜《こまく》を打ち破るような断末魔《だんまつま》が、戦場全体に響《ひび》き渡《わた》った。

雪に触《ふ》れた〝かっこう〟の翅がねじ曲がり、弾け、吹き飛んだ。さらに崩壊《ほうかい》は連鎖《れんさ》し、分厚い装甲が大量の体液を噴きだしながら弾け飛んでいく。

同化した〝かっこう〟の口から、彼の〝虫〟の断末魔が漏《も》れた。

恐《おそ》るべき雪の崩壊から逃《のが》れようと、〝かっこう〟と同化したカッコウムシが暴れる。手足を振り回して暴れるも崩壊は止まらず、巨大な両脚《りょうあし》が砕《くだ》けた。

「──ッッ！」

耐《た》えきれなくなったカッコウムシが、〝かっこう〟から分離《ぶんり》した。ヒビ割れたゴーグルとコートの切《き》れ端《はし》しか纏《まと》わない〝かっこう〟が、地面の上に投げ出される。

「〝かっこう〟くん……！」

駆《か》け寄る〝ふゆほたる〟の姿に、過去の光景とは違《ちが》う少女の姿が重なった。

〝ふゆほたる〟ではない。

杏本詩歌《あんもとしいか》という、ごく普通《ふつう》の少女の姿だ。

──来年、また待っていてほしい。

そう新たに約束したのは、彼自身。

〝かっこう〟ではない、ごく普通の少年──。

薬屋大助《くすりやだいすけ》である。

「ごめん……」

カッコウムシの断末魔を聞きながら、大助はかすかに微笑《ほほえ》んだ。

〝かっこう〟と〝ふゆほたる〟は約束を果たし、四年越《ご》しの再会を果たした。

しかし、薬屋大助と杏本詩歌という二人が交《か》わした約束は――果たせない。

二人が〝再会〟することは、もう二度とない。

詩歌は約束を守ってくれたのに、大助はここまでだ。

〝かっこう〟の正体が大助であることを知らない彼女は、誰《だれ》も訪《おとず》れないクリスマスにがっかりすることだろう。

がっかり、してくれたら嬉《うれ》しい。

「約束……守れなくて……」

「え……？」

倒れそうになる大助を抱《だ》きとめ、詩歌が眉《まゆ》をひそめた。

思えば、多くの人と多くの約束をしてしまった。

〝霞王〟ともいつか決着をつけると約束したのに、それを破ってしまう。

中には果たした思いだってある。

かつて虫憑きを一つにすることを夢見て、長い眠《ねむ》りについた人物がいた。

今、この状況《じょうきょう》は間違いなく、その人物の夢の延長上にあるはずだ。

大助の戦いは、ここで終わるが――。

しっかりと見届けたはずだ。

あの少女の、夢の続きを。

「早く……目を覚ましやがれ……バカ……」

カッコウムシの断末魔が収束し、大助の瞳《ひとみ》からも生気が消える。

「…… 〝かっこう〟くん……！」

〝ふゆほたる〟を欠落者にすることから始まった、〝かっこう〟という、ある虫憑きの戦い――。

それが今――。

〝ふゆほたる〟の腕《うで》の中で、終焉《しゅうえん》した。

0.01 The others

魅車八重子は側近の戦闘員を従え、荒《あ》れ果てた戦場に足を運んだ。

そこで目にしたのは、彫像《ちょうぞう》のように微動《びどう》だにせず佇む虫憑きたちだ。誰もが傷つき、疲労困憊《ひろうこんぱい》の様子だが、本人らはそんなことすらも忘れているかのようだ。

彼らの中央にいるのは――。

人形のような顔つきの少年と、それを抱きしめる少女である。

「もういいですよ、〝ふゆほたる〟」

魅車が声をかけると、少女がこちらを振り向いた。

「……」

予想に反して、〝ふゆほたる〟は――泣いてはいなかった。以前のようなか弱さが消え、力強さと覚悟《かくご》を瞳に湛《たた》えている。

同じ一号指定である〝かっこう〟を倒し、自信を得たのか。

それとも――眼前の少年から、何かを受け取ったのか。

弱い感情を覆《おお》い隠《かく》す強い眼差《まなざ》しは、〝かっこう〟のそれとうり二つだった。

「彼の身柄は、特別環境《かんきょう》保全《ほぜん》事務局が預かります」

新たな力を得た〝ふゆほたる〟を見つめ、魅車は優《やさ》しく微笑んだ。

それでいい。

それでこそ、最も強き一号指定。

かつて何の前触れもなく、天災のように降臨した虫憑き。魅車は一目見た時から、その少女が最も〝不死〟に近いと感じていた。

彼女の〝不死〟は――他者の死である。

〝ふゆほたる〟以外には、誰も生き残らない。自分以外の存在を許さない。それを可能とするだけの絶対的な力による〝不死〟。

〝ふゆほたる〟は自分以外の存在を喰らい、生き残ることで、強くなっていく――。

「〝かっこう〟」

一方、想定よりも早い段階で脱落《だつらく》してしまった一号指定が目の前にいた。

薬屋大助――〝かっこう〟。

ボロボロのゴーグルとコートを身につけた少年が、生気のない瞳で虚空《こくう》を見ていた。

「顔を上げなさい」

最強の虫憑《つ》きの成れの果てが、ピクリと青白い顔を上げた。

欠落者。

自らの〝虫〟を失った虫憑きは、記憶《きおく》や感情を失う。欠落者と呼ばれる彼らは、外部からの命令に従うだけの生ける屍《しかばね》と化すのだ。

魅車は人差し指の先で、〝かっこう〟の顎《あご》を持ち上げた。

「間違いなく、欠落者になったようですね」

誰よりも多く欠落者を見てきた魅車の判断に、周囲の虫憑きたちが息を呑《の》んだ。

静寂《せいじゃく》にどよめきが混ざり、やがて聞こえたのは――。

「は、はは——」

誰ともしれない、かすれた笑い声。

「〝かっこう〟が……あの悪魔《あくま》が、やっといなくなった——」

魅車は微笑んだ。心中で囁《ささや》きかける。

貴方《あなた》ほど多くの人から憎《にく》まれた虫憑きは、他にいませんでしたね——。

彼は誰よりも多くの虫憑きと戦ってきた。手強《てごわ》い虫憑きを捕獲《ほかく》する時ほど彼に頼《たよ》っていたことを考えると、精鋭が揃《そろ》うこの場にこそ彼を恨《うら》む人間が多いのは当然といえる。

「——〝かっこう〟さんっ！」

背後から、悲鳴のような声が聞こえた。

遅《おく》れてやって来た五郎丸柊子が、魅車から奪《うば》うようにして少年の両肩《りょうかた》を摑《つか》んだ。

「う、嘘《うそ》ですよねっ？　まさか、こんな——ねえっ、〝かっこう〟さんっ！　だって私たちはまだ……！　やっとこれからという時に……ダメですよっ！　〝かっこう〟さんはまだ、こんなところで終わっちゃ……」

柊子が激しく揺《ゆ》さぶっても、変わり果てた少年はピクリとも表情を動かさない。

「そんな——それじゃ、私たちはもう——」

膝《ひざ》を地面につき、呆然《ぼうぜん》とうなだれる柊子。その瞳から涙の筋が伝う。

〝かっこう〟が東中央支部の支柱だったことは、自他共に認めるところだ。無能と名高い五郎丸支部長代理の反応は当然で――それは他《ほか》の東中央支部の面々も同様だった。

二号指定の戦闘員《せんとう》である〝月姫〟が顔をしかめ、両目を閉ざしていた。その傍《かたわ》らにへたりこんでいる異種《いしゅ》二号局員の〝火巫女《ヒミコ》〟の瞳からも、涙が零《こぼ》れている。

「……」

魅車はぐるりと周囲を見回し、他の虫憑きたちの様子を窺《うかが》った。

特環の上位局員たちの反応は様々だ。

目につくところでは、〝霞王〟が時間が停止したかのように硬直《こうちょく》していた。

〝疫神《やくがみ》〟という戦闘員は冷めた顔で頬《ほお》をかき、〝さくら〟という少女は無表情でじっと〝かっこう〟を見つめている。

〝ねね〟と〝玉藻《たまも》〟はショックを受けた様子だ。信じられないという顔で、頭をかすかに横に振《ふ》っている。その〝ねね〟に治癒《ちゆ》されたばかりの〝四ツ葉《よつば》〟が顔を上げ、変わり果てた〝かっこう〟を見て拳《こぶし》を地面に打ちつけた。

一方、〝照〟は歓喜《かんき》を隠そうともしなかった。鬼気迫《ききせま》る形相で笑《え》みを浮《う》かべる彼女を見て、同じ西中央支部の面々が困惑《こんわく》している。

彼ら以外の特環局員も、戸惑《とまど》っている者が多かった。隠れて笑みを浮かべたり、ホッとした顔をしているのは、〝かっこう〟を好ましく思っていなかった者たちだろう。東中央支部のように、彼の脱落を悲しむ者は一人もいないように見える。

「……」

魅車は別の方角を一瞥《いちべつ》した。

意外だったのは、かつて〝かっこう〟を宿敵としていた〝むしばね〟の反応だった。現リーダーである〝ふゆほたる〟はもとより、宿敵の末路を喜んでいる者が一人もいないのだ。以前は同僚《どうりよう》だったこともある〝なみえ〟が複雑な顔をしているのは分かる。だが他のメンバーも彼女とそっくりの表情を浮かべていた。

それだけ幹部の世代交代が進んだということだろうか？　以前のリーダー、レイディー・バードが仕切っていた頃《ころ》なら、諸手《もろて》を挙げて狂喜乱舞《きようきらんぶ》していたはずだ。

魅車は物言わぬ〝かっこう〟に向き直り、心中で語りかける。

貴方ほど多くの虫憑きを奮い立たせた者も……ね――。

彼が倒《たお》してきた虫憑きの数が。

彼がくぐり抜《ぬ》けてきた戦いの数が。

彼が集めた憎しみの数が。

彼が生きてきた道が。

多くの虫憑きたちの目を、同じ方向へと向けた。

たとえ力ずくといえど、癖者《くせもの》だらけの虫憑きを一つにまとめ上げた。

「欠落者になった以上、それはもう使い物になりません。〝GARDEN〟に移送してくだざい」

魅車の命令を聞いて、虫憑きたちの視線が彼女に集まった。

まだ戦いは終わっていない。

強大な敵が――それこそ〝始まりの三匹《びき》〟よりも困難な敵が待ち構えている。

だが果たして、動揺《どうよう》する虫憑きたちをまとめ上げることができる人間がいるだろうか？

「それ……？」

すっかり〝かっこう〟じみた目つきで魅車を睨《にら》む、〝ふゆほたる〟。

〝ふゆほたる〟では、ダメだ。今でこそ仲間ごっこで〝むしばね〟のリーダーに祭り上げられているとはいえ、彼女の本来あるべき姿は、自分以外の死に囲まれた〝不死〟である。いずれ彼女は誰しもに恐《おそ》れられ、孤立《こりつ》することは分かりきっている。

「ええ、こんなところで立ち止まってしまうなんて少々、期待外れでした。今までとても愛してあげた私はもちろん――」

〝ふゆほたる〟の怒《いか》りを、にっこりと微笑んで受け止める。

「私たちがこれから戦う相手も、きっと同じ思いでしょう」

遠方から、ヘリコプターが接近する音が響《ひび》いた。赤牧市周辺に規制を敷《し》き、さらに情報班に所属する虫憑きに衛星からの監視《かんし》を妨害《ぼうがい》させていたとはいえ、目くらましにも限界がある。

〝虫〟、ひいては虫憑きの存在はすぐに明るみに出るだろう。この国だけではなく――常に外から監視している他国にもだ。

ここが、世界の変わり目。

〝虫〟のいない世界から、〝虫〟が確かに存在する世界へと変わっていく――。

「新たなリーダーが必要ですね」

魅車は目を細め、決戦を終えたばかりの虫憑きたちに背を向けた。

1. 00　門間真琴　Part. 1

門間真琴《もんままこと》は大きなスポーツバッグを背負った状態で、赤牧市を走り回っていた。

「はあー、忙《いそが》しい、忙しい」

中心街は見る影《かげ》も無いが、それ以外の地域の被害《ひがい》はそれほどでもない。ぽつぽつと立つビルは無傷だし、住宅街に入れば、まだ避難《ひなん》していない住民を誘導《ゆうどう》する自衛隊の姿もチラホラと見える。

「そこのキミ！　この区はもう立入り禁止区域だぞ、早く——」

「あっ、はーい！　今から家族と合流するところなんです。すぐに出て行きますからー」

声をかけてきた自衛隊員に手を振り、その場を離《はな》れる真琴。

自衛隊員は渋《しぶ》い顔をしたが、強引《ごういん》に引き留めようとはしなかった。

それもそのはず。

門間真琴は来年から高校生になるはずの中学生で、今はありきたりなセーラー服姿。校則に則《のっと》った長さの髪《かみ》は首の後ろでゴムで縛《しば》り、こちらはちょっぴり校則違反《いはん》のビーズ入りのへアピンで前髪をとめている。背は平均的で高くもなく低くもなく、猫目《ねこめ》がちな顔立ちは疲労《ひろう》で汗《あせ》ばんでいる。

どこからどう見ても、部活帰りの女子中学生である。——もちろん避難勧告《かんこく》がとっくの昔に出された現状では、部活帰りという状況《じょうきょう》はあり得ないのだが。

平凡《へいぼん》な容姿の真琴を警戒《けいかい》する人間は、ほとんどいない。もちろん真琴自身、自分がどこにでもいる普通《ふつう》の女の子以外の何者にもなった覚えもない。

ポケットの中で携帯《けいたい》電話が鳴った。真琴は走りながら受信ボタンを押す。

「はーい、もしもし」

『あー、やっと繋《つな》がったぁ。マコ、大丈夫《だいじょうぶ》？　テレビ見たよ。赤牧市、大変みたいね』

「ホントよ、もう。いきなり避難勧告とか言われて、ケータイは混雑やら不通やらで繋がらないし……今夜、見たい番組あったのになぁ」

『あは、番組って。そんなことより無事なんだよね？　親戚《しんせき》の法事ってやつで赤牧市に行ったんでしょ？　タイミング悪かったね』

「うちは大丈夫。心配ありがとね。——テレビじゃ赤牧市のことどう言ってんの？」

真琴は携帯電話を耳に当てながら、立ち止まった。周囲をきょろきょろと見回し、高級住宅街がある高台のほうへ方向転換《てんかん》する。

『もう何が何だか。最初はニュースで大騒《おおさわ》ぎだったよー。『政府が突然《とつぜん》の避難勧告！　その理由とは！』みたいに大騒ぎでさ。避難する人たちをテレビ局の人たちがインタビューしては、自衛隊の人たちに連れてかれるみたいな』

「ひゃー。怖《こわ》いなぁ。それで？」

『それから急に、赤牧市からの中継《ちゅうけい》がまったくなくなっちゃって。大規模な停電があったんだってさ。その影響《えいきょう》で電波塔《とう》とか通信施設《しせつ》が壊《こわ》れたとか……とにかくもう赤牧市がどうなってるのか分からなかったのが、今朝になってやっと市外に脱出《だっしゅつ》した人たちと連《れん》絡《らく》がとれ始めたところ——あれ？　マコ、よく連絡とれてるね。もう赤牧市にいないの？』

「うん。怖いし、真っ先に避難したよー。今はとなりの氷飽《ひがの》市にいるんだー」

気軽に言い、赤牧市内を走る真琴。

『そっか、よかったぁ。早く戻《もど》って来なよ。まあ、帰ってきても受験勉強しかすることないけどさ』

「はあ、引退したばっかだけど、バスケ部時代が懐《なつ》かしいわ。ずっと補欠だったとはいえ」

『あはは』

「あ、ごめん、別の着信。ケータイ繫がるようになったから、色んな人が心配してくれてるみたい」

友人に別れを告げ、新たな着信をとろうとして――。

「ん？　ちょっと、アンタ！　早く避難を――」

「ごめんなさーい！　この先にある避難所から出る緊急《きんきゅう》バスに乗るつもりですー」

もう何度目かも分からない自衛隊の制止を、適当に振り切る。

「もしもし？」

『あ、マコリス、生きてた』

「この前ドロップしたレア武器を売りさばくまでは、死ぬわけにはいかんなぁー」

『くそ、分け前増えると思ったのに』

「ちょっ、おっさん」

『冗談《じょうだん》。この前、用事で赤牧市行くって言ってたじゃん。それきりログインしないから。マジで今、赤牧市？』

「いや、もう避難したよ。――ってか、二十八歳リーマンがこんな時間から女子中学生に電話しててい-の？」

『会社、休み。つか、あちこち休業中。赤牧市に避難勧告が出されて、自衛隊が出張ってるとなったら、会社や学校より家にいたい人間が多いんじゃねーかな』

「ふーん。ところでネットはどんな感じ？　政府が巨大《きょだい》な陰謀《いんぼう》を隠《かく》してる！　みたいな感じ？　うち、今、ネットに繋がんないの。あ、狩《か》り仲間のみんなによろしくね」

『大体、そんな感じかね。でも結構な数のプロバイダが通信障害に陥《おちい》ってるみたいでヤバイわ。俺はなんとか海外経由で繋いでるけど……なんか日本以外もヤバそう』

「は？　なんで？」

『なんでか海外にも通信障害が拡大してるみたいで……それどころか、世界中の発電所がいくつか謎《なぞ》の停止状態に陥ったとかでさ。なぜかそれが日本で起きた何かのせいじゃないかって、ちょっと日本ヤベーんじゃね？　って感じ』

「海外まで……か」

真琴が目を細めた時だった。電話の相手の口調が変わった。

『は……？　な、なんだ、これ——』

「どしたの、リンドブルグさん、カッコ二十八歳リーマンカッコ閉じ」

『い、いや、赤牧市で何が起きたか知りたくて、ハッカー仲間といっしょに人工衛星からの映像を覗《のぞ》き見しようと思ってたんだけど——画面が光って——な、何か出てくる——』

「はあっ？　バカ……！」

真琴は素早《すばや》く自分の喉《のど》を、人差し指でなぞった。そして、呟《つぶや》く。

「——」

電話の相手にも聞こえないような小さな声。

だが真琴がそれを言った直後——。

『うわぁっ！　──はあっ！　はあっ！　何だ、今の……？　何なんだよ……』

「大丈夫？　何ともない？」

『あ、ああ……何かが出てきて捕《つか》まりそうになったけど……急に、弾《はじ》けて消えた……？』

「おいおい、二次元の世界に行く夢見るようになっちゃ重症《じゅうしょう》だぜ、リンドブルグ。──っていうか！　バカじゃないの！　そんな無駄《むだ》スキルで犯罪すんな！　またやったら着《ちゃっ》拒《きょ》して二度と口きかないからねっ！」

『分かってるよ。……でも、心配でさ』

「はいはい、ありがとありがと。──また連絡するからさ。常識の範囲《はんい》内で情報集めといてよ。こっちはとにかく情報少なくてさぁ」

　別れを告げ、電話を切る。

「思ったより情報を隠せてるみたいね。……こんな状況でも、さすがといったところね」

　一人で呟いていると、また携帯電話が鳴った。

『門間さん、大丈夫？　確か赤牧市に行くって言ってたわよね？』

「心配してくださってありがとうございます。おかげさまで私は無事ですけど、まだ赤牧市にいるんです。何がどうなってるのか分からなくて……」

『そうなの？　町内会のみんなや婦人会でも、心配してたのよ。あなたにはボランティア活動でいつもお世話になってるし、私たちに何かできることないかしら？』

「ありがとうございます。でも私は大丈夫――あっ、そうだ。確か旦那《だんな》さんが市議会の議員さんでしたよね？　議員さんの中では一連の騒ぎがどう伝えられてるかとか……ええ、今も赤牧市にいる身としては、少しでも現状が知りたくて――」

赤牧市を走っている間にも、次々と外部の声が真琴のもとに集まっていく。

国内でテレビを見ているだけの一般《いっぱん》家庭から、中年層、学生、公務員、果ては海外で広がりつつある噂《うわさ》、報道内容に至るまで、ありとあらゆる情報を聞いて、戦慄《せんりつ》する。

「〝虫〟と虫憑《むしつ》きに結びつく情報が、あまりに少ない……」

真琴は、苦笑《くしょう》するしかなかった。

「いずれバレるだろうけど、今の時代でここまで情報操作できるなんて……虫憑きよりもよっぽど化け物なんじゃないの、魅車八重子《みぐるまやえこ》は」

高級住宅街を巡回《じゅんかい》するのも、そろそろ終わりだ。赤牧市近辺では、この地域を見て回るのが最後だったため、あらかじめ決められた場所へ戻ろうとする。

「――ん？」

真琴の視界が、かすかに動く何かを捉《とら》えた。

周囲の住居よりも大きい、三階建ての建物だ。その二階に人影を見つけた。

バルコニーにあるハンモックのような長椅子《ながいす》に、一人の少女が横たわっていた。ぼんやりと空を見上げながら、テーブルに置いたグラスを口に運ぶ。

「すみませーん。あのー」

ジャンプして高い塀《へい》に摑《つか》まり、真琴はバルコニーの少女に声をかけた。

「ここらへんはもう避難区域ですよー。早く出ないと、叱《しか》られちゃいますよ？」

「あ、うん。もう出ようかなと思ってたとこ」

砕《くだ》けた口調で言い、少女が身を起こした。歳《とし》は真琴よりも二、三歳ほど上だろうか。すらりとした長身とショートカットが印象的である。男子よりも女子の憧《あこが》れを集めそうな美人だ。

「体調でも悪いんですかー？」

「ううん、平気ー。ありがとうー」

「なんだったら、近くの避難所まで案内しますけどー」

離れた場所から、両手を口に添《そ》えて大声で会話する二人。

「大丈夫だよー。ちょっと友達のこと思い出して黄昏《たそが》れてただけだからー」

「避難した後でもいいじゃないですかー」

「そーだねー。でもなぜか急に思い出しちゃったんだー。虫憑きの友達なんだけどー」

「へぇー、虫憑きですかー」

にこやかに返事しながら、真琴は自分の喉に人差し指を走らせる。

虫憑き。今の状況で、そのキーワードを口にするリスクを、本人は数秒後に思い知ることだろう。身をもって。

「まあ、ウソだけどねー。虫憑きなんかいるわけないしー」

「あはは、分かってますよー。ウソだと思ってましたー」

真琴は喉に当てた指を、ピタリと止める。

ただの変人か。今の状況で真琴が気にするほどの人物ではないだろう。時間もないことだし、真琴は塀から降りた。

家の表札には、西園寺《さいおんじ》という苗字《みようじ》が書き込まれていた。

「うちは先に逃《に》げますー。あなたも早く避難《ひなん》したほうがいいですよー」

「おっけー」

高級住宅街に住むお嬢様《じようさま》とは思えない、フランクな返事が返ってきた。

とりあえず主要な地域の散策を終え、真琴は中心街に戻った。

瓦礫《がれき》の山が積み重なった、変わり果てたオフィスビル。

その一画に、屋根が壊れた巨大ドームがあった。

アスファルトがヒビ割れた広大な駐車場《ちゆうしや》を突《つ》っ切《き》って近づくと、その巨大さをはっきりと体感できた。ドームに入る手前にある各種グッズ売り場だけで、真琴が通う中学校の敷地《しきち》の何倍もありそうだ。

いざドーム本体に近づくと、入り口を重装備の自衛隊が警備していた。

真琴がなにげなく駆《か》け寄ると、当然のように自衛隊員が立ち塞《ふさ》がった。

「おい、キミ。ここは立入り禁止だ。早く避難を——」

立ちはだかった自衛隊員たちが、ぎょっとした。

真琴がバッグから取り出したコートを身に纏《まと》ったからだ。ベルトの多いグレーのロングコートに加え、顔の大半を覆《おお》う大きなバイザーを装着する。

自然と、道が開けた。——まるで怪物《かいぶつ》と遭遇《そうぐう》したかのような彼らの態度に、真琴は憤慨《ふんがい》した。真琴など普通《ふつう》も普通、本当の怪物どもは他《ほか》にいるというのに。

顔を強《こわ》ばらせた自衛隊員の間をすり抜《ぬ》け、ドームの内部に入る。

非常灯だけが灯《とも》る、薄暗《うすぐら》い通路を駆け抜ける。一定距離《きょり》で通路を警備する自衛隊員は、肩《かた》から重火器をぶら下げていた。

通路を抜け、ドームの中心に辿《たど》り着く。

360度を囲む階段状の観客席と、人工芝《じんこうしば》を敷《し》き詰《つ》めた広大な運動グラウンド。

そこは異様なコートを着た少年少女たちで埋《う》め尽《つ》くされていた。真琴はその真ん中を走り抜け、ある女性のもとへ向かう。

「やっと戻ってきましたか」

振《ふ》り返ったのは、優《やさ》しい微笑《びしょう》を浮《う》かべた女性。

「休息時間を削《けず》ってまで自ら情報収集とは、あいかわらず真面目《まじめ》ですね——」

その女性、魅車八重子が門閒真琴を見つめて言った。

「〝照《テラス》〟」

1.01 門閒真琴 Part. 2

門閒真琴は、テレビ中継《ちゅうけい》でこの場所を見たことがある。

普段《ふだん》は人工芝や設備を替《か》えることで、野球やサッカー、テニス等の試合会場になっている国立運動場だ。真琴が見たのはサッカーの国際大会の試合中継だったはずだ。

その全天候型のドーム型運動グラウンドの内部が、大勢の虫憑きで埋め尽くされていた。

赤牧市内で〝浸父《シンプ》〟と対決し、撃破《げきは》した翌日の朝である。

戦いに参加した中央本部局員と各支部の精鋭《せいえい》たちの他にも、全国から戦闘員《せんとういん》をかき集めたのだろう。見覚えのある地方の局員の姿がチラホラと見えた。

怪我人《けがにん》が横たわるスペースの他に、装備や食料を積み上げた配給所もあった。情報班に所属する虫憑きが集まっている場所には、電子機器が密集している。地下の自家発電機では足りないのか、持ち運び式の発電機が運動グラウンドの隅《すみ》で唸《うな》っていた。

照明は薄暗かった。

市内の停電は、ひとまず収まったはずだ。それなのに外部の電力供給を受けず、発電機のみに頼《たよ》っているせいだろう。

ドームに出入りする際に、周囲を警戒《けいかい》する虫憑きも見た。魅車の指示だろう、一種の結界ともいうべき能力でドーム全体を外部からシャットアウトしているのだ。

異様なほどに〝外敵〟を警戒している――。

それが真琴の感想だった。

国内にいる虫憑きが結集し、それでも臆病《おくびょう》なほど外界から隔離《かくり》しているのはなぜか。

その理由は、これから対峙《たいじ》する敵の能力と関係しているのだろう。

「わざわざ貴女《あなた》自身が足を運ばずとも、外の状況《じょうきょう》は情報班が把握《はあく》していますよ？」

魅車八重子が、真琴に向かって微笑《ほほえ》んだ。

特別環境《かんきょう》保全《ほぜん》事務局副本部長、魅車八重子。――実質上、特環という組織を掌握《しょうあく》している女性だ。いかなる時も笑《え》みを絶やさない、細目の美女。見た目は聖女のようだが、その容赦《ようしゃ》のない手腕《しゅわん》と狡猾《こうかつ》な性格を恐《おそ》れていない局員はいない。

「習慣なんです。自分の休息時間を使っての行動なら、問題ないと思ったのですが」

直立不動の体勢で、軍人のようにハキハキと答える真琴。

「罰《ばっ》しようというわけではありません。むしろ嬉《うれ》しいのです。貴女の勤勉さは、私の愛に応《こた》えてくれるものですからね。これからも期待していますよ」

「光栄です」

真琴が今いるのは、ドーム内の端《はし》に設置された天幕の内側だ。

急ごしらえのモニターが設置されたそこには、各支部の支部長たちが勢揃《せいぞろ》いしていた。

モニターや通信装置を操作する情報班を除けば、虫憑きは少ない。

〝照〟こと、門間真琴。

そして〝ふゆほたる〟と、その側近らしい少女である。

「……」

ちらり、と真琴は〝ふゆほたる〟を見た。

中学生みたいな童顔を緊張《きんちょう》させ、あちらもチラチラと真琴の顔を窺《うかが》っていた。かえって緊張感がないその素振りが、真琴を苛立《いらだ》たせる。

一号指定の生き残り……早く死ねばいいのに——。

心中で毒づくが、表情には出さない。

「それで貴女の印象はどうでしたか、〝照〟？　外の様子は？」

「思っていた以上に現在の状況を隠《かく》せていました。あれだけの規模の戦闘だったので、国内外でもっと騒《さわ》ぎになっていると思っていましたが……報道規制はもちろん、衛星からの監視《かんし》を早期に遮断《しやだん》したのが効いているようです。電子網《もう》上に仕《し》掛《か》けてあった情報班のトラップも功を奏しているようですし。——今のところは、ですが」

真琴の報告を聞いてあくびをしたのは、〝ふゆほたる〟の側近の少女だった。ストライプのタイツが趣味《しゅみ》が悪い上に、眠《ねむ》そうな顔をしながらも携帯《けいたい》電話をいじるのをやめない。

「眠いー、朝早いのやだー、電波悪いー」という独り言が聞こえた。

「そうですね。各国の衛星に細工を仕込んでおいたのが知れたら、いずれ非難を浴びるでしょう。諸々《もろもろ》のトラップもそれが尽きれば、情報の流出は免《まぬか》れませんしね」

魅車が平然と言った。真琴の頭を撫《な》でそうな口ぶりだ。

一方、ニッコリ笑うわけにはいかなかったのは、魅車のそばにいた大人たちだ。最高級のスーツを着た白髪《はくはつ》の男性と、それを取り囲むワンランク下のスーツ姿の男たちである。

「おい！　そんなことは聞いていないぞ！　外国の軍事兵器に干渉《かんしょう》するなんて――」

「承認《しょうにん》済みです、副大臣」

魅車がまた笑んだ。――白髪の男が何者であるかは、真琴もテレビで見たことがあるから知っている。どの省かは忘れたが、副大臣という役職だけは覚えていた。

「〝虫〟の秘密保持に関する任務は全《すべ》て、関連省庁の承認を受けています。きっと任務がたくさんありすぎて、どの事項《じこう》かお忘れになっているだけでしょう」

絶句する副大臣。

「そんなにご不安にならずとも、大丈夫《だいじょうぶ》ですよ。虫憑きの能力は証拠《しょうこ》が残りにくいですから、時間稼《かせ》ぎ程度にはなるでしょう」

「じ、時間稼ぎ？　その後はどうする！　国際社会から非難を浴びることに――」

「ああ、そういうご心配ですか。それも何とかなるでしょう。ちゃんと海外の情報機関とのパイプはありますし、差し障《さわ》りのない〝虫〟の情報を見返りに渡《わた》せば、今のところは不干渉協定――数ヶ月後には期限が切れる約束事を守ってくれるでしょう」

眠そうな顔のケータイ少女が口を開いた。

「そういう意味じゃ、早々に監視衛星を遮断できたのは大きいですねー。そんなことすらもできる〝虫〟の情報を手に入れられるなら、その国の上層部はむしろ、それを独占《どくせん》するまでは世間への公表を嫌《きら》うでしょう」

〝むしばね〟には、まともな頭脳役がいないと聞いていたんだけど……？

見た目とは裏腹に冷静な少女を、真琴は警戒に値《あたい》すると踏《ふ》んだ。

「そういえば以前、〝虫〟を独占したいと我々〝むしばね〟に交渉を持ちかけてきた人もいましたねー。損得勘定《かんじょう》が得意な方々の考えることは皆《みな》、いっしょですよ」

「ふふ、頭の良い子ですね。貴女のことも愛せそうです」

魅車が目を細め、ケータイ少女を見た。見つめる人間を逃《のが》れようのない慈愛《じあい》で縛《しば》りつける〝鎖《くさり》の笑み〟を向けられ、少女がギクリとした。〝ふゆほたる〟の背後に隠れる。

「じ、自分たちの国土に危険が及《およ》ばないかぎりは、ですけどねー」

頭は良くても、度胸がないらしい。真琴は少女に対する警戒ランクを一つ下げた。

「そういうことです、副大臣。全責任は私がとりますので、ご心配なく」

副大臣が何も言い返すことができず、押し黙《だま》った。

責任をとる？　馬鹿《ばか》馬鹿しい――。

本来ならば一国で制御《せいぎょ》しきれるはずのない〝虫〟や虫憑《つ》き。それらを完璧《かんぺき》に管理し、国内外の政治的干渉もはねのけ、この状況に至っても存在を隠し通すことができる人間。

そんな人材が、魅車八重子をおいて他にいるとでも？

答えは、否《いな》。

どんなに危険でも。

たとえ何を企《たくら》んでいようとも。

魅車八重子という人間は失われてはいけない。そのことが分かっているからこそ、国が彼女を排除《はいじょ》するなどあり得るはずがなかった。

「そろそろ本題に入ってはいかがでしょう、副本部長」

鼻の下と顎《あご》にヒゲを生やした四十代の紳士《しんし》が、ニコニコと笑いながら言った。

北中央支部支部長、岳美武政《たけみたけまさ》。――真琴の直属の上司でもある。

「そうですね、岳美支部長」

にっこりと微笑み返す魅車。この二人のやりとりは、いつ見ても茶番じみている。

正面に設置されたモニターに、唐突《とうとつ》に映像が映し出された。

「……！」


せめて前置きくらいはしてほしかった。

真琴はもちろん、魅車八重子を除く全員がそう思っただろう。

映し出されたのは、画質の荒《あら》い一瞬《いっしゅん》の動画だった。

だが、ほんの一瞬、見ただけで――。


「――」


ほとんどの人間が血の気を失い、無意識に後退《あとじさ》った。

真琴も、例外ではない。身体《からだ》の奥底から震《ふる》えがこみ上げた。

映像に映っていたのは、得体の知れない電子機器と、大人の胴回《どうまわ》り以上もありそうな制御ケーブルと電力ケーブルが密集する海――。

その中に、一人の女の子が裸《はだか》で寝《ね》そべっていた。

細く、青白い肢体《したい》。解《ほど》かれた長い髪《かみ》。そして額には唯一《ゆいいつ》の装束《しょうぞく》ともいうべき、王冠《おうかん》を象《かたど》ったティアラ。その身を横たえているのは、透明《とうめい》な直方形の台座。

まだ十代前半に見える、その女の子は――。

こちらを凝視《ぎょうし》していた。

どす黒く、見開いた眼《め》をカメラに向けていた。

そして――その眼が大きくなり、魚眼レンズのようにカメラに肉薄《にくはく》したかと思うと――

また元のように海の中の女の子の映像に戻《もど》る。

ノイズだらけの、ほんの数秒の映像だ。

それなのに、明らかに異常だった。

女の子の存在感も、向こう側から覗《のぞ》く女の子のどす黒い眼の挙動も、常識で説明することができなかった。まるで女の子の存在自体が時間と空間を超越《ちようえつ》し、歪《ゆが》んでいるとしか思えない。

「――ッ」

吐《は》き気《け》に襲《おそ》われたのか、副大臣の側近が何人か、口を押さえて顔をそむけた。

「〝浸父〟に占領《せんりよう》された本部からサルベージできた唯一の映像です。地下要塞《ようさい》の最下層を映したものです」

たった一人、平然としている魅車が言った。

いや、平然としているどころではない。映像に映る女の子を見つめる眼差《まなざ》しは、愛する我が子を慈《いつく》しむかのように優《やさ》しげだ。

「超種一号、〝C〟。――今の我々の最大の敵であり、殲滅《せんめつ》対象です」

誰《だれ》一人として言葉を紡《つむ》ぐことが出来ない。

そんな中、一人だけ違《ちが》う反応を見せたのは、〝ふゆほたる〟だった。

「これが――あの、エリィ……？」

その悲壮《ひそう》な顔は、恐れているというより、ひどく悲しげに見えた。

そんな〝ふゆほたる〟を見て、魅車がくすりと笑った。

「ああ、かつて貴女が本部から脱走《だつそう》した時、〝C〟を刺客《しかく》として差し向けたのでしたね。

――それが今や〝ふゆほたる〟は私のもとへ戻ってきてくれて、本部に巣くう〝C〟討伐《とうばつ》の作戦に加わっているとは……運命のいたずらとは、面白《おもしろ》いものですね」

「面白いわけがあるか……！」

青ざめた顔で、副大臣が魅車に詰《つ》め寄った。

「何なんだ、こいつは……！　これは、本当に――人間なのか？」

その場にいるほぼ全員の思いを、副大臣が代弁した。

真琴も同じことを考えた。

ほんの一瞬、その異様な姿を見ただけで――寒気と嘔吐《おうと》感がこみ上げていた。

たった今見た映像は――あの女の子は――いや、あの生き物は――。

「もちろん、人間ではありません」

魅車がにっこりと微笑んだ。

「ごく普通《ふつう》の――虫憑きです」

今度こそ、誰もが言葉を失った。

「〝C〟は中央本部の実験班に所属していました。実験内容は――〝始まりの三匹《びき》〟の一つ、〝浸父〟の欠片《かけら》を用いた欠落者蘇生《そせい》です」

映像を見ていた真琴は、グリンッと擬音《ぎおん》がしそうな勢いで魅車を振《ふ》り向いた。

なんだって……？

自分は今、とてつもなく重大な告白を聞いてしまった。

だが魅車があまりにも平然としていたため、ちゃんと理解するまで時間がかかった。

「しかし残念ながら、〝C〟はその過程で――」

「ち、ちょっと待っ――副本部長……？」

かろうじて声を出したのは、南中央支部の支部長だった。

「し、〝浸父〟の欠片……？　欠落者蘇生……？　ど、どれも初耳なのですが、一体、どういう――」

「実験の内容はともかく、中央本部で〝浸父〟の本体を保護していることは、すでに周知かと思っていましたが？」

きょとんとする魅車八重子。

こ、こいつ……ッ！

真琴は思わず立場を忘れ、怒鳴《どな》ってしまうところだった。

〝始まりの三匹〟のうちの一つを、中央本部が匿《かくま》っていた――。

そんな事実を、今の今まで、誰が知り得たというのだろう？　もしそれが事実だとしたら、これまで〝浸父〟を恐《おそ》れてきた人々は一体——。

　とっさに〝ふゆほたる〟を振り返る。

〝むしばね〟は、そのことを知っていたのだろうか？

　童顔の少女は心底ビックリした顔で、となりのケータイ少女と顔を見合わせていた。

「えっ？　特環《とっかん》は〝浸父〟を捕《つか》まえてたんですか？　すごい、いつの間に！」

「あ、後で説明しますね、スノウさんー。捕まえたとか、そういう以前の問題なので。ちゃんと理解したら、あなたといえどブチギレるかもですし……」

　両者のやりとりは演技には見えない。どうやら〝むしばね〟も初耳だったようだ。

「意外ですね。それじゃあ、知っていたのは——東中央支部だけということですか？」

　魅車が、また意外なことを口走った。

「……！」

　全員の視線が、東中央支部の支部長代理に集まった。

　それまで無言で佇《たたず》んでいた五郎丸柊子《ごろうまるとうこ》が、危《あや》うい目つきで魅車八重子を凝視していた。

「そ——そのことを知るまでに、何人の虫憑きが犠牲《ぎせい》になったと——」

　真琴は衝撃《しょうげき》を覚えた。

　東中央支部は、中央本部の秘密を知っていた。魅車八重子が展開する隠蔽《いんぺい》工作を唯一、破っていたのが、こともあろうに東中央支部ということは——。

〃かっこう〃──あの悪魔《あくま》も、知ってたってことッ？

「あ、あのクソ野郎《やろう》──」

思わず、誰にも聞こえないほどの小声が口から漏《も》れた。

「そんな大事なことを黙ってやがったってわけ……？　ど、どこまで、あいつは──」

わき上がる憤怒《ふんぬ》を堪《こら》える、真琴。

「皆さん、困ったものですね。私のいくつ後手を回っても結構ですが、最低限の能力がなければ、これからの戦いに勝つことはできませんよ？」

のうのうと言ってのける魅車に、殺意を抱《いだ》くことができた者がこの場に何人いただろうか？　ほとんどは副大臣や支部長たちのように、愕然《がくぜん》と立ち尽《つ》くすことしかできない。

「〃C〃が行っていた実験内容の詳細《しょうさい》は、後ほど〃照〃のみに伝えます」

思わぬ指名に、真琴はギクリとした。

支部長たちがくってかかる。

「な、なぜですか！　我々、支部長をさしおいて戦闘員《せんとう》に？」

「そうせざるを得ないからです。中央本部のみの極秘事項《ごくひじこう》とはいえ、彼女はそれを知っていないといけません。火種二号局員、〃照〃──」

魅車が真琴を見て、言った。

「貴女《あなた》を〃C〃殲滅作戦の指揮官に任命します」

〝かっこう〟脱落のショックから抜《ぬ》け出せない腑抜《ふぬ》けどもをさしおいて、自分が重要な任務を任されることは予想していた。だが意外だったのは――。

「私が、二号……？」

「ええ、これからの作戦を開始するにあたって、局員の号指定の改編を行います。貴女を新たに火種二号に昇級《しょうきゅう》し、同じ二号局員である〝月姫《かぐや》〟や、新たに二号となる〝霞王《かすおう》〟らを始めとする決死隊を率いてもらいます」

決死隊。

先ほどの映像を見て、あの化け物を倒《たお》すのが困難であることは悟《さと》っていた。あれに立ち向かうからには当然、命をかけることになるだろう。

「――了解《りょうかい》しました」

考えるよりも先に、口が勝手に動いていた。

そこに割って入ったのは、なぜか〝ふゆほたる〟だった。

「ち、ちょっと待ってください！　どうしてあの子を――エリィを倒さなきゃいけないんですか？」

その慌《あわ》てた素振りは、〝C〟をかばっているようにも見える。

真琴は顔をしかめた。

面倒臭《めんどうくさ》いヤツね。一号指定っていうのは、つくづく――。

「彼女は、そんな悪い子には見えませんでした」

「今の〝C〟は、以前の彼女ではありません。いえ――」

魅車が微笑《ほほえ》み、モニターを振り向いた。

「あの虫憑《つ》きは、もはや〝C〟ですらありません」

「それは……どういうことでしょう？」

北中央支部の岳美支部長が尋《たず》ねた。さすがにいつもの愛想《あいそ》笑いは消え失《う》せている。

「〝C〟にさせていた実験は、詳《くわ》しくは言えませんが――欠落者に陥《おちい》った虫憑きを救うことが目的でした。夢半ばに倒れてしまった彼らを、どうにか生き返らせてあげたい……そう思っていたところ、大きなヒントが現れました」

魅車が映像から振り向き、〝ふゆほたる〟を見た。

「〝大喰《おおぐ》い〟の干渉《かんしょう》によって、〝ふゆほたる〟が欠落者から蘇生を果たしたのです」

〝ふゆほたる〟が、唇《くちびる》を薄《うす》く噛《か》みしめた。

〝ふゆほたる〟が驚《おどろ》いた様子を見せなかったことが、真琴にとっては驚きだった。まるで自分と実験との関与《かんよ》を知っていたかのようだ。

「これによって、一つの仮定が生まれました。――〝始まりの三匹〟は、欠落者を再びこの世に呼び戻すことができるのかもしれない……」

「……！」

支部長たちが揃《そろ》って驚愕《きようがく》の表情を浮《う》かべた。

「しかし、いつ、どこに現れるかも分からない〝大喰い〟を捕《と》らえ、制御《せいぎよ》することはほぼ不可能です。そこで私が考えたのは、同じ〝始まりの三匹〟を使っての実験でした。ある理由で中央本部が保護していた〝始まりの三匹〟……〝浸父〟を使っての臨床《りんしよう》実験です」

真琴は顔をしかめた。

ようは〝始まりの三匹〟を使った人体実験ということだ。先ほど魅車の言っていた「欠落者を救うため」という口実が、あまりに白々しい。

「手中にあるとはいえ、〝浸父〟は危険でした。制御することなどできません。しかしその欠片、能力の破片を使うことはできました」

見ていれば、分かる。

優しげに、そして楽しげに実験を語る魅車八重子。

こいつは虫憑きを弄《もてあそ》ぶのが楽しくて仕方ない──魔王に違いない。

「〝C〟の能力は電力を操《あやつ》ること。電気信号によって動く人の脳と、人ならざるエネルギーによって死体を操る〝浸父〟とを繋《つな》ぐには、うってつけの能力ですからね」

魅車が、人の所業を超《こ》えた自らの行いを堂々とそらんじる。

「〝C〟に与《あた》えた使命は欠落者の記憶《きおく》を呼び起こし、虫憑きとしての夢を思い出させ──蘇生させること。〝始まりの三匹〟の一つである〝浸父〟の力を制御すること。そして、その上で自らの活動を持続することです」

「それが、どうしてこんな結果に？」

五郎丸柊子が憎々《にくにく》しげに魅車を睨《にら》んだ。

そういえば〝C〟は、東中央支部に所属していたことがあったと聞く。柊子にとってはかつての仲間といえなくもない。

「〝C〟の能力が、予想を超えて強すぎました。私の想定はもちろんのこと、〝C〟本人でさえそこまでとは考えていなかったでしょう。彼女の強すぎる能力は――欠片を通じて、〝浸父〟の本体すらも呑《の》み込もうとしたんです」

「かっ……完全に貴様の落ち度じゃないか！」

色めき立つ副大臣に対し、魅車が笑顔《えがお》で頷《うなず》いた。

「本当にその通りです。申し訳ありません」

「――ッ！」

「〝浸父〟は逃《に》げ切れず、〝C〟に吸収されました。今の彼女は自らと〝浸父〟の力を融合《ゆうごう》させた膨大《ぼうだい》なエネルギーを秘《ひ》めた、力の結晶《けっしょう》のようなものです」

「〝浸父〟を吸収……？　し、〝浸父〟は昨日、倒したはずです！」

思わず真琴は声を上げた。

多くの犠牲を払《はら》い、自らも死にかけ、そして――〝かっこう〟も欠落者になるという死闘の果てに、〝始まりの三匹《びき》〟の一つ、〝浸父〟は倒したはずだ。

それなのに――。

「あれは〝浸父〟であり、〝浸父〟ではありません」

魅車は嗤《わら》う。真琴の悲痛な思いを尻目《しりめ》に。

「〝C〟がその力を取り込む際に追い出した、余計な人格とその残滓《ざんし》にすぎません」

「――」

「その後、〝C〟は自らの人格すらも消滅させました。それは決して自滅ではなく、膨大な力を制御するために必要な進化の過程と考えられます」

今度こそ――というのも、何度目だろう。

魅車以外の全員、心の中の何かを折られる音が聞こえた。

「以上のことから、〝浸父〟と呼ばれていた存在は確かに消滅したといえるでしょう。しかし〝浸父〟の力を取り込んだ〝C〟が、今も動きを停止せずにいます。全国に彼女の触手《しょくしゅ》たる電気信号が展開しつつあるところから見て――彼女は今も自らの使命のために動いているのです」

もう、誰《だれ》も声を発することができなかった。

「〝始まりの三匹〟を制御する。――つまり、それらの力を自らに取り込むために、〝大喰い〟と〝三匹目〟を探しているのです」

そう言って黙《だま》り込んだのは、魅車がはじめて見せた本当の優《やさ》しさかもしれない。これ以上、新たな問題を挙げられたら、正気を保っていられる自信がなかった。

実際、天幕の内にいる人間が我を取り戻《もど》すまで、時間がかかった。

「そんな化け物が……今も、この足の下に……？」

副大臣が自らの足下《あしもと》を見た。

中央本部の要塞《ようさい》は、赤牧市の地中深くに存在する——。

「く、空爆《くうばく》を——」

「〝C〟が潜《ひそ》む最下層部は、爆撃が届く深さではありません。また〝C〟の触手は今も拡《ひろ》がりつつあります。通常ではあり得ない進入路から迫《せま》る浸食《しんしょく》が、防衛設備に及《およ》んでいる可能性もあります。兵器が自らに向けられていると分かれば、発射したそれらが〝C〟に操られてどう動くか……。通常の軍事力を投入しようにも、兵士一人の装備をとっても異常な電子信号によって無力化されてしまうでしょう」

口早に切って捨てる魅車。

支部長たちも次々と提案する。

「暴走状態にあるなら、時間がたてば自滅するのでは？」

「暴走ではありません。あれで平常なのです。平常を保つために人格を消滅させたのですから」

「無理に刺激《しげき》せずに、ひとまず様子を見るという選択《せんたく》も……」

「このまま放っておけば、本当に取り返しがつかないことになります。時間が経《た》てば経つほど、彼女は強力になります。なにしろ彼女は電力を能力の媒体《ばいたい》としているから」

魅車が自分の子供を自慢《じまん》する母のような口調で言った。

「この世界から電気というものがなくならないかぎり、彼女の力は膨《ふく》らみ続けます」

魅車が一言、言葉を積み重ねるごとに。

絶望が一つ、増えていく——。

「それにもう一つ、時間をかけては危険な理由がありますが——これは先ほども言ったように、〝照〟のみに教えましょう」

これ以上の情報は、もういらない。

すでに真琴の中で、結論は出てしまっている。

「こ、事が済んだら、覚悟《かくご》しておけ。——極刑《きょっけい》もあり得るぞ」

副大臣の精一杯《せいいっぱい》の脅《おど》しを、魅車がクスリと笑い飛ばす。

「それはジョークですか？　特環《とっかん》局員は常にその刑におかれているも同然なのに」

その通りだ。明日、生きているかどうかすら分からないのが特別環境保全事務局である。

それを外から見ていただけの人間は、あまりにも〝虫〟や虫憑きのことを知らなすぎる。

「さて、〝照〟。貴女《あなた》の見解を聞かせてください。〝C〟に勝てそうですか？」

「不可能です――」

どう言うべきか。

そう悩《なや》んでいたはずなのに、勝手に口が動いてしまっていた。言ってしまってから、しまったと口を押さえる。

だって、当たり前じゃない――。

言いたいことがありすぎて、何から言っていいのか分からない。

すでに〝浸父〟との決戦で消耗《しょうもう》している上に、〝かっこう〟が――悔《くや》しいが、あの一号指定もいないのだ。純粋《じゅんすい》に戦力が足りなすぎる。

「あ、いえ、そ、その……」

「やはり貴女を選んで良かった。まだ冷静なようですね」

魅車がにっこりと笑った。

「えっ？」

「〝C〟殲滅《せんめつ》の作戦は、〝照〟が率いる決死隊の他《ほか》にも、もう一つ用意してあります」

絶望に打ちひしがれる真琴たちに向かって、魅車が宣言した。

「〝C〟殲滅は、二つの作戦をもって行います。――そして別の作戦に関しては、すでに手を打ってあります」

「別の作戦……？」

眉《まゆ》をひそめる真琴の顎《あご》を、魅車がそっと撫《な》でた。

「愛する貴女たちを、むざむざ死地に赴《おもむ》かせるはずがないでしょう？　ちゃんと貴女たちの手助けとなる戦力を――そう、〝かっこう〟に代わる新しいリーダーを用意するつもりです」

〝かっこう〟の代わりとなるリーダー――。

誰もが目を見開くのを、魅車が楽しそうに見つめた。

「〝眠《ねむ》り姫《ひめ》〟に、目を覚ましてもらいます」

1. 02　門間真琴　Part. 3

……眠り姫？

真琴にとって聞き慣れない言葉だ。

しかし不思議そうな顔をしたのは真琴と〝ふゆほたる〟だけだった。支部長らと――なぜか〝ふゆほたる〟の側近であるケータイ少女がハッとしていた。

特に顔色を変えたのは、五郎丸柊子だ。

「反対です！　それだけはいけません！」

「なぜですか？　五郎丸支部長代理」

「なぜって……！　その理由は、副本部長もよく知ってるじゃないですか！　彼女を起こすということは――」

言いかけて、唇《くちびる》を引き締《し》める柊子。その先を続ければ呪《のろ》われるとでもいうのか、口に出すのを躊躇《ためら》っている様子である。

「あの、〝眠り姫〟とは一体？」

真琴は自らの上司である岳美支部長に問いかけた。

岳美が魅車を見た。細目の副本部長が制止しないことを確認《かくにん》し、複雑そうな顔で言う。

「槍《やり》型、あるいは槍使いといえば、君も分かるだろ？　――最後の一号指定のことだ」

「最後の一号指定……？」

不本意ながら、〝ふゆほたる〟と声が重なってしまった。〝ふゆほたる〟を睨むと、少女が申し訳なさそうに目をそらす。

一号指定は五人いるという噂《うわさ》は、ほとんどの虫憑《つ》きが耳にしたことがあるはずだ。

〝かっこう〟、〝ふゆほたる〟、レイディー・バード、ハルキヨ――そして槍使い。

確かに、それならば聞いたことがある。だが真琴が知るかぎり、槍使いは誰にも知られない戦いの中で死んだとも、〝かっこう〟に殺されたとも言われ、何が真実か分からない状態だったはずだ。

槍使いという一号指定はもういない。――少なくとも、それが通説である。

「槍使いは、今も生きているんですか？」

「私は昏睡《こんすい》状態で、二度と目覚めることはないと聞いていたよ。でも副本部長の言い方からすると、そういうわけではなさそうだね」

「〝照〟、岳美支部長、お二人の疑問に対する答えは、どちらもイエスです。槍使いと言われる一号指定は今も生きていて、目覚める可能性がないわけではありません。ただ彼女が目覚めると、少々問題があるというだけです」

「し、少々？　少々なんてレベルじゃ――」

食い下がろうとする柊子を、魅車が静かに見つめた。

「その問題を知っているのは、私と〝かっこう〟を含《ふく》めて数少ないはずですが……五郎丸支部長代理はご存じのようですね」

柊子が「うっ」と呻《うめ》く。

また〝かっこう〟か……！

真琴は苛立《いらだ》つ。だが、それにしても東中央支部だ。他の支部の支部長さえ知り得なかった秘密を、いくつも知っているのはもう疑いようもない。

普通《ふつう》の虫憑きが知らないことを知っていたから、〝かっこう〟は――あの男は、真琴のような凡俗《ぼんぞく》の虫憑きたちを見下していたのだろうか？

そうだとすれば——欠落者になっただけでは飽《あ》き足《た》らない。この手でズタズタに引き裂《さ》いて殺してやりたい気分である。

「〝眠り姫〟は同化型の虫憑きであり、分離《ぶんり》型の虫憑きでもありました」

唐突《とうとつ》に、魅車が謎《なぞ》かけのようなことを言った。

「今となってはほとんど知る者もいない——知る必要もない、ある戦いで彼女は敗北し、眠りについたのです。敗《ま》けたとはいえ、彼女はその戦いで一号指定たちと手を取り合い、力を合わせようとしました」

「一号指定たちで……手を取り合う？」

あまりにイメージの浮《う》かばない構図だ。真琴は思わず鼻で笑いそうになった。

「そうです。欠落者だった〝ふゆほたる〟はともかく、〝かっこう〟、ハルキヨ、レイディー・バード、そして槍使い。——槍使いの号令の下、ほんの一瞬《いっしゅん》とはいえ、それは実現しました」

「……えっ？」

実現した？

今、魅車はそう言ったのか？

「ああ、ちょっと違《ちが》いました。レイディー・バードだけは直前で決別したんでしたね。なぜかその戦いと同じタイミングで特環に襲《おそ》われた、罪のない虫憑きを救うために」

「す、すごい……そんな人がいたんですか？」

無邪気《むじゃき》に驚《おどろ》く〝ふゆほたる〟。

だがそのとなりで、ケータイ少女が両目を大きく見開いた。

「――なんで、それを知ってる……？」

全員の視線が、少女に集まった。

「レイディーがギリギリまであの戦いに参加しようとしてたことを知ってるのは――〝むしばね〟でももう何人もいない。〝かっこう〟がお前なんかに言うはずもない……」

「そう言われると、そうですね、私は、なぜ知っているんでしょう？」

魅車が目を細め、首を傾《かし》げた。

「――」

ケータイ少女が一瞬、硬直《こうちょく》し――ハッとして、眉をつり上げた。

「お、お前――」

怒《いか》りの形相を浮かべ、魅車に飛びかかろうとする少女。

「お前えっ！」

真琴は反射的に自らの喉《のど》を押さえ、もう片方の手をケータイ少女にかざした。

「感覚遮断《しゃだん》っ！」

「――ぎゃうっ！」

真横に弾《はじ》け飛び、何か押さえつけられたようにガクガクと震《ふる》える少女。

「ルシフェラさん！」

慌《あわ》てて〝ふゆほたる〟が駆《か》け寄るが、ケータイ少女の怒りは収まらなかった。真琴の能力を受けながらも、鬼《おに》の形相で魅車に這《は》い寄ろうとする。

「お——前がぁっ！　お前がレイディーを誘《さそ》い出したのかぁっ！　あの戦いで〝むしばね〟が何人死んだと思ってる！　何人、欠落者になったとっ……！」

「ルシフェラさん！　どうしたんですか、一体……！　何を言って——あ、あなたももうやめてください！」

〝ふゆほたる〟が真琴とルシフェラとやらの間に割って入るが、やめるわけにはいかない。何事かは知らないが、明らかにルシフェラは副本部長を攻撃《こうげき》しようとしている。

「レイディーさえっ！　レイディーさえ加われば、全滅なんかしなかったはずだ……！　あの戦いで大勢いなくなったから、あたしたち〝むしばね〟はぁっ……！　レイディーだって一人で何もかも背負うようにはっ……！」

尋常《じんじょう》でない取り乱しようだ。涙《なみだ》を流すルシフェラに、魅車が鎖《くさり》の笑《え》みを向ける。

「なぜ知っているのか？　それは、こちらの台詞《せりふ》です」

「……！」

「あの戦いを知っているのはほんの一握《ひとにぎ》りですし、〝むしばね〟の前身ともいうべきレイディーの仲間たちはほとんど死ぬか欠落者になったはず。――それなのに貴女は、まるで関係者かそれに近い人間から話を聞いたかのようですね。それとも意図的に、槍使いのことを調べでもしていたのですか？」

ギクリ、とルシフェラが顔を強《こわ》ばらせた。

「今のリーダーである〝ふゆほたる〟さえ、これっぽっちも知らない様子なのに。あの戦いの重要性をそこまで認知しているなんて、貴女では――貴女程度では、あの戦いをそこまで読み解けるとは思えないのですが？」

「あ、あたしは……」

「魅車副本部長」

倒《たお》れたルシフェラに歩み寄ろうとする魅車を、五郎丸柊子が呼び止めた。

「今の話は、本当ですか？」

柊子の右目から、一筋の涙がこぼれていた。ぶるぶると肩《かた》が小刻みに震えている。

「貴女は――もちろん、〝かっこう〟から聞いたのでしょうね、五郎丸支部長代理」

「な、なんということを……あなたは、なんということをっ……！」

「彼も女々《めめ》しく言っていたのですか？　レイディーさえいれば勝てた、と？」

「言うわけがっ……！　〝かっこう〟さんがそんなことを口が裂けても言うわけないでしょうっ！　でも本当は――」

「我々にも分かるよう、説明してもらえませんか？」

ワケの分からない話で――それも〝かっこう〟絡《がら》みで勝手に進められるのは、我慢《がまん》がならなかった。真琴はルシフェラにかざした手に力を込める。

「それと、この女をどうするか命令を。――もっともこれ以上やると、〝ふゆほたる〟も相手になる危険性がありますが」

真琴は〝ふゆほたる〟と睨《にら》み合う。先ほどまでとはうって変わり、童顔の少女の顔つきが変わりつつあった。ルシフェラを解放しなければ、どう動くか予想がつかない。

「解放してあげてください。その子も、もう大丈夫《だいじょうぶ》でしょう。ねえ、〝ふゆほたる〟？」

「ルシフェラさん、今は……」

うなだれる少女を見て、真琴は能力による拘束《こうそく》を解いた。ルシフェラはいまだに怒りを抑《おさ》えきれずにいるが、歯を食いしばって堪《こら》える。

「件《くだん》の戦いは、今となっては語る意味もありません。つまるところ重要なのは、〝眠り姫〟はある決戦に挑《いど》み、敗北したということです。その際、とても強力な虫憑きを封印《ふういん》するため、ともに眠りにつきました」

支部長たちが、眉《まゆ》をひそめた。岳美支部長が代表して尋《たず》ねる。

「強力な虫憑きとは？」

「――〝不死〟の虫憑きです」

魅車が言った。

ざわめきつつあった天幕内が、再びシンと静まり返った。

岳美支部長が表情をひきつらせる。

「〝不死〟……？　〝不死〟とは？」

「文字通り、死なない虫憑きです」

微笑《ほほえ》む魅車。

柊子が涙を拭《ぬぐ》い、魅車を睨んだ。

「〝眠り姫〟が目覚めれば、〝不死〟の虫憑きも目覚めてしまいます」

「問題ありません。彼は——〝不死〟は、我々の敵じゃありませんからね」

「しかし〝大喰い〟が、再び〝不死〟を取り戻《もど》してしまう」

はっきりとした口調で、柊子が言った。

一体、どうなってる……？

五郎丸柊子という支部長代理は無能である。——そう聞いていた。敏腕《びんわん》だった前支部長の代わりに据《す》えられただけのお飾《かざ》りだと。

だが実際は、その女性は誰《だれ》も知らない中央本部の秘密を知り、今もなお覚悟《かくご》を決めた顔で副本部長と睨み合っている。

「口を慎《つつし》んでください、五郎丸代理。それ以上、機密を述べるようなら——」

「なぜなら〝大喰い〟は、自分で虫憑《つ》きにした者の能力を全《すべ》て我が物にできるのだから」

きっぱりと。

五郎丸柊子が、信じられないことを言い放った。

ぐらり、と真琴の視界が傾《かたむ》きそうになった。

〝大喰い〟が――分離型の能力を全て操《あやつ》ることができる？

もしそれが本当だとしたら、今の〝大喰い〟は――。

「――」

〝ふゆほたる〟を見ると、彼女もまた絶句していた。

〝大喰い〟が分離型の能力を使えるのならば、当然、今の〝大喰い〟は――〝ふゆほたる〟の能力も使うことができるということだ。

それだけでも、凶悪《きょうあく》というしかない。

それに加えて、〝不死〟とやらの能力まで備わってしまったら――。

「〝眠り姫〟のおかげで、〝大喰い〟を倒せる可能性が生まれた。彼女が身を捧《ささ》げて、その可能性を与《あた》えてくれたんです。――でも〝不死〟が目覚めれば、再び〝大喰い〟は死なない存在へと戻ってしまう」

柊子の言葉が、真琴の頭の中を反響《はんきょう》して木霊《こだま》した。

うちは今まで、何を知っていた……？

何も知らなかった。

情報収集は得意のつもりだったのに、〝虫〟に関する真実の、ほんの一握りも知らなかったのだ。

一方、五郎丸柊子――否《いな》、東中央支部が知り得た真実の数々。

それらは決して、楽に手に入るものではなかったのだろう。それこそ先ほど五郎丸柊子が言っていたように、多くの虫憑きが戦い、犠牲《ぎせい》となることでようやく知り得た真実だ。

うちらは一体、今まで何を相手に戦ってきたの……？

いい知れない敗北感が、真琴を打ちのめす。

「五郎丸支部長代理。――今回の作戦を最後に、貴女《あなた》を降格します」

魅車が鎖の笑みで、柊子を見つめた。

「承《うけたまわ》ります」

柊子が真正面から、それを受け止める。

満足そうに頷《うなず》いて、魅車が他《ほか》の支部長たちに向き直った。

「五郎丸支部長代理の言うことは、一石二鳥でもあります」

「……？」

「我々は〝かっこう〟に代わる戦力である〝眠り姫〟を得て、〝大喰い〟は〝不死〟を取り戻す。つまり〝C〟が〝大喰い〟を取り込むことも不可能になるのですから」

支部長たちが、ハッとした。

確かに魅車の言うことも、一理あった。

〝眠り姫〟とやらが何者か知らないが、〝かっこう〟と同等の戦力を得られるならば、〝C〟に対する勝算もあるかもしれない。その上、〝C〟が〝大喰い〟を取り込み、さらに強力になるという最悪の事態もなくなるのだ。

しかも魅車は〝不死〟の虫憑きが敵ではないと言った。

うまくいけば、その〝不死〟とやらも味方になるかもしれない。

そうであれば、充分《じゅうぶん》に――。

「そんなの、おかしいです！」

異論を唱えたのは、意外にも〝ふゆほたる〟だった。

「虫憑きを倒すために、〝始まりの三匹《びき》〟を手助けするなんて……そんなの絶対、おかしいに決まってます！」

真琴は、確かに見た。

〝ふゆほたる〟の言葉を聞いて、ほんのわずか――かすかに魅車八重子がピクリと眉をひそめたのを。

「私は反対です。利菜《りな》――レイディーがいたら、きっと彼女も反対します。〝かっこう〟くんだって！　それに……その〝眠り姫〟という人も、きっと！」

虫憑きを倒すために、〝始まりの三匹〟を助けるというのは本末転倒《てんとう》である。

それは正論かもしれない。それも魅車の物言いに納得《なっとく》させられ、気づきもしなかった正論だ。〝ふゆほたる〟の言う通り、かつての一号指定どもがこの場にいれば反対したことだろう。

しかし真琴は、〝ふゆほたる〟の台詞を聞いて苛立《いらだ》たずにはいられなかった。

「それが、どうしたっていうの？」

真琴は〝ふゆほたる〟を睨み、言い放つ。

「今、ここにいるのは、うちら。もういない連中の声なんか、なんの意味もないわ」

「……！」

黙《だま》り込む〝ふゆほたる〟に、魅車八重子が微笑みかける。

「そこまで主張するからには、他に良い案があるのですね、〝ふゆほたる〟？」

「〝大喰い〟を倒すんです！」

はあ？

真琴は思わず、間の抜《ぬ》けた声を上げるところだった。

魅車以外の全員――味方であるはずのルシフェラすらも、同様の顔をしている。

「〝大喰い〟を倒せば、〝C〟が〝大喰い〟を吸収することはできないはずです」

「そうですね。では、今すぐに〝大喰い〟を倒すことができるのですか？」

魅車が、しごく当然の質問をした。

「そ、それは……」

言いよどむ〝ふゆほたる〟。

「できないでしょう？　それに——もう遅《おそ》いです」

「え？」

「もう手は打ってあるのです。〝眠り姫〟を目覚めさせるためのチームを、すでに彼女のもとへ向かわせているのですよ」

「なっ——」

〝ふゆほたる〟が絶句する。

支部長たちや真琴も驚愕《きょうがく》した。

今、このドームに特環《とっかん》の全戦力が結集しているといっても過言ではない。余剰《よじょう》戦力はおろか、そのように重要な任務を遂行《すいこう》できる戦闘《せんとう》員は残っていないはずだ。

「〝眠り姫〟は一号指定です。ならば迎《むか》えに行く者も、それに相応《ふさわ》しい人物でなければいけません」

微笑《びしょう》する魅車を見て、柊子が呆然《ぼうぜん》と口を開いた。

「ま、まさか……」

魅車がくすりと笑い、言った。

「ハルキヨです」

真琴たちは息を呑《の》んだ。

炎《ほのお》の魔人《まじん》ハルキヨ。一号指定の中でも特に神出鬼没《きぼつ》で、理解不能な天災のように噂《うわさ》されている虫憑きだ。彼が現れた場所には、炭すらも残らないと言われるが――。

それが本当ならば、真琴は言わずにはいられなかった。

「ハルキヨを〝眠り姫〟のもとに……？　そ、そんなことができるなら、最初から〝眠り姫〟よりも〝C〟討伐《とうばつ》のチームに加わってくれたほうが戦力になると思うのですが」

「もっともな意見ですね、〝照〟」

魅車は真琴を見て、優《やさ》しく頷いた。

「でも彼は〝C〟に興味などないのです。ですから決して貴女たちと同行することはないでしょう。一方、〝眠り姫〟は――何としてでも目覚めさせてくれるはずです。なぜなら〝眠り姫〟は、彼がずっと探し求めていた人物なのですから」

魅車の口ぶりからすると、彼女はハルキヨと何らかの繋《つな》がりがあるようだ。

ハルキヨが副本部長の下についているという噂は、本当だったのか――。

真琴の情報網《もう》――この数分間ですっかり自信をなくしてしまったそれだが、ハルキヨが殲滅《せんめつ》班に所属しているという噂は拾っていた。殲滅班とは魅車副本部長の直属の暗殺部隊である。

〝かっこう〟に加えて、ハルキヨまでも魅車八重子の管理下にある。

そして今や、〝ふゆほたる〟さえも……。

真琴が童顔の少女を見ると、彼女は厳しい顔で唇《くちびる》を噛《か》んだ。

「そういうことなら……私はやっぱり〝大喰い〟を倒《たお》さないといけないと思います」

気の弱そうな印象だったが、魅車を見つめる目つきは力強さを秘《ひ》めていた。

「ハルキヨという人が、〝眠り姫〟さんを目覚めさせる前に。そして――」

どこかで、その目を見たような――。

真琴の記憶《きおく》にひっかかる目つきだ。そう、彼女をひどく苛立たせる人間の――。

「〝不死〟の虫憑きが蘇《よみがえ》って、〝大喰い〟が不死身になってしまう前に」

「ふふ、勇ましいですね、〝ふゆほたる〟。ハルキヨは間もなく〝眠り姫〟を起こすことでしょう。私の見立てでは数日内……いえ、あと二日ほどでしょうか」

「……」

「それまでに〝大喰い〟を倒す手段があるというんですね？」

〝ふゆほたる〟は二の句を継《つ》げない。

あるわけがない。

いつ、どこに出現するとも分からない。その上、分離《ぶんり》型の能力全てを操るという最悪の正体まで明らかになってしまった。これまで何者にも滅《ほろ》ぼされず、欲《ほっ》するままに人の夢を貪《むさぼ》ってきたのだ。そんな怪物《かいぶつ》を今、倒す必要性が生じたからといって、すぐに倒せる方法などあるはずがない。

「ないのでしょう？　ですから、貴女と〝むしばね〟も決死隊に同行を――」

「ダメですよ、スノウさん。これも罠《わな》かもしれません」

割って入ったのは、ルシフェラというケータイ少女だった。

「〝かっこう〟が欠落者になって、ハルキヨも都合良く〝眠り姫〟のもとに送り込まれて――スノウさんまでこいつの思惑《おもわく》通りに動くのは危険すぎます。最悪、一号指定の虫憑きが全員いなくなってしまう可能性だってあります」

敵意を剝《む》き出しにして、魅車を睨《にら》むルシフェラ。

一号指定が、一人残らず死ぬ。

状況《じょうきょう》が状況なら、真琴にとってこれほど痛快なことはない。

一号指定なんて、どうせ〝かっこう〟と同じ傲慢《ごうまん》なクズどもに決まっている――。

「私の愛が理解されないのは残念ですが、今は感情で動く時ではありません。〝ふゆほたる〟――貴女も本当は分かっているのでしょう？」

「方法なら、あります」

ルシフェラが言い放った。

誰《だれ》もが眉《まゆ》をひそめる中、魅車が微笑《ほほえ》みを崩《くず》さずに問いかける。

「それは、どういう意味ですか?」

「〝大喰い〟をおびき出す方法を私たちは知っている——そう言っているんですよー」

魅車が、押し黙った。

——ハッタリだ。

真琴を含《ふく》む、その場にいる全員がそう確信した。

その証拠《しょうこ》にルシフェラの表情は強《こわ》ばり、尋常《じんじょう》じゃない冷や汗《あせ》をかいている。携帯《けいたい》電話を持つ手が、かすかに震《ふる》えているのも分かった。

「本当ですか、〝ふゆほたる〟? どんな手を使うと?」

「彼女に聞いてもムダですよ。あ、あなたなんかに教えるわけないじゃないですか」

ルシフェラが言い、〝ふゆほたる〟をすがるような目で見つめ返す。

明らかに強がっているだけの少女を見て、〝ふゆほたる〟が魅車に向き直った。

「彼女があるというのなら、あります」

迷いのない、きっぱりとした口調で言い放つ。

「そうですか」

魅車が口元に手を添《そ》え、クスクスと可笑《おか》しそうに笑った。

くだらない茶番だ。そんな世迷《よま》い言《ごと》は無視して、さっさと〝C〟殲滅の決死隊に加わるよう、奴《やつ》らに命令してほしいもので——。

「分かりました。それでは"むしばね"は別行動ということになりますね」

「えっ」

真琴や支部長たちの驚きの声が、綺麗に重なった。

特に慌てたのは真琴だ。何しろ自分たちの命がかかっているのである。

「ま、待ってください、副本部長！ "大喰い"を倒す方法があるなんて、明らかにウソです！ このままでは私たちは"浸父"と戦った時より、大幅に少ない戦力で"C"に立ち向かうことに……！」

「落ち着きなさい、"照"。大丈夫、貴女たちの役目は、"C"まで到達する道を切り開くことです。そこに至る障害を打ち破ることによって、ね」

相手はその"浸父"すらも取り込むような化け物なのに！」

なんだって……？

そんなことは、初耳だぞ？

"C"に至る障害？ "C"以外に、何かが私たちの前に立ちはだかるとでも？

「貴女たちが"C"に辿り着く頃には、"眠り姫"とハルキヨも加勢に向かっているでしょう。——それに"大喰い"を倒すか、あるいはそれを諦めた"ふゆほたる"ともです」

——そうですよね、"ふゆほたる"？」

魅車が、横を見た。

つられて"ふゆほたる"を見ると、童顔の少女が真琴に向かって力強くコクリと頷いた。

なんだ、それは――。

それじゃあ、まるで――。

「そ、そんな……私たちは――」

一号指定どものために道を作るだけの、捨て石じゃないですか――。

喉元《のどもと》から出かかった言葉を、かろうじて呑み込む真琴。

馬鹿《ばか》馬鹿しすぎて、目まいがした。そんなものは決死隊ですらない。

強大な敵を前に、戦力を分散するなんて愚策《ぐさく》としか思えない。魅車八重子ほどの策士が、そのことを理解できないはずがないだろうに――。

「これより三面作戦をもって、地下要塞《ようさい》最下層にいる〝C〟殲滅に取りかかります」

魅車八重子が、ノイズの海に浮《う》かぶ〝C〟の映像を仰《あお》ぎ見た。

「作戦1は、〝照〟を指揮官とする〝C〟本体強襲《きょうしゅう》、および殲滅作戦」

次に足下《あしもと》を指さす。

「作戦2。ハルキヨによる〝眠り姫〟の覚醒《かくせい》」

そして最後は、〝ふゆほたる〟だ。

「作戦3。〝ふゆほたる〟と〝むしばね〟による、〝大喰い〟の殲滅」

天幕内にいる面子《メンツ》で、真琴だけが呆然としたまま魅車の声を聞いていた。

おかしい。こんなのは、おかしすぎる――。

なぜ真琴以外には誰も、この作戦の不自然さに気づかないのだろう？

「以上の作戦により〝C〟のさらなる進化を阻《はば》みつつ、〝眠り姫〟、〝ふゆほたる〟、ハルキヨと、特環の総力をもって同時に〝C〟本体を叩《たた》きます。——タイムリミットはハルキヨが〝眠り姫〟を起こすまでの……48時間」

結局、頼《たよ》りにするのは一号指定というわけか。

ふつふつと、真琴の中で抑《おさ》えがたい憎《ぞう》悪《お》が膨《ふく》らんでいく。

どいつもこいつも、ナメやがって——。

同じ虫憑《つ》きなのに、一号も無指定もあるものか。

いや、むしろ一号指定などというハンパな強さが、特別環境保全事務局——ひいては虫憑き全体を狂《くる》わせているのではないだろうか？

「各支部長は一時間で各自態勢を整え、作戦1に参加させる虫憑きを〝照〟に預けること。作戦2に関してはハルキヨがすでに任務行動中です。作戦3もすぐに行動に移ってくださ い。情報班を通じて、お互《たが》いの状況は常に報告しあうことにしましょう。——〝照〟は話があるので、この場に残るように」

国の存亡どころか、世界全体に影響《えいきょう》を及《およ》ぼしかねない決戦が始まる。

そのスタートの合図を——。

魅車八重子がにっこりと優しい笑《え》みとともに宣言した。

「作戦、開始」

各支部長や〝ふゆほたる〟たち、そして副大臣とその側近が天幕から出て行く。

十秒と経《た》たず、天幕には魅車と真琴の二人きりになった。通信機器を操作していた情報班も、いつの間にか姿を消していた。

「さて、〝照〟。任務につくにあたって、〝C〟の能力や、時間がないという理由について教えようと思います」

人形のように棒立ちになった真琴に、魅車が近づく。

何が、任務だ。

所詮《しょせん》は一号指定のための露払《つゆはら》い、ただの使い捨てにすぎないというのに。

どいつもこいつも一号指定、一号指定と、どうしてこう――。

「ただ、その前に一つだけ。〝照〟……貴女には本当に期待しているんですよ？　任務成功率は〝かっこう〟とほぼ同率のトップですし、能力も非常に強力です。ですから――」

すっかりモチベーションを失った真琴は、魅車の言葉など耳に入らなかった。

だが。

次の一言だけは、雷《かみなり》に打たれたかのように真琴の全身を貫《つらぬ》いた。

「〝C〟殲滅作戦が成功した暁《あかつき》には――貴女を一号指定に認定《にんてい》してあげます」

「――」

まさに、衝撃《しょうげき》の言葉。

一瞬《いっしゅん》、何と言われたのか分からなかった。

「え……？」

惚《ほう》けた顔を上げた真琴の顎《あご》を、魅車八重子の細い指が撫《な》でた。

我が子を愛《いと》しむ母親のような笑顔で、魅車が言った。

「かつてない大きな戦いです。それを成功させた者が一号になるのは、当然でしょう？」

「……」

ぞくり、という落下感にも似た緊張《きんちょう》感。

その意味が浸透《しんとう》すると、今度は逆に足下の感覚がなくなるほどの浮遊《ふゆう》感に襲《おそ》われた。

「わ、私は――一号指定など、べつに――」

真琴は一号指定が嫌《きら》いだ。

何より、〝かっこう〟という虫憑きが大嫌いだった。憎悪していると言っていい。

だから、そんなものに興味などなかったし――。

「貴女は謙虚《けんきょ》ですね。でも、貴女の意思とは関係なく、そうなるのです。何しろ〝かっこう〟でさえ途中《とちゅう》で脱落《だつらく》せざるを得なかった戦いに、幕を下ろす虫憑きなのですから」

そんなものに――手が届くなんて、考えたこともなかった。

否応《いやおう》なく心臓の鼓動《こどう》が高鳴っていく。

「もし48時間以内に作戦2と作戦3に進展がなかった場合、貴女たちだけで〝C〟に立ち向かうということもあり得ます。その時のための方法をいっしょに考えましょう」

〝かっこう〟、〝ふゆほたる〟、レイディー・バード、ハルキヨ、〝眠り姫〟。

大嫌いとはいえ、彼らの名は虫憑きに知れ渡《わた》っている。それほどまでに彼らの伝説は凄《すさ》まじく、誰しもに恐《おそ》れられながらも、ある種の憧《あこが》れを抱《いだ》かせる。

そんな名の中に門間真琴――〝照〟の名が加わる？

「私は忠実な貴女を愛します。貴女も私の愛に、応《こた》えてくれますね？」

魅車八重子が艶《つや》やかに、しかし底冷えする冷たさを秘《ひ》めた指先で、真琴を撫でた。

真琴は――。

「は、はい……」

その手を握《にぎ》り返し、自ら頬《ほお》を押し当てた。

1.03　門間真琴　Part. 4

真琴が天幕から出たのは、魅車と二人きりになってから十分も経たない頃だった。

ドームの内部は、相変わらず大勢の虫憑きで埋《う》まっていた。しかし決戦間近とあって誰もが慌ただしく走り回っている。

「……」

天幕から数歩だけ歩いたところで、真琴は立ち止まった。

言葉も出ない。ため息すらこぼすことができなかった。

支部長たちの前で魅車が語った真実。

〝C〟を媒体《ばいたい》にして行っていた実験や、中央本部が〝浸父〟を隠《かく》していたという事実。最後の一号指定、〝眠り姫〟。――そして〝大喰い〟の真の能力など、真琴がこれまで知らないことばかりだった。

東中央支部だけが、それらの秘密を自力で突《つ》き止めていたというのも衝撃だった。いや、東中央支部というより〝かっこう〟の功績なのだろう。彼らが一体何を思い、何と向き合って戦っていたのか――それを考えただけで、真琴は自分の矮小《わいしょう》さに打ちひしがれた。

これまでの自分とでは、戦っていたステージがあまりにも違《ちが》いすぎる。

そんな惨《みじ》めな真琴に対し――。

「うちは、多分……この戦いで死ぬんだ」

ぽつり、と呟《つぶや》く。

天幕に残された真琴に、魅車八重子はさらなる絶望を教えてくれた。

〝C〟に関する、いくつかの秘密。

先ほど支部長たちの前で語られていれば、パニックが起きていたに違いない真実の数々。たとえ各支部の支部長たちといえど、為《な》す術《すべ》もなく戦意を喪失《そうしつ》していたかもしれない。それが分かっていたからこそ魅車は、真琴だけにそれを告げたのだ。

「生き抜《ぬ》くために、今まで割とがんばってきたのになあ……」

自分が特別な人間だと思ったことなんて、一度もない。

強い虫憑きほど、おかしなヤツが多い。その生き方から、しゃべり方一つとっても何らかの強さの理由を秘めているのだ。

そんな中、門閒真琴には個性などない。

装備を脱《ぬ》いだら、ただの女子中学生だ。すごく美人なわけではないし、すごく不細工でもない。運動神経だって特別良いわけじゃない。すごく頭が良いなどということもない。決して譲《ゆず》れない信念などないし、他人に合わせるのが嫌いなわけでもない。

そんな普通《ふつう》の虫憑きが、いつしか二号指定になり――。

一号指定という餌《えさ》につられて、世紀の大決戦の指揮をとることになった。

「今のうちに、誰《だれ》か褒《ほ》めてくれないかな……今までよくやったって……」

自嘲《じちょう》気味に笑う真琴のもとに、横から声がかかった。

「〝照〟!」

上司の北中央支部支部長、岳美だ。真琴に駆《か》け寄るなり、彼女の頭を乱暴になでる。

「よくやった！」

髭《ひげ》を湾曲《わんきょく》させ、愛嬌《あいきょう》のある笑みを浮かべる中年男。

「これだけの規模の戦いの指揮官に任命されたのは大きいぞ！　実質的に特環《とっかん》で最も優《ゆう》秀《しゅう》な虫憑きと認められたも同然だからな！」

なすがままにされながら、真琴も苦笑《くしょう》を返した。

八方美人で腹黒く、身《み》の丈《たけ》に合わない野心家で、卑怯《ひきょう》で、調子が良く、嫉妬《しっと》深くて、他人のことなど気にも留めない嫌《いや》な上司だが――結果を出しさえすれば、素直《すなお》に褒めるところだけは嫌いではない。

たとえそれが自分の望むものとは違う、中身のない誉《ほ》め言葉だとしてもだ。

「はあ、どうも。〝かっこう〟や南中央支部の連中がいないってだけですけど」

「だからこそだ。この戦いが終われば、うちの支部の影響力は相当大きくなるぞ」

ニコニコと機嫌《きげん》良く笑う岳美。

いつもなら苛立《いらだ》つところだが、この状況《じょうきょう》ではかえって可笑《おか》しくて緊張をほぐされた。

この男はこれから始まる戦いで、〝照〟以下、自分の支部の虫憑きが全員生還《せいかん》できるつもりでいるらしい。実際は全滅《ぜんめつ》する可能性のほうがずっと高いというのに。

「あっ、支部長。さっきの副大臣たちが来ますよ。外しましょうか？」

先ほども天幕にいた副大臣らが、歩いてくるのが見えた。

「いや、彼らはお前に話があるそうだ。席を外すのは私のほうだよ」

言い、岳美が真琴の肩《かた》に手を置いた。――前から思っているのだが、普通の職場なら彼の過度なスキンシップはセクハラだと思う。

「何を言われたか、後で説明しろよ。奴《やつ》らの命令には従わなくていい」

小狡《ずる》い目つきで耳打ちする。顔が近い。

「うまくやれ。お前には期待してるんだからな」

「はいはい、いつも通りに」

自分がレイディー・バードのような美人じゃなくて良かったと思うことがある。もしあれくらいの美人だったら、自分はこの男に何をされていたか分かったものじゃない。

岳美が去り、代わりに副大臣とその取り巻きが真琴を囲んだ。

側近の一人が、前置きもなしに語り出す。

「特別環境保全事務局北中央支部所属、〝照〟。本名、門間真琴。生まれは――で、十一歳の時に虫憑きになる。特環の刺客《しかく》を三十五人撃退《げきたい》した後、〝かっこう〟および〝あさぎ〟の両名によって捕獲《ほかく》。訓練の後、特環の局員として北中央支部に配属。その後の任務成功率は九十四パーセント。常に忠実で問題行為《こうい》はゼロ――」

お前のことは何もかも調査済みだぞ、と言いたいらしい。ろくでもないことを切り出されそうだ。

何かの書類を読み上げていた側近が、副大臣に言う。

「実績は申し分ありません。局員の中でも飛び抜けています」

「ふむ、とてもそうは見えないが……」

「必死なだけです」

真琴はバイザーを額まで持ち上げ、苦笑してみせた。

副大臣が値踏《ねぶ》みするように真琴の顔を凝視《ぎょうし》し、大仰《おおぎょう》な口ぶりで切り出す。

「君の実績を見込んで、内閣府から極秘《ごくひ》の任務を与《あた》える」

「えっ？」

「まず一つは今回の作戦に関し、魅車八重子の挙動を逐一《ちくいち》観察しておくこと。作戦のミスや落ち度があれば、後に詳細《しょうさい》を報告すること。二つ目は〝C〟のもとに向かう中で、魅車の失態の証拠《しょうこ》となるものを持ち帰ることだ」

「し、しかし、それは……」

「これは国のためなんだ。その重要性は君の想像よりも高い。もちろん誰にも口外してはいけないし、命令に背《そむ》くようなことがあれば厳罰《げんばつ》に処すことになる」

「国のため……は、はい、分かりました」

「君には期待している。しっかり頼《たの》むぞ」

副大臣はさらにいくつかの命令と、その何倍もの脅《おど》しを残し、去って行った。

その後ろ姿を見送りながら、真琴は嘆息《たんそく》した。指先で首を掻《か》く。

「うちらに厳罰なんて、意味ないんだってば」

普通っぽい反応を返しておけば安心するなら、安いものだ。極秘の命令とやらに背《そむ》くつもりも毛頭ない。——ミスの一つや二つ暴《あば》いたところで魅車八重子をおとなしくさせられると思っている時点で、国のお偉方《えらがた》は彼女の恐ろしさを見誤っている。

「ホント、どいつもこいつも……」

またも真琴に近づく人物がいた。彼女は顔つきを険しくする。

「〝照〟さん……でしたよね？」

〝ふゆほたる〟だ。

しかも誰も連れず、たった一人で真琴の前に現れた。

「ええと、その——」

何かを言いたそうに言葉を選んだ末、覚悟《かくご》を決めた顔で握り拳《こぶし》を作る。

「お互《たが》い、がんばりましょう！」

小さなガッツポーズを作り、そんなことを言われた。

本来ならば、〝ふゆほたる〟は特環の誰もが恐れる最悪の虫憑《つ》きである。伝説の存在といっていい宿敵を前にして少なからず緊張していた真琴は、思わず身構えた。

「い、言われなくても、がんばるけど……？」

コクリ、と〝ふゆほたる〟が力強く頷《うなず》いた。

そして——くるりと反転し、帰ろうとする。

「えええええっ？」

「はい？」

〝ふゆほたる〟が怪訝《けげん》そうに振《ふ》り返った。

「そ、それだけ？　そんなことをわざわざ言いに来たの？」

「そ、そうですけど……？」

戸惑《とまど》う真琴と、そんな彼女を見て戸惑い返す〝ふゆほたる〟。

「アンタ、〝ふゆほたる〟よね？　あの……あの〝ふゆほたる〟よね？」

「た、多分、そうです。あ、〝むしばね〟ではスノウ・フライって呼ばれてますけど」

「そ、そう。じゃあ……何か他《ほか》に言うことないの？　うちらはアンタのワガママのせいで、少ない戦力で〝C〟と戦いに行くっていうのに……ごめんなさい、とか——」

一号指定はやっぱりムカつく奴らだ。真琴をからかいに来たとしか思えない。

「期待してます、とか」

〝ふゆほたる〟が、きょとんとした。

何か言わなければいけないのかと焦《あせ》ったのか、オロオロとした顔で考え込み——。

結局、彼女が発したのは——。

「――」

無言だった。

ただ、じっと迷いのない眼差《まなざ》しで、真琴を見つめただけ。

思い出した――。

〝ふゆほたる〟が時折見せる力強さ。

それはかつて真琴が見た――〝かっこう〟と同じ、それだった。

負けることなど微塵《みじん》も考えていない、退くことを知らない決意を秘めた眼差しである。

「……」

〝ふゆほたる〟の顔を見ただけで、分かってしまった。

眼前の少女は真琴たちを見捨てるつもりなど、これっぽっちもない。本気で〝大喰い〟を倒《たお》した上で、真琴たちのもとへ駆けつけるつもりだ。

そして、その決意を見せた上で――。

真琴にも、それを強《し》いる。

勝ち、生き残ることを強制するのだ。

それが彼女のような凡人《ぼんじん》にとっては――プレッシャーであるとも知らずに。

「それじゃ」

ぺこりと頭を下げ、〝ふゆほたる〟がまた背を向けた。

「――ねえ」

真琴は無意識に、〝ふゆほたる〟を呼び止めていた。

二度目の制止に、振り返る少女。

「アンタにとって……〝かっこう〟って何だったの？」

〝かっこう〟を欠落者にしたのは、紛《まぎ》れもない眼前の少女である。実力を考えれば、当然といえる。かつて自分を欠落者にした仇《かたき》という因縁《いんねん》だってある。

だが欠落者になる寸前、〝かっこう〟は――自ら〝ふゆほたる〟の攻撃《こうげき》を受け入れたように見えた。

なぜかは、分からない。

しかし真琴は、その理由を知らなければならない気がしていた。

〝ふゆほたる〟はしばし考えた後、ニコリと笑った。

「お友達です」

互いに欠落者にし合った相手を、友達と言う。

敵、とは呼ばない理由。それは言葉ではなく、その微笑《びしょう》に秘められているように見えた。

「〝照〟さんにとっては、〝かっこう〟くんはどういう人だったんですか？」

思わぬ反撃だった。

無邪気《むじゃき》な笑顔《えがお》で問われ、真琴の脳裏《のうり》に過去の光景が蘇《よみがえ》った。

――うちの勝ちだぁっ！

倒れた〝かっこう〟を前に、吠《ほ》える自分の姿。

あれはそう、ずっと昔の出来事のように思える。

「うちは……〝かっこう〟に勝ったことがあるんだ……」

ぽつり、と無意識に呟《つぶや》いていた。

誰も信じてくれない。誰も褒めてくれない。

そして、そのうちに自分でも忘れ去ろうとしていたこと。

〝ふゆほたる〟もまた、それを聞いた者たちと同じように驚《おどろ》いたようだった。

そして、口を開く。

どうせ、今までの人間のように、「嘘《うそ》をつけ」と――。

「すごい！」

そう言った〝ふゆほたる〟は、なぜか心から嬉《うれ》しそうな最高の笑みを浮《う》かべていた。

遠くから〝ふゆほたる〟を呼ぶ仲間の声が聞こえた。

〝ふゆほたる〟がそれに気づき、またぺこりと頭を下げて去って行く。

真琴にも、声がかかった。

離《はな》れた場所に各支部長と、高位の虫憑きが集まっていた。上司の岳美が真琴の名を呼び、手招きをしている。決死隊の編成にとりかかる準備が整ったようだ。

「ワケ分かんない……本当にムカつく奴らね、一号指定ってのは」

頭を振り、気を取り直す。

仇どうしというのに憎《にく》しみ合っている様子も見せない。それなのに、そんな相手に勝ったという真琴の言葉を信じ、あんなにも嬉しそうな顔をする。

――すごい！

屈託《くったく》のない〝ふゆほたる〟の笑顔が、網膜《もうまく》に焼き付いてしまった。

まさかこんな時に、大嫌《だいきら》いな一号指定に褒《ほ》められるなんて思いもしなかった。

〝かっこう〟はとにかく嫌《いや》なヤツだった。真琴を認めるどころか、顔を合わせるたびに彼女と北中央支部の局員を道具のように扱《あつか》った。

だから一号指定は皆《みな》、自分たち以外の虫憑きを雑魚《ざこ》だと――それどころか、ゴミのように思っているとばかり思っていた。

しかし、〝ふゆほたる〟は――。

ワケが分からない、一号指定。

この戦いから生還したら、もしかしたら自分もその中に入ることができるかもしれない。

そう、あの〝かっこう〟と対等に――肩を並べられる。

「……っ！」

岳美のもとに向かう途中《とちゅう》で、真琴は自分の頰《ほお》を両手で叩《たた》いた。

しっかりしろ、我に返れ――。

自分に言い聞かせる。

「どうせ、うちは死ぬんだ……」

ぽつり、と呟く。

支部長たちのもとに合流すると、大勢の虫憑きが真琴を見ていた。

「〝C〟殲滅《せんめつ》作戦の決死隊だ。どういう編成で行く？」

ニコニコと笑いながら、岳美が訊《き》いた。

一号指定のための捨て石だとも知らずに――。

天幕から出た時点で、真琴はある決心をしていた。

万が一の場合、つまり作戦が失敗した時のことを考えると、本当に強い虫憑きを連れて行くことはできない。高位の虫憑きは怪我《けが》や疲労《ひろう》を理由に外し、もっと下位の戦闘員《せんとう》を引き連れていくのがベストだと考えた。

元々、ただの捨《す》て駒《ごま》なのだ。

保険という意味でも、高位の虫憑きを死なせるわけにはいかない。

死地の旅路へ赴《おもむ》く高位の虫憑きは――自分だけでいい。

「もちろん――」

しかし先ほどの〝ふゆほたる〟の笑顔が脳裏にこびりついて離れなかった。

〝かっこう〟そっくりの、力強い眼差しも。

安全策を積み重ねて生きてきただけの凡人とは、まったく正反対の覚悟。

そんな大嫌いな一号指定に対する苛立《いらだ》ちは、とっくに限界を超《こ》えていた。

だから——自分でも思いもしなかった言葉が、口をついて出た。

「最高戦力で」

そう言って、指揮官である〝照〟はバイザーを目元に下ろした。

1.04 The others

〝ふゆほたる〟——杏本詩歌は〝むしばね〟の仲間たちとともに、ドームを出た。

ドーム周辺は自衛隊が警戒《けいかい》態勢を敷《し》いていた。外敵からドーム内にいる特別環境《かんきょう》保全《ほぜん》事務局を守るためか、それとも——虫憑きという危険対象をここに封《ふう》じ込《こ》めているのか。

少なくとも詩歌たちを見る隊員の顔色からは、後者のように思えた。

前方に白いリムジンと大型のバンが数台停車していた。

十数人いる〝むしばね〟の中で、詩歌とルシフェラ、アイジスパ、〝なみえ〟、ハレンシスという面子《メンツ》がリムジンに乗り込んだ。残る者たちはバンだ。

「顔色が悪いわね。風邪《かぜ》でもひいたの？　やははっ」

車内にいたのは、右手にワイングラス、左手にアルファベットの〝J〟を逆さにしたようなステッキを持った少女だった。詩歌と同い年くらいで、高級ブランドのワンピースを着ている。

「まずは〝浸父〟討伐《とうばつ》成功、おめでとうかしら？　〝始まりの三匹《びき》〟を倒すっていう目標を一つ、クリアしたのよね？」

赤瀬川七那《あかせがわななな》。十代にして国内有数の企業《きぎょう》集合体、赤瀬川グループの会長を務める少女だ。〝むしばね〟にとっての後援者《パトロン》でもある。

「会長、まだ朝です。お酒は控《ひか》えたほうがよろしいかと」

七那の秘書である女性も同席していた。あいかわらず無表情で、あいかわらずクマのぬいぐるみを膝《ひざ》の上に抱《かか》えている。

「ありがとう、七那」

七那の祝辞に、しかし詩歌は満面の笑みを返せなかった。リムジンの車内は二つのシートが向かい合わせに伸《の》び、真ん中にはテーブルがある。詩歌は七那のとなりに座った。

「あら、下手くそな愛想《あいそ》笑い。どうやら問題がありそうね？」

七那にはお見通しらしい。詩歌はルシフェラと無言で目を合わせる。

「俺たちにも説明してくれ。特環のやつらと何を話していたんだ？」

「そうよ。何やら特環が慌《あわ》ただしいけど、これからどうするの？」

ヘッドバンドをした少年アイジスパと、大和撫子《やまとなでしこ》風の長い黒髪《くろかみ》が印象的なハレンシスが問いかける。――一方、大人びた外見の女性、〝なみえ〟は無言だった。彼女は〝かっこう〟が欠落者になる瞬間《しゅんかん》を目《ま》の当たりにして以来、言葉少なである。

「――私から説明しますー」

沈痛《ちんつう》な面持《おもも》ちで、ルシフェラが天幕内での出来事を語り出した。

リムジンが発進し、瓦礫《がれき》を避《さ》けながら国道を進んでいく。

解放された〝浸父〟と、それを阻《はば》む特環との戦いの跡《あと》は、市の中心に近づくにつれて凄惨《せいさん》なものに変わっていった。電柱という電柱が折れ、人のいなくなったオフィスビル群は不気味な静寂《せいじゃく》に包まれている。

たまにアスファルトの破片を踏《ふ》む、がこん、という音と振動《しんどう》がリムジンを揺《ゆ》らす中。

ルシフェラは明るみに出た事実を淡々《たんたん》と説明した。

〝浸父〟の力を取り込んだ〝C〟という新たな敵と、その脅威《きょうい》について。

〝眠り姫〟という新たなリーダーを呼び起こすために、ハルキヨが動いていること。

そして――〝むしばね〟は一刻も早く〝大喰い〟を倒さなければならないこと。

それらを聞き終えた頃《ころ》には、車内は重い沈黙《ちんもく》に包まれていた。

「──そう、あの子を起こすの」

七那が、ぽつりと呟いた。グラスをテーブルに置き、窓の外を眺《なが》めて目を細める。

詩歌は驚いて、となりに座る少女を見た。

「七那。〝眠り姫〟っていう人のことを知ってるの？」

「よぉく知ってるわよ。嫌ってほどね。確かにあの子なら、率先《そっせん》して皆の先頭に立とうとするでしょうね。あの時も、そうだったもの……」

そう語る少女の横顔は懐《なつ》かしさと、ほんの少しの怒《いか》りを滲《にじ》ませていた。いつも酔《よ》っ払《ぱら》っておどけている七那のそんな表情を、詩歌ははじめて見た。

「あの時？」

「あの子が眠るきっかけになった戦いよ。彼女は〝かっこう〟とハルキヨ、それにレイディー・バード……三人の一号指定と、百人以上の虫憑《つ》きを一つにまとめて、〝大喰い〟を倒そうとしたの。──結果はほんの数人しか生き残らないような、大惨敗《だいざんぱい》だったけれど」

七那が眉根《まゆね》を寄せた。落胆《らくたん》を隠《かく》そうともしない。

「もう終わった話だと思ってたのにね。今さら、またあの子に頼《たよ》ろうだなんて、まったく……都合が良い話すぎて吐《は》き気《け》がするわ」

「あの一号指定たちをまとめるなんて……そんなとんでもない虫憑きがいたのね」

ハレンシスの漏《も》らした呟きを聞いて、七那が鼻で笑った。

「虫憑き？　それこそ、とんでもないわ。あの子は普通《ふつう》の人間だったのよ」

「えっ？」

驚く詩歌たち。

「虫憑きになったのは、最後の一瞬だけ。――何から何まであり得ない、イレギュラーの連続だったわ」

不機嫌《ふきげん》そうにそう言ったかと思えば、急に噴《ふ》き出す七那。

「それに……あの子をまた戦いに引き戻《もど》そうとする理由が〝C〟ですって？　やはっ、皮肉にも程《ほど》があるわ。悪い冗談《じょうだん》よ。あんなに仲が良かった二人が敵同士なんて」

詩歌はまた驚くことになった。七那の口から、次々と意外な事実が飛び出す。

「えっ？　〝眠り姫〟とエリィ――〝C〟は知り合いなの？」

「知り合いどころじゃないわ。何しろ〝C〟を捕獲《ほかく》して特環に引き込んだのが、他《ほか》ならぬあの子と〝かっこう〟なんだもの。それなのに姉妹みたいに馴《な》れ合ってたわね、あいつら」

「〝眠り姫〟と……〝かっこう〟くんが」

詩歌はかつて〝C〟と戦ったことがある。

まだ幼いあの女の子は、〝かっこう〟に対して尋常《じんじょう》ではない思い入れがあるようだった。

だが本当は――〝かっこう〟だけではなかったのだ。

もしかしたら〝眠り姫〟に対しても、同じくらいの感情を抱《いだ》いていたのかもしれない。

「やっぱり私たちで、〝大喰い〟を倒さなきゃ……」

かつて〝大喰い〟を倒すために戦った〝眠り姫〟のためにも。

そして〝眠り姫〟と親しかったという〝C〟のためにも。

これ以上の進化を阻むことさえできれば、〝C〟を倒さずとも、彼女を救う他の手立てが見つかるかもしれない——。

「赤瀬川。他に知っていることはないのか？」

それまで黙《だま》っていたアイジスパが、七那を見つめた。

「今まで〝眠り姫〟のことを俺たちに言わなかったのは、無関係だったからだと分かる。でも、もうそうじゃない。知ってることがあれば、何でも教えてくれ」

「そうね……〝眠り姫〟を起こすのは正直、賛成しかねるわ。だって彼女が目を覚ますと、大きな問題が生まれるのよ。彼女が封印したはずの問題がね」

「〝大喰い〟は分離《ぶんり》型全《すべ》ての能力が使える——だから〝眠り姫〟が目覚めれば、封印したはずの〝不死〟も蘇《よみがえ》って、〝大喰い〟を倒すことは不可能になるということですね」

ルシフェラの言葉に、詩歌以外の全員が言葉を失った。

「分離型の能力を……？　それじゃ私や——スノウの能力も？」

「〝不死〟だと？」

驚《おどろ》く面々に、ルシフェラが〝不死〟の虫憑きや〝大喰い〟の能力についての補足をした。

七那も意外そうだ。訝《いぶか》しげに眉をひそめる。

「驚いたわ。〝大喰い〟の能力はトップシークレットのはず。あの魅車八重子が、よくすんなりと〝むしばね〟にまで明かしたわね」

過去の戦いを見ていたという七那は、その事実をとっくに知っていたようだ。

詩歌は言う。

「五郎丸っていう特環の人が勝手に言っちゃったみたい。魅車さんは怒《おこ》ってたけど……」

「やはっ、〝かっこう〟の上司ね。良い気味よ、その時の魅車の顔が見てみたかったわ」

「――魅車ッ……！」

魅車という名前を聞いて、ルシフェラが呻《うめ》いた。〝なみえ〟が訝しむ。

「どうした？　ルシフェラ」

「あっ……い、いえ、なんでもないです」

「そういえば、ルシフェラさん。魅車さんが過去の戦いで何かしたって……」

「ス、スノウさん！」

ルシフェラが慌てて詩歌の口を塞《ふさ》ごうとした。

そんなあからさまな反応を、七那たちが見逃《みのが》すはずがなかった。

「何よ、人には全部喋《しゃべ》らせておいて、そっちは隠し事するつもり？　私にそんなことをしていい立場だったかしら？」

「ルシフェラ？」

ハレンシスも追及《ついきゅう》に加わった。ルシフェラが唇《くちびる》を噛《か》みしめる。

「よっぽどのことみたいね。魅車が何をしたっていうの？　過去の戦いって……あの流星群の夜の戦いに、あの女は絡《から》んでいないはずよ。終わった後でノコノコ現れただけで」

七那に詰《つ》め寄られ、ルシフェラは観念したようだ。頭を抱え、呻くように言う。

「あの女――魅車のせいなんです……」

「だから、何が？」

「レイディーがあの戦いの直前に離脱《りだつ》したのは――魅車の策で誘《さそ》い出されたせいだったんです……」

七那、そしてハレンシスが凍《こお》りついたように身動きしなくなった。

「――」

どさり、と身を乗り出していた七那が、シートの上に腰《こし》を落とす。

声を発したのは、ハレンシスが先だった。

「ウソよ――そんな――」

震《ふる》える腕《うで》で頭を抱え、がくがくと震えるハレンシス。

「私は仲間になったばかりで戦いに参加できなかったけど――友達が何人も、その戦いで

――何があったのかほとんど知らないけど――今の話じゃレイディーさえいれば――」

ガラスが砕《くだ》ける音が響《ひび》き渡《わた》った。

七那がステッキを乱暴に振《ふ》り回したのだ。ワイングラスが砕け、赤い液体が車内に飛び散った。

「あ、あの戦いをお膳立《ぜんだ》てしたのは、アタシなのよ……？　それを台無しにしやがったのは、あの女だったわけ……？　――そうよ、〝不死〟が戦いのタイミングに気づいていたのに、魅車八重子だけが後からやって来るなんておかしいに決まってる……！　ちくしょう、完全にやられた……！　あ、あの女ぁ……！　こっちはとっくにケンカを売られてたってことじゃない。アタシはそんなことにも気づかずに今まで……！」

憤怒《ふんぬ》の形相で爪《つめ》を噛む七那。こんなにも怒る七那を、詩歌ははじめて見た。

ルシフェラも苦しげだ。

「ここだけの秘密にしておいてください。正直、こんなことが〝むしばね〟全体に知れ渡ったら、特に古参のメンバーは特環と協力なんて絶対しなくなります……」

「あ、当たり前でしょう！　なんで、あんな女と協力なんて……！」

詩歌は慌ててハレンシスをなだめる。

「お、落ち着いてください、ハレンシスさん！　七那も……！」

「大丈夫《だいじょうぶ》よ、アタシは大人だもの。ちゃぁんと時と場所はわきまえるわ。今のところは協力してあげるわよ。ただし――」

詩歌の顔を見ようともせず、危《あや》うい目つきで前方を凝視《ぎょうし》しながら呟《つぶや》く。

「事が済んだら、この赤瀬川七那をコケにした落とし前をつけさせてやるわ……必ずね」

一気に車内が殺気で満たされてしまった。

そんな中、冷静な声が上がった。

「ところで、そろそろ本題に入ってもいいか？」

アイジスパだ。〝むしばね〟に加入して間もない彼にとっては、過去の遺恨《いこん》は興味外らしい。七那とハレンシスに睨《にら》まれても、涼《すず》しい顔である。

「〝大喰い〟を倒す目算があるっていうのは、ウソじゃないんだな？　ルシフェラ」

「そ、それは――」

ルシフェラが口ごもった。顔を歪《ゆが》め、アイジスパから目をそらす。

「ま、まだ言えません……」

「本当にそんな方法があるのなら、一刻も早く知りたいんだけれど」

七那がまたルシフェラに詰め寄る。

だが今度は、ルシフェラも簡単に口を割るつもりはないらしい。弱った顔で身体《からだ》を丸めるも、それきり無言になってしまう。

「まだ言えないというのは、どういう意味なんだ？」

〝なみえ〟が問いかけても、無反応である。

その時、リムジンが停止した。七那が腰を持ち上げる。

「着いたみたいね。——作戦を立てる時に、きっちり話してもらうわよ。アンタの話じゃ〝C〟討伐《とうばつ》に向かう決死隊の勝算は絶望的らしいし、アンタたちがさっさと〝大喰い〟を倒せるかどうかが鍵《かぎ》になるんだから」

詩歌たちはリムジンを降りた。

そこは無人の繁華街《はんかがい》だった。瓦礫《がれき》が散らばる交差点の前に大きな建物が建っている。

大型の映画館だ。赤瀬川グループの運営下にあるそれの内部に、今の〝むしばね〟の全メンバーが勢揃《せいぞろ》いしていると聞いた。

「ううん、決死隊の人たちは、がんばると思う」

映画館を見上げながら、詩歌ははっきりと言った。七那が眉をひそめる。

「なんで、そんなことが分かるのよ」

「あの〝照〟っていう人は、きっと——強いから」

詩歌が笑ってみせるが、七那は興味がなさそうだ。

「あっそう。まあ、どうでもいいわ。——でも、アンタはそうはいかないわよ。〝大喰い〟を倒す方法があるなら、きっちり話してもらうから、覚悟《かくご》しなさい」

七那が手にした杖《つえ》で、ルシフェラの尻《しり》を叩《たた》いた。

「うっ……」

「──その説明は、私からするわ……」

唐突《とうとつ》に聞こえた小さな声は、〃むしばね〃たちの頭上から聞こえた。

「……！」

驚いて振り返る詩歌たち。

停車したバンの上に、白ずくめのロングコートを纏《まと》った少女が佇《たたず》んでいた。

中央本部の装備である。ここまでどうやってか、誰《だれ》にも気づかれずにバンの上に隠《かく》れていたようだ。

警戒《けいかい》する〃むしばね〃たちに向かって、少女が言った。

「私は〃コノハ〃……中央本部の局員だけど、今は〃ある人〃の使いとして貴方《あなた》たちと交《こう》渉《しょう》するために来たの……」

「交渉？」

詩歌が首を傾《かし》げるのを見て、〃コノハ〃という虫憑《つ》きが頷《うなず》いた。

「〃大喰い〃が目をつけている人間を提供できるかもしれないわ……」

詩歌を含《ふく》め、〃むしばね〃たちが全員、驚きの表情を浮《う》かべる。

「その代わり──引き合わせてほしいの。あなたたちが隠している、α《アルファ》に……」

「……！」

始原の虫憑き、α。

〝虫〟発祥《はっしょう》の鍵を握《にぎ》る存在として、詩歌たちが命がけで救い出した虫憑きである。

〝むしばね〟がαを匿《かくま》っていることを、知っている――。

少女が何者か知らないが、それだけで警戒するに値《あたい》する対象だ。

「あんたが誰だか知らないけれど、随分《ずいぶん》とタイミングが良いわね」

不敵に笑ったのは、七那だった。交渉ごととなれば彼女の得意分野である。

「〝大喰い〟が誰を狙《ねら》っているのかなんて、そう簡単に分かるものじゃないわ。それをこのタイミングで見つけたなんて、運が良いなんてものじゃない。奇跡《きせき》ですらないわ。はっきり言って、信憑《しんぴょう》性がなさすぎるわね」

「今、見つけたわけじゃないわ……その子はかつて〝大喰い〟に目をつけられたけれど、その誘惑《ゆうわく》を拒否《きょひ》したことがあるの……」

「……！」

「その子が言うには、その時、〝大喰い〟は力が弱まったように見えたそうよ……もしかしたら〝大喰い〟の弱点は、夢を問いかけ、それを拒絶されることなのかもしれない……どう？　今のあなたたちにとって、これ以上の〝餌《えさ》〟はないでしょう？」

〝大喰い〟の弱点。

そんなものがあるだなんて、詩歌は初耳だった。

驚く〝むしばね〟たちの中、七那だけが挑発《ちょうはつ》的な笑《え》みを浮かべた。

「面白《おもしろ》い話ね。そんな〝餌〟が実在するのだとしたら、だけれど」

「名前を聞けば、納得《なっとく》するはずよ。その子の名前は——」

〝コノハ〟が口にしたのは——。

「海老名夕《えびなゆう》」

詩歌のよく知る友人の名前だった。

2.00 OPS1 Part. 1

門間真琴《もんままこと》は三回だけ、悪魔《あくま》と遭遇《そうぐう》したことがある。

緑色に輝《かがや》く模様を全身に浮かべた虫憑き、〝かっこう〟。一号指定という最強の称号《しょうごう》を持つそいつに初めて出会ったのは、真琴がまだ小学生の時だった。

つまらない夢を抱《いだ》いてしまったが故《ゆえ》に、虫憑きになってしまった。

つまらない理由で特別環境保全事務局《かんきょうほぜん》に見つかってしまった。

つまらない特環の刺客《しかく》どもを、ことごとく撃退《げきたい》した。

そうして調子に乗っていると、つまらないことに——あの悪魔が現れた。

漆黒《しっこく》のロングコート、漆黒のゴーグル、角のように逆立った髪《かみ》と火を噴《ふ》く拳銃《けんじゅう》。

どれだけ痛めつけても、どれだけ身を隠しても、そいつは真琴を追いかけてきた。それまでの刺客とはレベルが違《ちが》う。同じ人間とは思えない強さとしつこさだった。

幼いながらも、真琴は我が身の危機を感じとっていた。このままではやられる——そう確信した彼女は、自らの通う小学校に悪魔を誘《さそ》い込んだ。

誰もいない夜の母校で、校舎中のスピーカーを全開にして——。

最大の罠《わな》を仕掛《しか》け、校舎もろとも悪魔を葬《ほうむ》り去ろうとした。

だが一抹《いちまつ》の躊躇《ちゅうちょ》があった。

真琴は校舎ではなく体育館に悪魔を誘い込み、攻撃《こうげき》をしかけた。

「——うちの勝ちだぁっ！」

ボロボロの姿で倒《たお》れた悪魔の前で、真琴は勝ち誇《ほこ》った。

しかし——その直後、真琴の視界が紫色《むらさきいろ》に染まった。

校内に仕掛けた罠が、一瞬《いっしゅん》で消え去っていくのを感じた。今まで誰にも負けたことがない真琴の能力が、何者かによって上書きされていく。

周囲一帯を、ほんの一瞬で乗っ取られてしまった——そう感じた時だった。

体育館が、真っ二つに引き裂《さ》かれた。

「い、いやぁっ！」

悪寒《おかん》を覚え、防御《ぼうぎょ》のために能力を使った。

それが真琴の命を救った。

気がつくと、目の前に奇妙《きみょう》な少女が佇んでいた。

左右で色の違う双眸《そうぼう》、大きめの雨ガッパ、口に飴《あめ》つきの棒。——そして振り下ろしたホッケースティックは、真琴の能力に阻《はば》まれて頭の数ミリ上の位置で停《と》まっていた。

「誇りたまえ。──ボクの渾身《こんしん》の一撃を受け止めた分離型《ぶんり》は、キミがはじめてだ」

体育館を真っ二つにし、それでも収まらない紫電《しでん》の衝撃波《しょうげきは》が床《ゆか》をも切り裂いていた。

とっさに防御していなければ、真琴の身体も──。

悪魔に加えて、異様な刺客が一人加わった。

「誇りたまえー。誇りたまえー」

嬉々《きき》として迫《せま》り来る狂戦士《きょう》から逃《に》げ続けるも、再び漆黒の悪魔が立ちはだかり──。

トドメを刺《さ》そうとしたホッケースティックを、悪魔が受け止めた。もう片方の手で真琴の首を摑《つか》んで、宙に持ち上げる。

「く、くそう……お前一人なら、うちが勝ってたのに……ひきょうもの……」

顔を歪めながら言うと、頭から血を流す悪魔がおかしそうに笑った。

「はっ。──お前、手加減したな。全力を出したら、今までの戦闘員《せんとう》みたいに気絶させるどころじゃなく、おれを殺してしまうとでも思ったのか?」

「うぅっ……」

「そんな甘いヤツに、おれが負けるわけないだろ」

そう言って、真琴の首を摑む手に力を込める悪魔。その背後では狂戦士がニヤニヤ笑いながら、「放したまえー。放したまえー」と悪魔を蹴《け》りつけていた。

殺される──。

本気で、そう思った。後ろの狂戦士の頭がおかしいのは一目瞭然《りょうぜん》だが、目の前の悪魔は明確な殺意をもって彼女を殺そうとしているように見えた。

「ご、ごめんなさい――」

生まれてはじめて感じた命の危険に、真琴の心は完全に折れてしまった。

「ゆ、許してください……殺さないでください……」

自分は何も悪くないのに、がくがくと恐怖《きょうふ》に震《ふる》えて謝り、お願いする。

「なんでもしますから……」

ぐちゃぐちゃに顔を涙《なみだ》で濡《ぬ》らし、みっともなく命乞《いのちご》いをした。

恥《はじ》も外聞もない命乞いは、功を奏した。悪魔が彼女を殺すことはなかった。

「そうか。――本当に、なんでもするんだな?」

悪魔はそう言って、彼女にそれ以上の危害を加えなかった。

その後、彼女の扱《あつか》いに関して、悪魔と狂戦士は揉《も》めたようだ。喧嘩《けんか》になって両者の間で戦闘になったが、真琴は逃げ出す気力もなかった。

――そっか、うちは弱いんだ。

悪魔と狂戦士を見て、どうしようもない自分の凡庸《ぼんよう》さに気づいてしまった。人は生まれもって強者と弱者に分けられているのだと、十一歳にして納得させられた。

なんでもする、と誓《ちか》った真琴に対する悪魔の最初の要求。

それは特別環境保全事務局に入局することだった。

真琴は優秀《ゆうしゅう》な局員として高い評価を得ていったが、そんなものは何の救いにもならなかった。なぜなら真琴は常に〝かっこう〟に首輪をかけられているも同然だからだ。

実際、それからというもの、〝かっこう〟と顔を合わせるたびに道具扱いだ。真琴の意思など関係なく、反論しても無視されるだけ。あるいは――。

――なんでもするんじゃなかったのか？

そう言われ、真琴は恥辱《ちじょく》と悔《くや》しさで顔を真っ赤にして俯《うつむ》くしかなくなる。

みじめな過去を握って弱者をいたぶる脅迫者《きょうはく》に、真琴は逆らえない。

あの悪魔、〝かっこう〟はどうしようもないクズだ。

〝かっこう〟が生きているかぎり、真琴は常に彼の脅迫に怯《おび》え続けるしかない。

だからこそ、ずっと心に誓っていたのだ。

いつか、〝かっこう〟を殺して自由になってやる。

それができずとも、せめて〝かっこう〟よりも長く生き続けてやる――と。

「――うちは火種二号〝照《テラス》〟。〝C〟殲滅《せんめつ》作戦の指揮をとることになった」

ドームの中央で、真琴は名乗った。

彼女の眼前には、特別環境保全事務局の精鋭《せいえい》たちが並んでいた。中には各支部長に押しつけられた足手まといもいるが、そんなことは些細《ささい》な問題だ。

どうせ真琴とともに、一号指定たちの踏《ふ》み台として死ぬ役目なのだから。

「〝霞王《かすおう》〟、〝ねね〟、〝四ツ葉《よつば》〟、〝疫神《やくがみ》〟、〝玉藻《たまも》〟、〝りんりん〟、〝月姫《かぐや》〟、〝火巫女《ヒミコ》〟、〝兜《かぶと》〟、〝まいまい〟、〝さくら〟……それと」

特別環境保全事務局の局員に混じって、ホッケースティックを持つ少年がいた。特環の装備ではなく、カジュアルな服を着た少年が人なつっこい笑みを浮《う》かべた。

「俺、鯱人《しやちと》。よろしくな！」

「鯱人。以上の合計十三名でチームを組み、地下要塞《ようさい》最深部に潜《ひそ》む〝C〟に先制攻撃を仕掛けるわ。途中《とちゅう》で脱落《だつらく》者が出ても、撤退《てったい》はない。そのために特環の中でも戦闘力が高く、いざとなれば単独でも作戦を続行できるだけの戦闘員を選んだつもりよ」

我ながら、よく言ったものだ。

中央本部からは、真琴が〝ある目的〟のために高位の特殊《とくしゅ》型を揃《そろ》えた。

東中央支部はというと、現在の総戦力といっていい面子《メンツ》である。〝かっこう〟脱落のショックが抜《ぬ》けきれない〝火巫女〟や、役に立ちそうもない足手まといまで同行させられたのは面倒《めんどう》だが仕方ない。〝かっこう〟の後を追って心中でもするつもりなのだろうか。

西中央支部からは唯一《ゆいいつ》といっていい高位の戦力、〝さくら〟のみ。

南中央支部に至っては戦力ゼロ。支援《しえん》なし。

そして真琴が所属する北中央支部からは——真琴だけだ。支部長の岳美《たけみ》が作戦終了《しゅうりょう》後の勢力争いを見込んで、戦力の損失を恐《おそ》れたのである。

「作戦中は、うちの命令に絶対服従すること。命令に背《そむ》いた時点で特環に対する反逆行為《こうい》、および作戦実行における障害として排除《はいじょ》するわよ」

機械的に語る真琴の言葉を、果たしてこの中の何人が真面目《まじめ》に聞いているだろう？

〝霞王〟をはじめ、〝かっこう〟と親しかった連中は心ここにあらずだ。それ以外の面子も、戦力不足を感じているのか、不安を隠《かく》しきれない様子である。

気力が充実《じゅうじつ》しているのは皮肉にも、特環局員でもない鯱人だけである。ホッケースティックを持ってニヤニヤする姿が、かつての狂戦士とそっくりだった。

そういえば、チームの大半があの狂戦士——獅子堂戌子《ししどういぬこ》の教え子だ。

嫌《いや》なことに気づいてしまい、真琴の気がさらに滅入《めい》った。

「〝C〟は恐るべき脅威《きょうい》で、一刻も早く殲滅しなければならないわ。この作戦は絶対に失敗を許されない任務なの。我々が失敗すれば、この国が滅《ほろ》ぶといってもいいくらいね」

我々。

その言葉が虚《むな》しさをこえて、滑稽《こっけい》ですらあった。

もし率いているのが真琴ではなく、〝かっこう〟であれば——まったく違ったチームに

なっただろう。悪魔を先頭に戦う虫憑《つ》きの精鋭たちは、もしかしたら小国の一つや二つくらいなら、再起不能に陥《おちい》らせることが可能なほどの戦闘集団であることは間違いない。

だが今、真琴の目の前にいるのは——士気の低い、寄せ集めの決死隊だ。

果たしてこの中の何人が生き残り、五体満足で地上に戻《もど》ってこられるだろうか——。

「……」

真琴は離《はな》れた場所にある天幕を一瞥《いちべつ》した。

魅車《みぐるま》八重子《やえこ》がにっこりと彼女に笑いかけてきた。

今まで安全策ばかりとって、生き残ってきたツケが回ってきたかな——。

心中で苦笑《くしょう》し、足下《あしもと》に置いたバッグを背負う。ズシリと重い、正方形のバッグ。——その中には魅車からの密命で持たされた、〝あるもの〟が封印《ふういん》されている。

「皆《みな》、準備はいいわね」

退けば反逆罪として咎《とが》められる。

かといって進む先に、真琴にとっての希望はない。

〝C〟が一体どれほど危険で、想像を超《こ》えた存在か。

それは魅車八重子を除けば、真相を聞かされた自分しか知らない。

「これより中央本部、地下要塞に潜入《せんにゅう》する」

門間真琴は決死隊の先頭に立ち、死に至る第一歩を踏み出した。

2. 01 OPS1 Part. 2

決死隊一行は、真琴を先頭に赤牧市を全速力で駆《か》け抜けていた。

「ねぇねぇ、どこに向かってんの？　なんで車使わないの？」

走りながら、鯱人という男が馴《な》れ馴れしく真琴に声をかけてきた。どんな体力をしているのか、まったく呼吸が上がっていないのが妙に頭にくる。

「なるべく〝C〟が潜んでいる地点の真上から、地下要塞に潜《もぐ》るためよ」

「要塞って赤牧市中の地下に張り巡《めぐ》らされてるんだよね？　地下に潜ってから進むんじゃマズイ理由でもあるの？　ところでキミ、可愛《かわい》いね。学校でモテるっしょ？」

使い古されたホッケースティックを肩《かた》に載《の》せ、ニコニコと笑いながら鯱人。

かつて真琴を追い詰《つ》めた狂戦士、獅子堂戌子――〝あさぎ〟の教え子なのだろう。彼女の形見ともいうべきホッケースティックと、〝あさぎ〟に生き写しだった戦い方を見れば分かる。

「……」

「あれ、オレ、なぜか嫌《きら》われてる？　じゃあせめて〝C〟っていうやつの能力くらいは教えてほしいなぁ。みんなは知ってるみたいだけど、オレだけ知らないんだよね」

余計なお喋《しゃべ》りで体力を消費したくなかった。だが任務のためとあらば仕方ない。

「〝C〟は電気を媒体《ばいたい》とした虫憑きで、かなりの強敵よ。中央本部が密《ひそ》かに行っていた実験が失敗したせいで、暴走状態に陥ってるの」

正確には暴走しているわけではないが、実験の詳細《しょうさい》に関しては極秘事項《じこう》だ。必要最低限の情報で煙《けむ》に巻くことにする。

「へえー。──って、それだけ？　虫憑き一人が暴走してるだけにしちゃ、ずいぶん大事になってるみたいだけど。〝浸父《シンプ》〟と戦った後、〝始まりの三匹《びき》〟を取り込みつつある、とか何とか言ってた意味も聞いてないし。あ、それはオレも特環《とっかん》のゴーグルを持ってたから聞こえたんだけどね？　せめて〝C〟っていうのがどう危険なのかくらいは」

ぺちゃくちゃと脳天気に喋り続けるバカを無視して、真琴は後方を振《ふ》り向いた。

「はぁっ！　ひぃっ！　も、もう少し走るスピード落として欲しいのだが！」

『ぜぇっ！　ぜぇっ！　ま、〝まいまい〟ちゃんからもお願いしれりゃりらっ！』

早くも弱音を吐《は》くメンバーがいた。栗色《くりいろ》の天然パーマとそばかすが特徴《とくちょう》的な少年〝りんりん〟と、眼帯をした少女〝まいまい〟である。両者とも小柄《こがら》な二人は、情報班という後方支援部隊に所属している。同じように元情報班である〝C〟が敵でなければ、支援役とはいえ前線に立つことはなかっただろう。

真琴の舌打ちを聞いて、鯱人が後方に下がった。彼が〝りんりん〟と〝まいまい〟の肩に触《ふ》れると、橙色《だいだいいろ》の輝《かがや》きが一瞬、二人から飛び立った。

「ほいっ。これで少しはマシでしょ？　力の消費は抑《おさ》えたいから、辛《つら》そうな二人だけね」

「おおう、身体《からだ》がとても軽くなったのだ！　感謝するぞ、鯱っち！」

『ふわあ、楽チンです！　ありがとうございまりりゃっ！』

〝まいまい〟は声帯から肉声を発することができない。喉《のど》に巻いた特殊《とくしゅ》なチョーカーを通して、デジタル化した音声によって会話を行う。

「戌子の弟子同士、仲良くしないとね。あ、でもそっちの野郎《やろう》は今度、鯱っちって呼んだら腕《うで》を折るよ？」

互《たが》いの自己紹介《しょうかい》は済んでいるようだ。あの狂《きょう》戦士、獅子堂戌子の教えを受けていないのは、決死隊の中では少数派である。

彼らの緊張《きんちょう》感がない馴れ合いは反吐《へど》が出るが、他の面々の様子も気になるところだ。

鯱人以外、誰《だれ》も真琴に質問をしないのである。

それぞれ思うところがあるだろうに、無言で真琴の命令に従っている。

真琴に全幅《ぜんぷく》の信頼《しんらい》を置いている——。

そう考えるほど、真琴は馬鹿《ばか》ではない。むしろ逆だろう。

全員、真琴に無関心なのだ。彼らの考えていることは、手にとるように分かる。

〝かっこう〟でなければ、誰が指揮官でも同じだと思っているのだ。

もとより別々の支部で戦っていた者ばかり。それも普段《ふだん》ならそれぞれがチームを率いる立場の実力者である。我が強い人間が揃っただけで、互いの信頼関係などありはしない。

そんな連中をまとめるのは、簡単ではない。

人を惹《ひ》きつけるカリスマ性——あるいは圧倒《あっとう》的な実力。

要領よく生き延びてきた真琴は、そのどちらも持ち合わせていない。

「ヘリが近づいてくるよ」

〝四ツ葉〟という虫憑きが言った。

その言葉通り、やがて遠方の空に数機のヘリコプターが見えた。一機は白い小型のそれで、その後方から数機の軍用ヘリが追走している。

「どうなってるの、〝りんりん〟？　この周囲一帯は航空規制が敷《し》かれてるはずでしょ？」

真琴が振り返ると、栗毛の少年がゴーグルに手を当てた。

「所属不明の報道ヘリが強引《ごういん》に警戒《けいかい》区域を突破《とっぱ》したんだそうだ。撤退命令や着陸要請《ようせい》を無視してるようだな」

「要請を無視してるなら、撃《う》ち落としちゃえばいいのにねぇ」

〝疫神〟という虫憑きが面倒臭《めんどうくさ》そうに嘆息《たんそく》した。真琴も同感だ。

「後で問題になるのが怖《こわ》いんでしょ。そもそもこの国のヘリなのかどうか……まあ、すぐに魅車副本部長が手を打つ――」

真琴の声が、轟音《ごうおん》と地響《じひび》きによってかき消された。

「――ッッ！」

巨人《きょじん》が大槌《おおつち》を叩《たた》きつけたような大音響《だいおんきょう》と、決死隊の足が止まるほどの地響き。

そして目が眩《くら》むほどの金色の閃光《せんこう》。

生じた衝撃波《しょうげきは》が、変わり果てた赤牧市の瓦礫《がれき》を吹《ふ》き飛ばす。

「なっ――」

その光景を見て、指揮官である真琴が真っ先に動揺《どうよう》の声を上げてしまった。

地上から放たれた光の柱の束が、上空を飛ぶヘリを一機残らず打ち落としたのだ。

雷《かみなり》によって外敵を焼き払《はら》う神話は伝え聞くが、これはその逆――。

地上から天空めがけて立ち上る、金色の雷である。

「な、何なの……？　今のは……雷？」

年長者の虫憑き、〝ねね〟が呆然《ぼうぜん》と呟《つぶや》いた。

遠方、ビルの向こう側に墜落《ついらく》したヘリの爆音《ばくおん》が聞こえた。

「今のってさ、もしかして……」

「〝C〟だろ」

鯱人の緊張した声に答えたのは、〝霞王〟だった。鮮《あざ》やかな金髪《きんぱつ》を指で耳にかけながら、無気力な口調で言う。

「雷を使うのは、あいつの得意技《わざ》だ。っつっても前は一日数回使うのが限界だったけどな」

「向こうはとっくに臨戦態勢ってわけだ」

そう言って〝月姫〟が顔を強《こわ》ばらせたのも、無理はなかった。一目見ただけで、膨大《ぼうだい》なエネルギーによる一撃《いちげき》だと分かる。真琴たちも直撃を受ければ、ひとたまりもない。

「〝玉藻〟。私たちの周りには、ちゃんと結界を張ってるでしょうね？」

「一応、やってるけどぉ……」

背中に小悪魔《こあくま》の羽をつけた〝玉藻〟が、自信がなさそうに頷《うなず》いた。彼女の能力は外部にいる相手からの意識を遠ざける、一種のステルス効果を発揮することができる。

「よし。それなら、このまま全速力で進むわよ」

真琴が命令するが、彼女について走り出そうとする者は数名しかいなかった。

「何をしてるのよ！　大丈夫《だいじょうぶ》よ、〝C〟に気づかれにくくするために、伝導性の高い乗り物を使わずに走ってるんだから！　〝玉藻〟の結界もあるし！」

鯱人が反論する。

「いやぁ、オレは早く地下に潜るべきだと思うけどなぁ。さっきのは、一発でも喰《く》らったら全滅《ぜんめつ》モノの威力《いりょく》だよ」

「俺も同感だ。目に見える明らかな脅威は避《さ》けるべきだと思う」

〝兜〟も反対に加わった。──確かコイツは五号指定だったはずだ。〝かっこう〟の仇討《あだう》ちのために、東中央支部に押しつけられたお荷物である。

〝霞王〟がぼんやりと呟いた。

「〝C〟か……あのガキとは結局、最後までソリが合わなかったぜ。なんで、こんなことになってんだかなあ……」

「アンタたち、いい加減にしなさいよ！　指揮官はうちなんだから──」

怒鳴《どな》りかけ、真琴はある異変に気づいた。

周囲の空気が、ピリピリと張り詰めているのだ。

「……？」

真琴以外の面子《メンツ》も、そのことに気づいた。怪訝《けげん》そうに周囲を見回す。

彼女たちがいるのは、赤牧市の中心街からやや離れた国道沿いである。〝浸父〟による侵略《しんりやく》の影響《えいきよう》で建物が崩《くず》れ、電柱も倒《たお》れている。

建物の内部でむき出しになった電線から。

倒れた電柱から引きちぎれた電線から。

チチチ、と鳥の鳴き声のような音とともに、金色の糸が伸《の》びていた。

それらは次第《しだい》に、真琴たちのいる場所に集まり──。

「退避《たいひ》ッッ！」

真琴の叫《さけ》ぶ声を聞いて、決死隊がその場から散開した。

その直後。

「――ッッッ！」

大音響と金色の閃光が、それまで真琴たちがいた場所を貫《つらぬ》いた。

衝撃波が吹き荒《あ》れ、人形のように真琴たちは円状に弾《はじ》き飛ばされる。さすがに戦闘《せんとう》経験の豊富な戦闘員は受け身をとってダメージを軽減したが、中にはそうではない者もいた。

〝りんりん〟が背中から瓦礫に激突し、〝まいまい〟がヒビ割れた国道の上をバウンドして転がる。

「み――見つかった……？」

瓦礫の上を前転した勢いで立ち上がり、真琴は顔を上げた。

回避行動が一瞬《いっしゅん》でも遅《おく》れれば、今の一撃で全滅していたところだ。

「〝玉藻〟！　結界を張ってたんじゃないの？　なぜうちらの居場所がバレたのよ！」

「わ、分かんないよぉ！　単純にアタシの能力を上回ったか、〝C〟が精神汚染《おせん》の影響を受けにくい状況《じょうきょう》にいるのかも……！」

小悪魔少女の言い訳を受けて、真琴はハッとした。

「そうか、すでに人格のない〝C〟は、精神攻撃の耐性《たいせい》も……！」

「えっ？」

〝ねね〟が驚《おどろ》いた顔で真琴を見る。

「どういうこと？　〝C〟ちゃんは暴走してるだけじゃないの？」

チチチ、と耳に残る音がまた周囲に響いた。

金色の糸が、真琴たちの足下《あしもと》を伝って集まっていく。

「た、退避っ！」

再び金色の雷が、地上から天空へと突《つ》き抜《ぬ》けた。

かろうじて回避に成功する真琴たち。

「……！　〝まいまい〟と〝りんりん〟はっ？」

真琴が周囲を見回すと、橙色の輝きが視界を横切った。

いつの間に回収したのか、鯱人が気絶した両名を両脇《りょうわき》に抱《かか》えていた。

「やっぱり一刻も早く地下に潜《もぐ》るべきだ、〝照〟ちゃん！　なんでか知らないけど、〝C〟にはこっちの動きが見えてる！　このままじゃ一方的に攻撃されるだけだ！」

「なんでよ……結界が効かないだけならともかく、どうやってうちらの動きを……！」

疑問を口にするも、真琴はすぐに答えを悟《さと》った。大空を見上げる。

「そうか――衛星を使って……！」

人工衛星による他国の監視《かんし》を制限することができたのだ。その仕掛《しか》けに、かつて〝C〟が関《かか》わっていたことは明白である。今の〝C〟ならば衛星を使い、こちらの動きを監視していても不思議ではない。

〝月姫〟が叫ぶ。

「衛星で見られてるなら、なおさらだよ！　地上を移動するのは難しい。今すぐにここから一番近い地下要塞《ようさい》への入り口に向かおう！」

真琴は一瞬考え、その提案を却下《きやっか》する。

「──ダメよ！　このまま地上を走って、できるだけ〝C〟の真上まで近づく！」

「だから、どうしてなんだよっ！」

二人の虫憑《つ》きを抱えたまま、鯱人が苛立《いらだ》ったように叫ぶ。

「アンタは〝C〟について色々知ってるんだろうけどな！　こっちは──」

「〝玉藻〟！　最大限に結界に力を注いで、どのくらいもつ？」

「全力の状態を維持《いじ》すると、目的地についた時点で力尽《ちからつ》きちゃうよぉ！」

「それでもいいわ！　さっさとやって！」

「ま、待って！　〝玉藻〟ちゃんの力はまだ必要だわ！」

〝ねね〟の抗議《こうぎ》に、チチチという音が重なった。

「──た、退避！」

また散開する真琴たちの中心を、光の柱が貫いた。

メンバーたちが真琴を見て、口々に叫ぶ。

「いい加減にしてくれっ！　無事に目的地までたどり着けるワケないだろ！」

「〝照〟……！　このままじゃ、何もしないうちに全滅するよ！」

「地下なら衛星からも見えない！　早く潜るべきだ！」

真琴は唇《くちびる》を噛《か》みしめた。彼女からしてみれば、地下にいる時間は一秒でも短くしたいのだが、このままでは全滅の可能性があることも事実だ。

何より――誰《だれ》一人として、真琴の命令に従おうとしない。

こんな状況で地上を駆《か》け抜けるのは、明らかに自殺行為《こうい》である。

「め、命令を変更《へんこう》するわ――」

真琴は立ち上がり、声を絞《しぼ》り出した。

「ここから一番近い要塞の入り口を目指す……！　〝四ツ葉〟、先導して！」

「了解《りようかい》っ。行くよ！」

〝四ツ葉〟が猫《ねこ》のようにしなやかな動きで、瓦礫の上を飛び跳《は》ねていく。

「ちっ、遅《お》せーよ……！」

鯱人の毒づく声が聞こえた。真琴は拳《こぶし》を握《にぎ》りしめる。

なによ、うちはできるだけリスクの低い安全策をとってるのに――。

荒れ果てた赤牧市を駆け抜けていく一行。

〝玉藻〟が結界を強めたせいか、〝C〟による電撃攻撃が散漫《さんまん》になった。

その代わり、とばかりに攻撃の頻度《ひんど》が増えた。真琴たちがいると思われる一帯を無差別に攻撃しているのだろう、次々と地上から雷が突き上げる。

「皆《みな》、離《はな》れないで！　できるだけまとまって行動するの！」

真琴の指示に、〝兜〟が口を挟《はさ》む。

「この状況なら、バラバラに走ったほうがいいんじゃないか！　できるだけ被害《ひがい》は少ないほうがいい！」

いちいち口答えするメンバーに、真琴の苛立ちが募《つの》った。

「指揮官はうち！　いいから、言うことを聞け！」

「見えた！　あの建物から地下に行ける！」

〝四ツ葉〟が叫んだ。彼女が指さしたのは、半壊《はんかい》した小さなビルだった。

何度か電撃がかすめたものの、全員生きて辿《たど》り着くことができた。

真琴がホッとしたのも束《つか》の間《ま》、唐突《とうとつ》に〝四ツ葉〟が立ち止まった。

「どうしたの、〝四ツ葉〟？」

「嫌《いや》な感じがするよ」

〝霞王〟と並ぶ中央本部の特攻隊長〝四ツ葉〟。一見して地味な外見とは裏腹に、その勘《かん》の良さは特環《とっかん》内でも有名である。

立ち止まった真琴たちの前方で、地面が盛り上がった。

轟音とともに地中から飛び出したのは、抱えるほど太い導線——地中を走る電力ケーブルだった。硬化《こうか》ビニルの絶縁体《ぜつえん》が切れ、中身の電線がむき出しになっている。

鯱人が呻《うめ》いた。

「マズイ、待ち構えられてた——」

彼でなくとも、絶体絶命のピンチを全身で感じとることができた。

真琴はとっさに自らの喉《のど》を人差し指でなぞる。

彼女に取り憑く〝虫〟——ジョロウグモが現れ、細い喉に巻き付いた。がっちりと喉を掴《つか》んで余り有る長い脚《あし》が、真琴の後方に放射状に拡《ひろ》がる。真琴の〝虫〟は分離《ぶんり》型の中でも珍《めずら》しい、装備型の〝虫〟である。

ジョロウグモの長い脚が光を放った。煌《きら》めく後光とともに、真琴の喉が輝《かがや》く。

「——領域遮断《しゃだん》ッッ！」

真琴の全力を込《こ》めた咆哮《ほうこう》。

耳障《みみざわ》りな大音響《だいおんきょう》のノイズと、周囲一帯を包む金色の閃光《せんこう》が真正面からぶつかり合った。

吹《ふ》き荒れる電撃の嵐《あらし》が、真琴たちを襲《おそ》う直前で左右に逸《そ》れる。

だが——。

「——うあぁあぁッッ！」

誰が上げた悲鳴だろうか。

真琴の能力が電撃の直撃を防いだものの、衝撃《しょうげき》によって地面が崩壊していた。

真琴も含《ふく》めた全員が、なすすべもなく落下する。

大量の土砂《どしゃ》やアスファルトの破片、周囲の建物の瓦礫《がれき》に混じって、暗黒の穴に吸い込まれていき——不意にその速度が緩《ゆる》まった。

思ったよりも深くなかったのだろうかと思ったが、違《ちが》う。

真琴たちを受け止めたのは、巨大《きょだい》なカブトムシだった。

「全員、無事か?」

カブトムシの角に掴まった〝兜〟が、真琴たちを振《ふ》り向いた。

不幸中の幸いか、決死隊は一人も欠けることなく、カブトムシの背に乗っていた。気絶していた〝りんりん〟と〝まいまい〟も、呻き声を上げながら身を起こそうとしている。

意外と深くない、と思ったのは間違いではなかったようだ。

カブトムシが着地したのは、地上から十数メートルほどの深さにある広い空間だった。

大量の瓦礫に埋《う》もれているが、数台の発電機が並んでいるのが分かった。

地上の穴から明かりが届くとはいえ、室内は薄暗《うすぐら》い。

「あー、死ぬかと思った。——ここは?」

言葉とは裏腹に、軽い口調で鯱人が言った。〝ねね〟が周囲を見回して答える。

「地下要塞の入り口は、独立した電源で動いてるから……この辺りの設備を動かすための

「――ぜ、全員、警戒態勢《けいかい》！」

命拾いして安堵《あんど》する一同に向かって、真琴は警戒を呼びかける。

全員が怪訝《けげん》そうに真琴を振り向いた。〝疫神〟が緊張《きんちょう》感のない声で尋《たず》ねる。

「警戒態勢？　何を警戒するって？」

「ここはもう――地下要塞の中なのよ……！」

そんなことは分かっている、と言わんばかりの一同。

だが真琴は、全身に冷《ひ》や汗《あせ》が滲《にじ》むのが分かった。――想定していたよりも遠い位置に潜《せん》入《にゅう》してしまった。しかも〝C〟にはこちらの位置が筒抜《つつぬ》けだ。

「ここから先は、何が出てくるか分からないわ……！」

「何が出てくるか分からないって――〝C〟のこと？」

「〝照〟ちゃん、ちゃんと説明してくれなきゃ警戒しようがないよ」

のんきに尋ねる〝月姫〟と鯱人。

しかし、その背後で――。

金属が擦《す》れ合う、不気味な音が響いた。

全員がそちらを振り返り――凍《こお》りついた。

「――」

動力室だと思う……」

薄暗い、動力室のドア。

おそらくは要塞の通路に繋《つな》がっているであろう金属製のドアが、勝手に開いたのだ。

それだけではない。

ドアの向こうに、一本の細い腕《うで》が見えた。

その腕が真琴たちに向かって、何かを投げたのである。

「た、退避《たいひ》──」

真琴が命令するが、もう遅《おそ》い。自分たちが今いるのは逃《に》げ場のない密室である。

動力室の中央に集まる彼らの中心に迫《せま》った、それは──。

金属製の筒と信管を持つ、小型の爆弾《ばくだん》だった。

2.02 OPS1 Part.3

──悪魔《あくま》と二度目の遭遇《そうぐう》を果たしたのは、真琴が十二歳の頃《ころ》だった。

北中央支部でそれなりの働きをしていた真琴は、早々に小さなチームを率いる立場になっていた。仲間たちからは信頼《しんらい》も得ていたし、それなりに楽しいこともあった。

そこへ、あの悪魔──〝かっこう〟が北中央支部にやってきた。

他《ほか》の地域から北中央支部の管轄《かんかつ》に逃げてきた虫憑きを追いかけてきたのだ。真琴は顔も合わせたくなかったが、支部長のポイント稼《かせ》ぎで真琴たちがサポート役に任命された。

真琴たちは〝かっこう〟によって奴隷《どれい》のように扱《あつか》われた。敵を探し出すために走り回らされ、斥候《せっこう》役として怪我《けが》を負い、〝かっこう〟が敵を倒《たお》すお膳立《ぜんだ》てをさせられた。

当然、仲間からは不満の声が上がった。

真琴はリーダーとして〝かっこう〟に抗議したが——。

「役に立つ気がないなら、殺すぞ」

〝かっこう〟は、とんだクズ野郎《やろう》だった。

「こんな任務、さっさと片付けたいんだよ。ここが片付き次第《しだい》、今度は中央支部に行けってうちの支部長に命令されてるからな」

どうでもいいことを言い、〝かっこう〟が真琴の耳元に口を寄せた。

「——〝なんでもする〟んだったよな？」

かっ、と真琴は顔を真っ赤にさせた。心臓が高鳴り、何も言えなくなる。

みっともなく命乞《いのちご》いをした、かつての自分。

〝かっこう〟に口答えしたら、あの惨《みじ》めな過去を言いふらされるかもしれない。

それどころか、力ずくで今よりもっと酷《ひど》い仕打ちを受けるかもしれない——。

かつて殺されかけた時の恐怖《きょうふ》が蘇《よみがえ》り、真琴は仲間にお願いをするしかなかった。

「ご、ごめん、みんな……〝かっこう〟の言うことを聞いて」

惨めな過去がバレずとも、同じことだった。〝かっこう〟の言いなりと陰口《かげぐち》を囁《ささや》かれ、それまでに築いた真琴の信頼やプライドは跡形《あとかた》もなく砕《くだ》け散った。

「お前は使える。また会うまで、勝手に死ぬなよ」

任務を終え、去り際《ぎわ》に〝かっこう〟が真琴に言った。

「もちろん、死ぬなっていうのも〝なんでもする〟うちの一つだからな？」

ニヤリと嗤《わら》う悪魔。背後には侮蔑《ぶべつ》の眼差《まなざ》しで真琴を見る仲間たち。

真琴は恥《は》ずかしさと情けなさで涙《なみだ》ぐむだけで、何も言い返すことができない。

特環に入る羽目になったとはいえ、せっかく仲間と良い関係を築けていたのに……それすらも台無しにされた。

あれから北中央支部での立場とプライドを取り戻《もど》すのに、どれほど苦労したことか。

コイツが生きてるかぎり、うちは自由になれない——。

あの悪魔が早く死なないだろうか、と毎日のように願っていた。

それなのに。

真琴にとっての疫病神《やくびょうがみ》以外の何者でもない、あの悪魔は——。

欠落者になってからも、真琴のプライドを打ち砕き、惨めにさせる。

そう、いつだって、あいつのせいで——。

中央本部の地下要塞《ようさい》への潜入は成功した。

しかし決死隊は、早くも絶体絶命に陥《おちい》ることとなった。

扉《とびら》の向こうに現れた何者かが動力室に放《ほう》り込んだのは、小型の爆弾である。

真琴が今から退避命令を出しても遅い。退避しようにも逃げ場がないのだ。

せめてメンバーの半分くらいは助ける——とっさにそう考え、真琴は喉に手を当てた。

放射状に背後に伸《の》びたジョロウグモの脚が、後光を放つ。

「遮——」

真琴の能力が発動するよりも早く、ツナギを着た人影《ひとかげ》が視界を奔《はし》った。

神業《かみわざ》のような素早《すばや》さ。これまでに何千回、何万回も繰《く》り返したかのように自然な動きだった。指で直方体の物体を弾《はじ》いて爆弾にぶつけ、それに柄《え》の長いハンドハンマーを叩《たた》きつける。

小型爆弾が爆発した。

轟音《ごうおん》が鳴り響《ひび》く。

だが衝撃が真琴たちを襲う直前で、巻き戻し映像を見るかのように収束した。赤黒い熱とかすかな振動《しんどう》とともに、ツナギの女性がぶつけた直方体の物体に吸収されていく。

「ぐっ……！」

ハンマーの使い手、〝さくら〟だけは無傷とはいかなかった。収束する直前の爆発に巻き込まれ、両腕がボロボロに引き裂《さ》かれた上、真っ黒に焦《こ》げている。

たちまち決死隊が混乱状態に陥った。

「な、なんだ、今のは！　敵か？」

「〝C〟以外に敵がいるの？　どういうこと？」

「ね、〝ねね〟！　〝さくら〟の治癒《ちゆ》を！　他のメンバーは固まって防御《ぼうぎょ》態勢！」

「虫憑《つ》きか？　しかし爆弾を使う虫憑きなんて、聞いたことがないぞ――」

「どうする、追いかけるかい？」

「いや、敵の力場がもの凄《すご》い速さで遠ざかってる。どうやら逃げたみたいだ。とても人間の走る速度じゃないよ」

「防御態勢だってば！　バラバラに動かないで！」

『し、死ぬかと思いました……こ、これは震《ふる》えてるんじゃなくて、武者震いりゃりら！』

思いがけない不意打ちに、完全に浮《う》き足《あし》立っていた。それぞれが勝手な言動をし、誰《だれ》が何を喋《しゃべ》っているかすら分からない。

統率《とうそつ》をとる以前の問題だ。各々《おのおの》が普段《ふだん》の実力と冷静さの半分も発揮できていない。

特に真琴を苛立《いらだ》たせたのが、戦闘狂《せんとうきょう》と恐《おそ》れられているはずの虫憑きだ。

「――〝霞王〟！」

真琴は金髪《きんぱつ》少女を振り返った。

「何してんのよ！　さっきの崩壊《ほうかい》といい、今の不意打ちといい、こういう時こそアンタの出番でしょ？　何をぼーっとしてんのよ！　ここはもう戦場なのよ！」

「……」

火種二号に昇進《しょうしん》した〝霞王〟が、露骨《ろこつ》に真琴の言葉を無視した。――彼女は攻撃《こうげき》力、防御力ともに虫憑きの中でもトップクラスだ。何かの任務で無指定の虫憑きに返り討《う》ちにされるという失態を見せなければ、とっくに二号指定になっていたという噂《うわさ》である。

「アンタが何を考えてるのか知らないけど、こっちはアンタを戦力に入れてるの！　動くべき時に動いてくれないと、あっさり全滅《ぜんめつ》しかねないのよ！」

「……何を考えてるか、だと？　こんなのは無駄《むだ》だって考えてるんだよ」

ようやく口を開いた〝霞王〟の口元には、薄笑いが浮かんでいた。それだけではない。その場に座り込むという反抗《はんこう》的な態度のオマケつきだ。

「どう考えても、作戦2のほうが本命だろ。ハルキヨがアイツ――〝眠《ねむ》り姫《ひめ》〟を起こしに向かってるんだろ？　ヤツらが揃《そろ》えば、オレ様たちが血路を開くまでもなく〝C〟に辿《たど》り着けるに決まってんだよ」

ぎくり、と真琴は顔を強ばらせた。

作戦2の内容は、大まかにメンバーに説明してある。〝霞王〟が言った言葉は、まさに真琴が心中に隠《かく》していた本心と同じものだった。

どうせ、一号指定が戦うための捨て駒《ごま》だ――。

決死隊のメンバーが真琴の命令に従わないのも、もしかしたら――そんな真琴の本心を見透《みす》かされているのかもしれない。

「〝かっこう〟が欠落者になって、〝C〟までこんなことになっちまって――そんなところに無理矢理目覚めさせたアイツに、どんな顔してまた会えってんだ……」

〝霞王〟が顔を歪《ゆが》め、俯《うつむ》いた。

こいつをメンバーに入れたのは、失敗だった――。

こうまで無気力でいられると、隊全体の士気に関《かか》わる。真琴は〝霞王〟をこの場に残すべきかどうか迷う。

「〝火巫女〟!」

真琴はもう一人、ずっと黙《だま》ったままの少女に矛先《ほこさき》を向けた。おとなしそうな顔をした長髪の少女が、ビクリと肩《かた》を震わせて真琴を見た。

「アンタは感知能力があるんでしょう？　なぜ今の不意打ちに気づかなかったの！　何が起こるか分からないのに、いつまでお姫様気分でいるのよ！　主導権を握《にぎ》れないいんじゃ、感知能力者がいる意味がないじゃない！」

真琴の叱咤《しった》に、〝火巫女〟が唇《くちびる》を噛《か》んだ。言い返すこともなく、こちらも俯いてしまう。

鯱人が横から割って入った。

「オレも感知能力を持ってるけど、今のはどうしようもなかったよ。虫憑きの能力を使わずに爆弾を使ったのは、こっちに感知されないためだったんだろう。その上で逃げる時だけ能力を使ったところを見ると……相当に戦い慣れたヤツだと思う」

「アンタは黙ってて！」

怒鳴《どな》りつけ、真琴は爪《つめ》を噛んだ。

決断を迫られているのが分かった。使い物にならなそうな面子《メンツ》をこの場で切り離《はな》し、残りのメンバーで先に進むべきだろうか？　それとも一度引き返し、信頼できる北中央支部の虫憑きを無理にでも引き入れて再チャレンジするべきだろうか？

犬死にだけは勘弁《かんべん》だ。

どうせ死ぬなら、意義のある死に方をしたい――。

「……何よ」

考えを巡《めぐ》らせる真琴を、メンバーたちが凝視《ぎょうし》していることに気づいた。

「リーダー、代わろうか？」

落ち着き払《はら》った態度で、鯱人が馬鹿《ばか》げたことを言い出した。

「一番冷静じゃないのは、あんたのように見えるんだけど？　戌子から集団戦を教わる時間はなかったけど、少なくとも今のあんたよりは――」

「バカじゃないの？　今ここにいるメンバーが、それぞれどんな能力を使えるか把握《はあく》してるの？　説明を聞いただけでとっさの指示が出せるとでも？」

真琴は鼻で笑い飛ばすが、メンバーたちの不信の目は変わらなかった。

「何？　〝あさぎ〟の教え子たちで結託《けったく》して、クーデターでも起こそうっていうの？」

真琴が冷静じゃないのは、当たり前だ。彼女は一号指定たちのような怪物でもなければ、獅子堂戊子のようにネジの外れた狂戦士でもない。

「〝あさぎ〟の教え子が嫌《きら》いなら、ぼくがリーダーをやってもいい」

今度は〝月姫〟だ。以前の号指定であれば、彼の主張は正しいといえる。だが――。

「ろくにリーダーの経験もない、〝かっこう〟まかせの甘ちゃんの出る幕じゃないの。おとなしくお姫様のお守《も》りをしてて」

真琴と〝月姫〟が睨《にら》み合う。

「……ゲニウスとの戦いでも思ったけど、ぼくらは根本的に気が合わないみたいだね」

「そうね。今回はあの時みたいな裏技《うらわざ》は期待しないでね」

残るリーダー候補は、〝霞王〟だが――彼女はあの様《ざま》である。必然的に真琴が決死隊を仕切るしかないのだ。彼女が仕切る以上、彼らはそれに従わないといけないということが分かっていない。

「……」

決めた。

リスクが高いとはいえ、このまま進む。

一度戻って北中央支部の仲間を決死隊に入れると、かえって危険かもしれない。なぜなら北中央支部と〝あさぎ〟の教え子たちで、決死隊が真っ二つに分裂《ぶんれつ》する恐れがあるからだ。一つにまとまる可能性が低いなら、今から戻るのは時間の無駄でしかない。

「〝さくら〟の治癒が終わったら、先に進むわ。〝ねね〟、あとどれくらいで――」

怪我《けが》をした〝さくら〟を振《ふ》り返り、真琴は絶句した。

〝ねね〟が何もしていなかったからだ。〝さくら〟が苦しげに呻《うめ》いている。

「なっ……何してるの、〝ねね〟！　早く治さないと、ショック状態で〝さくら〟が死ぬわよ！　アンタまで〝霞王〟と同じこと言うんじゃないでしょうね！」

「〝さくら〟が怪我をしたのは〝霞王〟のせいなのよね？　――それじゃあ、もし〝さくら〟がこのまま死んだら、〝霞王〟のせいということよね……？」

突然《とつぜん》、〝ねね〟がふざけたことを言い出した。全員がぎょっとする。

これには無気力だった〝霞王〟も、さすがに顔色を変えた。

「はあっ？　なんでオレ様のせいなんだよ！　てめぇが治せば済む話じゃねぇか！」

「同じよ……あなたが手を抜《ぬ》けば、怪我人が増える。わたしが何人助けられるか分からないけど……わたしや〝四ツ葉〟にも限界があるもの。死人が出るのは時間の問題……」

「いいから、早く治しなさい！　命令よ！」

真琴が叫《さけ》ぶも、〝ねね〟は無視した。

「〝霞王〟……〝かっこう〟は、もういないのよ」

年長者の虫憑きの言葉に、動力室がシンと静まり返った。

〝霞王〟が黙り込んだ。

金髪の少女だけではない。決死隊全員が顔を強《こわ》ばらせたのが分かった。

「〝かっこう〟はいないの。――それでもあの子が……〝眠り姫〟がいれば大丈夫《だいじょうぶ》だって、さっきあなたは言ったけれど」

〝ねね〟が悲しげに苦笑《くしょう》した。

「あの子が、〝C〟を倒《たお》せると思う？」

「――」

言葉を失う〝霞王〟。〝ねね〟が真琴を見た。

「ねえ、〝照〟。さっきの言い方からして……〝C〟はもう助からないの？」

決死隊全員の視線が、真琴を見た。

真琴は真実を吐露《とろ》すべきか迷ったが、意を決して言う。

「ええ――殲滅《せんめつ》する以外の選択肢《せんたくし》は、最初から存在しないわ」

〝霞王〟が驚《おどろ》きに目を見開いた。

「ねえ、〝霞王〟……そんな時、彼なら――〝かっこう〟くんだったらどうするか、分かるわよね？」

「……」

「でも、彼はもういない。だからといって、目覚めたばかりの〝眠り姫〟に、それをさせるの？　彼女にできないと分かってるのに……わたしたちだけは、彼女にそんなことができないと分かってるのに」

呆然《ぼうぜん》とする〝霞王〟に、〝ねね〟が語りかける。

「それとも――目の前でハルキヨが〝C〟を灼《や》き殺す光景を彼女に見せるつもり……？」

「……！」

「わたしたちがやらなきゃいけないことは、まだあるよ」

金縛《かなしば》りにあったように動かなくなった〝霞王〟に、〝まいまい〟が歩み寄った。

『〝霞王〟さん――〝まいまい〟ちゃんたちは、教官から――今はもういないワンコさんから、教わりまりら……何をすればいいか分からない時や、辛《つら》い時、怒《おこ》った時、どうすればいいか』

ピクリ、と反応したのは〝火巫女〟だった。

「〝戦え〟――」

鯱人をはじめ、獅子堂戌子の教え子たちが真剣《しんけん》な眼差《まなざ》しで頷《うなず》いた。

〝火巫女〟がハッとして顔を上げた。

「そうだ、戦わなきゃ……わたし、戦わなきゃ――」

『ぐすっ……〝霞王〟さん、今こそ戦う時なんれす。絶対に、そうなりるりゃ……』

涙《なみだ》ぐんで〝霞王〟に呼びかける〝まいまい〟。

「〝霞王〟――」

〝ねね〟が金髪《きんぱつ》の少女に触《ふ》れようとした時だった。

乾《かわ》いた音。

金属どうしがぶつかり、跳《は》ねる音が、動力室の入り口から聞こえた。

振り返った全員の視界に現れたのは――。

計ったようにドアの手前に転がり込んだ、三つの小型爆弾《ばくだん》だった。

「ウソだろ、気配がまったく――」

鯱人の驚く声が、爆音にかき消された。

投げ込んだ位置どころか、爆発するタイミングまで先ほどよりも計算されていた。

盛大な爆音が、それを上回る轟音《ごうおん》と振動《しんどう》によって上書きされる。

「――ッッ！」

爆弾どころかドアと周辺の壁《かべ》を巻き込んで、施設《しせつ》の一部がごっそりと抉《えぐ》り取られた。

それをしたのは──凝縮された黒い霞《かすみ》。

爆弾ごと衝撃《しょうげき》を押し潰《つぶ》した、〝霞王〟の能力だった。

「さっさと〝さくら〟を治せ──」

ぎらつく青い双眸《そうぼう》が、〝ねね〟を睨んだ。〝ねね〟が頷く。

「分かったわ……ごめんね、〝さくら〟」

「やれやれ、生《い》け贄《にえ》にならずに済んだか」

平然とした声だが、〝さくら〟は重傷だ。完全に治るまでは時間がかかるだろう。

「〝照〟」

〝霞王〟が、今度は真琴を睨みつけた。座ったまま微動《びどう》だにしていないが、戦闘狂《せんとうきょう》の目つきを取り戻《もど》した少女が必要以上の殺気を漂《ただよ》わせる。

「〝C〟が助からないってのは、本当か？」

「何度も言わせないでよ」

これはこれで面倒臭《めんどうくさ》いことになった。いまだかつて〝霞王〟が、誰《だれ》かの言うことに素直《すなお》に従ったという話を聞いたことがない。それはたとえ〝かっこう〟や──あの魅車八重子に対しても同様である。

「……そうかよ」

顔をしかめる〝霞王〟の横で、〝火巫女〟が顔を上げた。

「敵の〝炎《ほのお》〟が、遠ざかっていきます……あ、あっという間に、遠くへ……」

鯱人が息を吐《は》き、肩から力を抜く。

「能力を使わなくても、あそこまで完全に気配を消して近づけるなんてね。ひょっとして敵は忍者《にんじゃ》だったりするわけ？」

「そんなわけないでしょ！　いい？　〝さくら〟が回復したら、全員で離れないようにしつつ――」

真琴が命令しようとするが、メンバーたちがまた勝手な言動を開始する。

「アタシの結界が効かなかった……？　もう二度と近づけさせるもんかぁ！」

「近づけさせろ。今度はオレ様がぶっ潰してやるぜ」

「オレが行って、ここまで追い込むよ。あの速さについていけるのってオレだけでしょ」

「いや、こちらを誘《さそ》い込んでるように見える。罠《わな》かもしれない」

「そもそも敵は何者なわけ？　〝C〟以外にもいるなら、教えてほしいねぇ」

「あたしが毒々パンチで、通路に毒を撒《ま》けば――」

「勝手なことしないで！　バラバラに動くな！」

真琴が呼びかけるも、彼らはまったく聞こうとしない。

こ、こいつら……！

悔《くや》しさのあまり、涙が滲《にじ》んだ。

「い、言うこと聞いてよ……！」

指揮官が泣くわけにはいかない。顔をそむけ、こっそり涙を拭《ぬぐ》う。

「――あーもうっ！　勝手にしなさいよ！」

とうとう叫ぶ。

メンバーたちが、ようやく真琴を振り向いた。

「自信があるヤツは、勝手にやればいい！　フォローはするけど、死んでも知らないから！」

そもそもこんな癖《くせ》のある連中を、真琴ごときがまとめきれるはずがないのだ。

凡人《ぼんじん》ができることなど、いつでも決まっている。

それは――馬鹿《ばか》どもの尻《しり》ぬぐいである。

「勝手にやれ、ね。オーケイ。ただし――〝照〟ちゃんも、もう〝C〟について隠《かく》し事はナシだよ？」

ニヤリと笑う鯱人に対し、頷く真琴。

「説明するわよ。先に進みながら、ね」

もう腹は決めた。極秘事項《ごくひじこう》も何も、知ったことではない。

真琴一人でビクビクと怯《おび》えるのはウンザリだ。こいつら全員、道連れにしてやる。

「ところでオレらがリーダーに不適格なのは聞いたけど、〝照〟ちゃんがリーダーに相応《ふさわ》しい理由って何かあるの？」

「ないわよ、そんなもの！　もしあるとしたら、生き残るためならどんな手だって使うし、どんな犠牲《ぎせい》だって払《はら》ってきたってことくらいでしょ！」

真琴は喉《のど》を指でなぞり、再びジョロウグモを首に巻き付ける。ちょっとした力を使う程度なら〝虫〟を具現化するまでもないが、ここからはそうはいくまい。

力のセーブなど、もう諦《あきら》めた。これから先はこいつら馬鹿連中のフォローのために、常に全力を強《し》いられるに決まっているからだ。

「そうやって——自分のチームからは一人も脱落《だつらく》者を出したことがないんだから！」

2.03　OPS1 Part. 4

真っ先に動力室を飛び出そうとしたのは、鯱人だった。

「よっしゃ！　まず敵が何者か探《さぐ》らないとね。ちょっと挨拶《あいさつ》してくるよ」

「待って！　罠にかかって死ぬのは勝手だけど……〝まいまい〟！　こいつに通信機！」

『りょぶっ！　了解《りょうかい》っ！』

真琴の指示で、〝まいまい〟が鯱人の首に触れた。少年の耳の裏に、ゼリー状の塊《かたまり》が付着する。

『それはですねっ、〝まいまい〟ちゃんの〝虫〟でして、他の人たちのゴーグルと通信を行えりりゃっ！　か、噛《か》んでませんよっ、ええとですね！』

「なんとなく分かる！　じゃあ行ってきまーす、ママ」

「誰がママよっ！　うちはまだ十五歳！」

「どこのどいつか知らねぇが、オレ様の縄張《なわば》りで好き勝手しやがって。ツラ拝んでやる」

「ち、ちょっと、〝霞王〟！　アンタがいないと防御が――えっ、〝疫神〟まで？」

「疫病神《やくびょうがみ》は味方よりも敵のそばにいるべきだよねぇ」

鯱人、〝霞王〟に続き、〝疫神〟も通路に飛び出していった。

「あっそ！　どんどんこっちの防御力を減らしてくれてありがとっ！　――ここは身動きがとれなくて危ないわ！　脱出するわよ！　〝さくら〟の治癒《ちゆ》は、走りながらやって！

〝兜〟、アンタ体力ありそうだから、〝さくら〟を運ぶ役ね！　〝りんりん〟は下層に繋《つな》がるエレベータまで誘導《ゆうどう》して！　さあ全員、準備して！」

「面倒をかける。ふむ、お前と会うのは数ヶ月ぶりだが、少々雰囲気《ふんいき》が変わったか？」

「あれから色々とあったからな」

武士のような口調で礼を言う〝さくら〟を、無愛想な〝兜〟が背負った。狙《ねら》ったわけではないが、古風な人間同士、気が合うことだろう。

「ここから一番近いエレベータにするか？　それともこの階は遠回りしてでも、最終的に〝C〟までの最短ルートを？」

小柄《こがら》で天然パーマの〝りんりん〟が、両腕《りょううで》を前方に伸《の》ばした。両袖《りょうそで》から飛び出した得体の知れない機械が少年の両腕を覆《おお》い、ごついグローブに変わる。

「危険度はどこも同じなの！　アンタに任せる！」

「オレが？　仮にもリーダーたるものが人任せとは感心しないのだ」

「アンタの実力は知らないけど、噂《うわさ》は聞いてるわ。――〝C〟の後釜《あとがま》として〝あさぎ〟に鍛《きた》えられたんでしょ？　仮にも中央本部の情報班、次期班長がうちらを迷子になんてさせないわよね？」

真琴が睨《にら》むと、〝りんりん〟がニヤリと笑った。

「――全員のゴーグルに、ルートを送ったのだ」

「行くわよ！」

真琴を先頭に、決死隊が動力室から飛び出した。ゴーグルに映し出される地下通路のルートをなぞるように、薄暗《うすぐら》い通路を駆《か》け抜《ぬ》ける。

遠くから、爆音と振動が伝わった。

「鯱人！　今の音は？」

『また爆弾で不意打ちを喰《く》らった！　でも何とか避《さ》けたから大丈夫《だいじょうぶ》！』

「アンタの心配なんてしてない！　敵の正体は分かった？」

『うわ、ショック。今、追いかけてるけど――めちゃくちゃ速いんだ、コイツ！　たまに走る後ろ姿だけ見えるけど……ぼくの見間違《みまちが》いかな、時速百キロ以上で通路を自由にカクカク曲がっていくんですけど……』

「そんな速度で走るなんて――まさか、同化型？」

『同化型って、あの〝かっこう〟みたいなヤツだよね？　そうは見えないな、光る模様浮《う》かべてるわけじゃないし――』

また爆音が響《ひび》いた。

「鯱人！」

『――あっぶねぇ。ワナが仕込まれてた。もうちょっとでバラバラになるところだった』

「しっかりしてよね！　せめてうちらが下層に潜《もぐ》るまでの囮《おとり》にくらいなってよ！」

『はいはい。でもこの先、こんなのに自由に動き回られるのはマジで危険すぎる。こいつは何としてでもここで片付けないとだね』

『こっちに誘い込め、オラァ！』

「〝霞王〟？」

『クソ野郎《アルシュ・ロホ》！　こっちにゃ誰もいねぇんだよっ！　鯱人とかいうヤツ、聞いてんのか？　オレ様んとこにソイツを連れてこい！　一秒でぶっ殺してやる！』

『うーん、個人的には一対一で戦ってみたいところだけど……一人で戦うことにこだわるのは、戦士じゃなくてただの馬鹿だってさんざん教えられたからなぁ。——よし、ここは挟《はさ》み撃《う》ちといこうか、〝霞王〟ちゃん』

『次にちゃん付けで呼びやがったら、てめぇもまとめてぶっ殺すっ！』

「〝火巫女〟、〝りんりん〟！　鯱人たちにお互《たが》いの位置情報を伝えて、挟み撃ちを手伝って！」

「はい！」

「了解だ。と、ところで相談なのだが、もう少し走る速度をだな……」

鯱人の実力は〝浸父〟戦で見ているし、〝霞王〟はいわずもがなである。敵が何者か分からないとはいえ、彼らから同時に攻撃《こうげき》を受けて無事でいられるはずがない。

〝さくら〟の治療《ちりょう》も終わったようだ。〝兜〟の背から降りた〝さくら〟を含《ふく》め、決死隊が一丸となって通路を走っていく。

「〝四ツ葉〟、先頭を走って！　警戒《けいかい》は任せるわよ！」

「了解だよ！　でも、何を警戒するの？」

「べつの敵から、またさっきみたいに不意打ちをうけないように、よ」

「……！」

一同が驚《おどろ》く気配が伝わった。〝ねね〟が低い声で言う。

「敵は、あの爆弾魔《ばくだんま》だけじゃないってこと……？」

「うちらの敵は〝C〟だけよ。それは間違いない。――でも、もし〝C〟以外にもうちらの邪魔《じゃま》をする敵が現れるとしたら、その数は一人や二人じゃない可能性が高い」

真琴の言葉に、一同が一瞬《いっしゅん》、黙《だま》り込んだ。

後ろから〝玉藻〟が言う。

「どういうことぉ？　〝C〟以外に誰が私たちの邪魔するの？」

『ぐっ……！』

鯱人の呻《うめ》き声がゴーグルから伝わった。

『今度はコイツ……何もないところから攻撃してきやがった！　――なあ、誰もコイツの情報持ってないわけ？　ここにいるってことは中央本部とやらの虫憑《つ》きじゃないの？　こんなヤバイ奴《やつ》を誰《だれ》も知らないなんて、ちょっと信じられないんだけど！』

「それについては、うちも同感よ！　誰か心当たりないの？　――〝りんりん〟！　アンタは情報班で全局員を把握《はあく》してるはずでしょ！」

「はあ、はあ……知ってたら、とっくに言ってるのだ！　俺だってあんなのに狙われるなんて御免《ごめん》だからな！」

「くっ……敵がいたとしても、それを誰も知らないっていうのは予想外だったわ……！」

唇《くちびる》を噛む真琴。

『いい加減にしろよ、てめぇ、〝照〟。説明するってさっき言ったよなぁ？』

音声だけでも、〝霞王〟の苛立《いらだ》ちがはっきりと伝わった。

『オレ様たちは一体、何と戦ってんだ？　これじゃ〝C〟と戦うどころじゃねぇぞ』

「分かってるわよ……」

真琴は顔を歪《ゆが》め、ゴーグルに手を当てた。

「副本部長。聞こえますか？　情報を隊に明かす許可を——副本部長？」

「地下に潜入《せんにゅう》した時点で、外部との通信は困難になっているぞ」

〝りんりん〟が息を荒《あら》げながら言った。少年の声にも苛立ちが滲んでいる。

「当然だ。つい昨日、中央本部局員が地下に閉じ込められていた時もそうだったのだからな。今はアンテナを途中《とちゅう》に置きながら走っているとはいえ、この先ずっと通信状態は安定しない状況《じょうきょう》が続くだろう」

真琴は舌打ちした。

そもそも〝C〟以外の敵が現れる可能性は低かったのだ。もしそれが存在しなければ、隊員に極秘事項を明かすことなく〝C〟だけを相手にするはずだった。

「……〝浸父〟の本体を中央本部が隠していたことは全員、説明を受けたわね？」

覚悟《かくご》を決め、真琴は口を開いた。

どうせ、この中の何人が生きて帰れるかも分からないのだ。こうなった以上、少しでも情報を共有しなければ、その数が限りなくゼロに近づくだろう。

〝月姫〟が鼻で笑った。

「説明を受けた、というより作戦実行前に一方的に言われただけだけどね。――ぼくら東中央支部は、以前からそのことに気づいてたけど」

「そう。その〝浸父〟を使って、中央本部はある実験をしてたの。実験のヒントは〝ふゆほたる〟と、〝浸父〟の能力……」

また爆音。

『こ、こいつ、マジで強い……！　そうかよ、体力温存なんてできる相手じゃないってワケね。いいぜ、やってやるよ。――ひはっ』

『おいっ、鯱野郎《しやちやろう》！　もう近くにいるんだろうがっ！　さっさと連れてこい！』

『射程圏《けん》に入った。二人とも、錆《さ》びたくなけりゃ自分の身は守ってくれよ。この辺り一帯、丸ごと〝障《さわ》って〟……仕《し》掛《か》けられたワナごと無力化させるからねぇ』

通路の非常用照明が一瞬、点滅《てんめつ》した。謎《なぞ》の襲撃《しゆうげき》者との決着が近いようだ。

真琴は尋《たず》ねる。

「ねえ、〝月姫〟さん。アンタたち東中央支部は、どうして〝浸父〟が中央本部に隠《かく》されてるって知ったの？」

「欠落者になったはずの仲間が〝浸父〟の欠片《かけら》を使われて、〝かっこう〟と接触《せつしよく》を――」

言いかけて、ハッとする〝月姫〟。

真琴は振り返り、愕然《がくぜん》とする少年の顔を確かめた。——事実を聞かされた時の真琴も、きっと彼と全く同じ顔をしていたのだろう。

「〝霞王〟さんたちが間もなく接触します！　3……2……1——」

〝火巫女〟のカウントダウンに、〝霞王〟たちの声が重なった。

『はあ？　どこにもいねえじゃねえかっ！』

『いるんだよっ！　コイツは透明《とうめい》になれるんだ！　オレの狙ったところを狙えっ！』

『ちぃっ！　うぉらぁあああああッッッ！』

大地震《おおじしん》が地下要塞《ようさい》を襲《おそ》った。

あまりの衝撃《しょうげき》に、通路を走っていた全員が転倒《てんとう》する。

真琴もまた転んだが、すぐに顔を上げて言った。

「中央本部は……〝浸父〟を使って、欠落者を蘇《よみがえ》らせる実験をしていたのよ」

呻き声とともに身を起こそうとした一同が、表情を凍《こお》りつかせた。

そう——真琴も驚いたのだ。

ここまでが各支部長たちとともに、天幕の中で語られた真実。

「ああ……あ……？」

〝りんりん〟が妙《みょう》な声を上げた。倒《たお》れた拍子《ひょうし》にどこか強打したのかと思ったが、様子がおかしい。子供のような小さな頭を抱《かか》え、呆然《ぼうぜん》と呟《つぶや》く。

「知ってるのだ——いや、俺は知ってた……魅車のことをこっそり調べてたのだから……殲滅《せんめつ》班のことも……爆弾を使って、姿を完全に消せる虫憑き……何かの任務で欠落者になったっていうから……でも——」

『はあっ！　はあっ！　死体はどこだっ！　面《つら》を見せやがれっ！』

『いや、外したっ！　マ、マジかよ……あの状況で防御《ぼうぎょ》するどころか、とっさに能力を解除しやがった！　オレの感知能力から逃《のが》れて、狙《ねら》いを外させるために——』

「そいつは——〝しえら〟だっ！」

〝りんりん〟が絶叫《ぜっきょう》した。

「欠落者になったはずの殲滅班班長……！　〝ふゆほたる〟の悪夢からも生還《せいかん》した、最悪の暗殺者だっ！」

「欠片では、せいぜい欠落者を擬似《ぎじ》的に蘇生《そせい》させるのが限界だったらしいわ……」

真琴は呟く。

ここから自分の口で語るのは、魅車と二人きりで明かされた真実。

一刻も早く〝C〟を倒さなければならない理由の一つだった。

「でも〝浸父〟自身は違うわ。——ヤツは死体すらも乗っ取り、操《あやつ》ることができた」

「——誰だっ！」

いち早く身を起こした〝四ツ葉〟が前方の暗がりに向かって、身構えた。

『危ない、〝霞王〟ちゃん！』

『ぐあっ……！　こ、この野郎――うおらああっ！』

『やっと敵さんの顔が見えたと思ったら……さすがに無傷とはいかなかったみたいだねぇ。ほどよい血塗《ちまみ》れっぷりだし、ここでゴリ押しで倒すことにしようか』

遠くから、爆音と振動《しんどう》が立て続けに伝わった。

そんな中、真琴たちの前方に人影《ひとかげ》が現れた。

「――」

身構える〝四ツ葉〟を含め、誰もが絶句した。

ただ一人、憎悪《ぞうお》に顔を歪めたのは――他《ほか》ならぬ真琴だった。

「中央本部は欠落者になった局員の身柄《みがら》を、一人残らず必ず回収していた。遺体すらもね。――だから、もしかしたら、こうなる可能性もあると思ってたのよ」

押し殺した口調で言う真琴の眼前。

非常灯が照らす通路に、まるで亡霊《ぼうれい》のように姿を現したのは、一人の少女だった。

ただの少女ではない。正気を疑うような、奇妙《きみょう》な格好をした人物だ。

『……そ、そんな……』

涙《なみだ》ぐんだのは、〝まいまい〟。

彼女だけではない。その場にいる全員が、その少女――黄色い雨合羽《あまガッパ》を纏《まと》い、口に飴《あめ》つきの棒をくわえた人物を見て、金縛《かなしば》りにあっていた。

そこにいたのは〝まいまい〟たちに戦いかたを教えた師匠《ししょう》であり、すでに死んだはずの虫憑き――。

「獅子堂戌子……！」

真琴が心底憎《にく》んでいる虫憑き、ナンバー２。

かつて彼女を完膚《かんぷ》無きまでに倒した、恐《おそ》るべき狂戦士〝あさぎ〟――。

獅子堂戌子、その人だった。

2. 04　OPS1　Part. 5

薄暗《うすぐら》い通路に佇《たたず》むその少女は、蠟《ろう》人形のように表情がなかった。

照明の光量が足りないとは言え、皮膚は血の気が失《う》せて青白く、目が濁《にご》っている。その姿形は以前に見た獅子堂戌子に違《ちが》いないが、トレードマークともいうべき歪んだ笑《え》みと、ホッケースティックはどこにも見当たらない。

その姿を見て、決死隊に動揺《どうよう》が拡《ひろ》がった。

「教官……？」

「本当に……教官なの……？」

「ワンコさん……」

『き、教官……』

マズイ——。

この場にいる大半が、眼前にいる戌子の教え子たちだ。その厳しい訓練を受けた彼らは、戌子に対する尊敬とともに畏怖《いふ》も植えつけられている。

真琴が感じ取った一瞬の隙《すき》を、獅子堂戌子が見逃《みのが》すはずもなかった。

「——ッ！」

まるで画面が突然《とつぜん》、切り替《か》わったかのように。

真琴は一面の花畑に立っていた。

むせかえる蜜《みつ》の匂《にお》いと、ひらひらと舞《ま》う蝶々《ちょうちょう》——アサギマダラの群れ。

呆然と立ち尽《つ》くす真琴たちの視界の中、アサギマダラが紫色《むらさきいろ》に輝《かがや》く。

「——がっ！」

「きゃあっ！」

「くあっ！」

真琴を含《ふく》む全員が、地面にひれ伏《ふ》した。頭を叩《たた》かれたように——否《いな》、地面に強力に引き

付けられ、花畑に頭を突《つ》っ込《こ》む。

隔離《かくり》空間に引き込まれた……！　能力の発動が速すぎる——。

真琴の知る限り、ごく一部の特殊《とくしゅ》型の虫憑《つ》きが使うことができる能力。自らの能力を最大限に発揮できる別空間を作り出し、そこに敵を引き込むのだ。

『ぐあっ……！　なんだ、こりゃあ！』

『こ、この感じは……戌子……？』

ゴーグルから〝霞王〟と鯱人の呻《うめ》き声が聞こえた。

遠くにいる〝霞王〟たちまで隔離空間に……？　なんてバカげた範囲《はんい》を……！

ほぼ一瞬《いっしゅん》で、恐ろしく広範囲の隔離空間を展開されてしまった。〝浸父〟本体でさえ、能力の発動には時間がかかったというのに——。

「くっ……！」

真琴は自らの喉《のど》に触《ふ》れようとするも、身体《からだ》がピクリとも動かなかった。

戌子の能力は、磁力を操ることにある。真琴たちと地面を強力な磁力によって引き寄せているのだろう、腕《うで》を持ち上げることもできない。

身動きを封《ふう》じられた状態では、良い的である。

すぐに隔離空間を排除《はいじょ》しなければ、数秒後には全滅もあり得る。

「だ、誰《だれ》でもいいから……！　早く隔離空間を破壊《はかい》してっ……！」

「〃陽炎《ひえん》〃――」

誰かの呟く声と同時に、金色の明かりが花畑を満たした。

地上から放たれた放射状のレーザ光線が、仮そめの青空を射《う》ち抜《ぬ》いていく。さらに周囲を舞うアサギマダラ、そして花畑に立つ獅子堂戌子をも狙い撃《う》ちした。

一本一本が比類なき貫通《かんつう》力を持つ、金色の雨。

真琴はそれをかつて、自分の管轄《かんかつ》で起きた戦いの中で見たことがあった。

青空が音を立てて割れ、花畑が急速に枯《か》れていく。

「特殊型の、その能力は嫌《きら》いだ……！」

世界があるべき姿を取り戻《もど》した。元の薄暗い地下通路で、〃月姫〃が怒《いか》りの表情とともに立ち上がる。

〃月姫〃はピーク時の獅子堂戌子と同じ二号指定を持つ虫憑きである。――その甘っちょろい性格は大嫌いだが、味方となれば役に立つようだ。

「〃月姫〃……分離《ぶんり》型のクセに特殊型の隔離空間を壊《こわ》せるなら、そう言っておいてよ！」

「君だって分離型なのにできるんだろ？　だったら、ぼくにだってできるはずだ」

ぶっつけ本番だったらしい。真琴は心中で作戦を立て直す。

コイツも隔離空間を壊せるなら、あの〃最終手段〃の成功率も高まるわね。まあ、〃C〃のもとに生きて辿《たど》り着ければの話だけど――。

真琴は眼前にいる獅子堂戌子に向き直った。

「アンタが調子に乗ってた頃《ころ》とは違うのよ。今じゃアンタと同じくらい強い虫憑きなんて、たくさんいるんだから」

顔を歪《ゆが》め、付け加える。

「まあ、少しは——アンタのおかげでもあるけどね」

それに。

うちも、強くなった——。

かつて〝かっこう〟と戌子によって捕獲《ほかく》された、以前の真琴とは違う。自力で能力を高め、多くの修羅《しゅら》場《ば》を乗り越《こ》え、今や二号指定となった。少なくとも肩書《かたが》きだけは、絶頂時の狂戦士と並んだのだ。

それどころか、何かの間違いで生き残ることができれば、一号指定にだって——。

「……！」

真琴が睨《にら》む先で、戌子が音もなく退いた。暗がりの向こうに姿を消す狂戦士。てっきり例の瞬間移動で斬《き》り込んでくると思っただけに、意表を突かれた。

「みんな、固まって！　離《はな》れたら標的にされるわよ！　——〝火巫女〟！　〝あさぎ〟の動きを見て、接近したら言って！」

「み、見えません……！　隔離空間の残り火があちこちに散らばって、教官の〝炎《ほのお》〟がどこにあるか分からない……！」

　真琴は息を呑《の》んだ。

　能力の残滓《ざんし》による、煙幕《えんまく》。

　獅子堂戌子は感知能力者との戦い方も熟知している――。

『あのクソワンコが生き返ったのかよ……上等だ！　さっさとこっちを片付けて、長年のケリをつけてやるぜ！　一気にトドメといくぜ、鯱野郎《しやちやろう》！』

『あ？　あ、ああ……そうだな、まずは弱ってるコイツを――』

　勝機を確信する〝霞王〟たち。

　彼女たちの会話が、啓示《けいじ》のように真琴に過去を思い出させた。

　――うちの勝ちだぁっ！

　倒《たお》れた〝かっこう〟を前に勝ち誇《ほこ》る、真琴。

　だがその直後、彼女を襲《おそ》ったのは――。

「〝霞王〟！　防御態勢ッッ！」

　真琴は無意識に絶叫していた。

「〝あさぎ〟の不意打ちよッ！」

　警戒《けいかい》の呼びかけと同時に、大きな振動が地下要塞《ようさい》を襲った。

　先ほどの〝霞王〟と鯱人による一撃《いちげき》と同じくらい、強烈《きようれつ》な揺《ゆ》れと大音響《だいおんきよう》。

その発信源がどこなのか、考えるまでもない。

「〝霞王〟！　無事っ？」

大勢いる真琴たちよりも先に、三人しかいない〝霞王〟たちを狙《ねら》い撃つ。それも標的が最大限に油断したタイミングを突いて。

それはあの狂戦士の戦い方を考えれば、当然といえるかもしれない。

真琴たちはまだ地下要塞に突入したばかりだ。それなのに早くも〝霞王〟ら三人が脱落《だつらく》してしまったら、任務失敗に直結しかねない。

「〝霞王〟！」

『——やけに顔色悪《わ》りぃじゃねぇか、クソワンコ。犬らしく拾い食いでもしたか？』

『戌子……』

『ほんとに……教官に見えるねぇ』

三人の声を聞き、真琴は胸をなで下ろした。さすがは百戦錬磨《れんま》の〝霞王〟。真琴の第一声を聞いた時点で、反射的に防御《ぼうぎょ》を展開したのだろう。

だが〝霞王〟はともかく、男性二人の反応に不安を覚えた。

「〝霞王〟、作戦変更《へんこう》よ！　鯱人と〝疫神〟を連れて、戻ってきて！　この先、そいつら二人を無視して進むのは危険すぎる——全員で倒すわよ！」

戦力を分散して戦うには、やっかいすぎる相手である。何しろ二人とも何年も生き残っている高位の戦闘員《せんとう》だ。〝かっこう〟がいない今、積み重ねた経験値は特環《とっかん》でもトップクラスといえよう。

「て、〝照〟の言う通りだ！　俺のシミュレーションでも、今の状態で戦ったら勝率は十パーセント以下だぞ！」

指示してもいないのに、〝りんりん〟が勝手な計算を口走った。

そんなことを〝霞王〟に言ったら、逆効果でしょうが……！

真琴の危惧《きぐ》は、的中した。

『〝C〟もそうだったが、情報班ってのは数字が大好きだな。――黙《だま》ってろ。コイツらはまとめてオレ様がぶっ殺す！』

アンタは良くても、〝あさぎ〟の教え子たちが動揺して使い物にならないのよっ！

そう叫《さけ》びたくなるのを、かろうじて堪《こら》える。

「いいわよ、それならこっちから行く！　〝りんりん〟、ヤツらがいる場所に向かうルートを転送して！　急ぐわよ！」

思い上がった連中の尻《しり》ぬぐいをするのは、いつも真琴だ。

ずっと前からそうだし、きっとこれからもそうなのだろう。

『ぐあっ！　あいかわらずくっついたり離れたり、面倒臭《めんどうく》せぇ能力だぜ……！』

「領域遮断《しゃだん》ッ！」

真琴は叫んだ。彼女の能力は音声さえ伝われば、離れた場所でも効果を発揮する。

『うおっ。クソワンコの能力が解けた……？』

「フォローが必要な時は言って！」

真琴はゴーグルに映し出されたルートに沿って、通路を駆《か》け抜ける。

「今のうちに〝あさぎ〟と〝しぇら〟を倒す作戦を立てるわよ！　少なくとも〝あさぎ〟に関しては誰よりも詳《くわ》しい面子《メンツ》が揃《そろ》ってるはずでしょ！　誰か弱点を知らないの？」

そう言って後方を振《ふ》り向くが、一同の顔色は優《すぐ》れなかった。

あの獅子堂戌子を、本当に倒すことができるのか……？

そんなことを考えている顔だ。

苛立《いらだ》ったところに、ゴーグルを通して鯱人の声が聞こえた。

『な、なあ、〝照〟ちゃん――この戌子は、本当に死んでるんだよね？』

真琴の中で、何かが完全にブチギレた。

「ふざけんな――」

状況《じょうきょう》を忘れて、ピタリと脚《あし》を止める。声を張り上げ、絶叫《ぜっきょう》する。

「いい加減にしてよっ！　〝かっこう〟は欠落者になった！　それに――〝あさぎ〟は死んだの！　あんな連中がいなくなっただけで、いちいち感傷に浸《ひた》らないで！　何よ、任務を遂行《すいこう》する気があるのは、うちだけなの？　あんな連中がいなくなって、せいせいしたのはうちだけってこと？　ずっと前から目障《めざわ》りだったのよ、あんなヤツら！」

こんなことを言えば、仲間からの反感を買うだけだ。——心の中ではそのことを分かってても、我慢《がまん》ができなかった。

実際、戌子の教え子と東中央支部の戦闘員たちは、怒りの表情を浮《う》かべていた。

多くの虫憑きから憎《にく》まれる〝かっこう〟だが、高位の虫憑きの間では理解者が多い。なぜなら彼らは、〝かっこう〟の強さを知っているからだ。そんなことは真琴もよく分かっている。

近寄りがたくも、決して揺るぐことのない強さ。

それが——真琴は大嫌いだった。

「それともここで死んで、あの世でヤツらに言うわけ？　〝やっぱりあなたには敵《かな》いませんでした。一生懸命《けんめい》がんばったんだけど〟——。じ、冗談《じょうだん》じゃない！　そんなのあり得ない！　考えただけでゾッとする！」

あいつらが生きている間、真琴は気が休まる時がなかった。

真琴を捕《と》らえ、さんざんバカにして、見下した〝かっこう〟と獅子堂戌子。

あの二人が存在しているだけで、惨《みじ》めに命乞《いのちご》いした過去の自分から逃《のが》れられない。

でも、彼らは舞台《ぶたい》を降りた。

生きているうちは敵わなかったが、死んだ後なら。

真琴は早くも獅子堂戌子と並んだ。二号指定になったのだから。

せめて肩書きだけでも、彼らと並ぶことができると考えるのは——卑怯《ひきょう》だろうか？ 姑息《こそく》だろうか？

「ちょうどいいじゃない！ 目の前に〝あさぎ〟の死体があるんだから！ 今のうちに言っておけば？ 尊敬する師匠《ししょう》には敵いませんって！ でも、うちを巻き込まないで！ うちは〝C〟に操られてるだけの死体なんか倒してやるし、任務を終えた後には欠落者になった〝かっこう〟に——」

うちもアンタと同じ一号指定になったたって言ってやるんだからっ！

そう叫びそうになった自分に、愕然《がくぜん》とする。

「——」

今まで安全策ばかりとってきた自分が、死を覚悟《かくご》して〝C〟討伐《とうばつ》に向かう理由。

結局、それは一号指定の肩書きが欲しいからだったのだ。

世界を救うとか、そんな大義名分などに興味はない。

本当に死者にこだわっていたのは、他《ほか》でもない、真琴自身なのかもしれない——。

「……もう、うんざりだわ」

自分自身を含《ふく》む、この場にいる虫憑《つ》き全員にあきれ果てた。

「いなくなったヤツや、死んだ人間に振り回されるのは、うんざり……どいつもこいつも大嫌《だいきら》いよ。アンタらだって大嫌いだし、うちだって……でも――」

強いヤツらが嫌いだ。そんな連中に見下され続けてきた自分自身も同じである。

今や〝浸父〟がいなくなり、〝ふゆほたる〟たちが〝大喰い〟を倒そうとしている。

そして〝C〟も倒せば、世界は変わるだろう。

虫憑きの生まれない世界に変わる。

「今も生き残ってるだけで、うちは誰《だれ》よりも強いんだ……」

世界が変われば、自分も変われるかもしれない――。

それくらいの変化があれば、こんなウジウジとした性格だって直るはずだ。

そう願って、戦うしかない。

「そんなささやかな勝ちすら奪《うば》おうとするなら、どいつもこいつも敵よ……戦いたくないなら、アンタたちも同じ。さっさと帰って！」

言い放ち、一人で通路を走り出す。

真琴一人では到底《とうてい》〝C〟を倒すことなどできない。だが足手まといを連れていたら、彼らのお守《も》りで死ぬことになる。――それは真琴が最も嫌いな死に方、犬死にである。

『〝戦え〟！　〝戦え〟！　〝戦え〟！　〝戦え〟！』

唐突《とうとつ》に、ゴーグルから大声が響《ひび》いた。真琴はビクリと肩《かた》を揺らす。

鯱人だ。

『勘違《かんちが》いしないでくれよ、〝照〟ちゃん。戦士が戦場から逃《に》げるなんて、あり得ない。オレが訊《き》いたのは、ただの確認《かくにん》だよ』

「……何よ、確認って」

『ここにいるのが、〝C〟に操られてるだけの戌子だとしたら、その〝C〟ってのは、オレらの師匠を弄《もてあそ》んでることになるよな？』

喋《しゃべ》っている間も、〝しぇら〟や戌子と戦っているのだろう。衝撃《しょうげき》音や〝霞王〟たちの怒《ど》号《ごう》が飛び交《か》っている。

『もしそうだとしたら――オレがするべきことは一つしかないんだ』

戦う――。

それだけが迷える戦士を救い、全《すべ》てを満たす回答。

戦闘の技術よりも、ただ一点、それをこそ彼らは学んでいる――。

「〝しぇら〟と教官を倒すためのシミュレーションを考える」

いつの間にか、〝りんりん〟が真琴の背後についてきていた。

彼だけではない。決死隊の全メンバーが真琴を追走していた。

「ただし確実に倒すためには、相手が知らない能力が必要なのだ。ひいては〝C〟すらも知らない能力……そんなのを隠《かく》し持ってる人間はいるか？」

「〝あさぎ〟に能力を開発してもらった連中には、無理でしょうね」

真琴は嘆息《たんそく》し、言った。

「いいわよ、うちがやる。できれば〝C〟相手にとっておきたかったんだけど……」

嘘《うそ》である。

本当にそれを使って思い知らせてやりたかった相手は——もう、いない。

「〝あさぎ〟に使えるなら、ちょっとは気も晴れるから」

〝りんりん〟がシミュレーションを組み立てるのは早かった。

駆け引きでは、戦闘経験に勝《まさ》る敵に敵うはずもない。

したがって真琴たちが臨《のぞ》んだ作戦は——大半が人数任せで、力任せだった。

『強引《ごういん》な作戦だね。——でも自分がやられたらと思うと、一番イヤなやり方だ』

そう言ったのは、鯱人だった。無尽蔵《むじんぞう》かと思われた彼の体力だが、さすがに息が上がり始めている。

「各員、配置についた？　それじゃあ——追い込むわよ！」

誰もいない通路に一人佇《たたず》んだ状態で、真琴はゴーサインを出した。

仕掛《しか》けはすでに済んだ。

あとは敵を所定の場所に追い込むだけだ。

『〝照〟！　そっちに行ったぜ！　通すんじゃねぇぞ！』

〝霞王〟の声が響いた。

「真っ先にうちのところへ……！　そんなに弱そうに見えるの？　死んでからも、本当にムカつくヤツ！」

網《あみ》の目のように張り巡《めぐ》らされた地下要塞《ようさい》の通路。

その一本を塞《ふさ》ぐ真琴のもとに、人影《ひとかげ》が急接近した。

獅子堂戌子だ。かつては歪《ゆが》んだ笑《え》みとともにホッケースティックを振るった虫憑きが、能面のような顔で真琴との距離《きょり》を詰《つ》める。

「見えないけど、どうせもう一人もいるんでしょ……！　領域遮断ッ！」

真琴が放ったノイズが、姿の見えない暗殺者の隠れ蓑《みの》をはぎ取った。何もなかった空間に、半裸《はんら》の美女の姿が現れる。だがすぐに薄《うす》い皮膜《ひまく》のようなものが女性を覆《おお》い、頭からつま先まですっぽりと覆うスーツに変わった。

樹脂《じゅし》のスーツを操り、同化型と同じような戦いを可能にしたのが〝しぇら〟だ。〝りんりん〟曰《いわ》く、スーツの色彩《しきさい》を周囲に似せることで不可視状態になることも可能らしい。

一方、戌子の速度も急減した。磁気を操り、自らと周囲の物体を反発させることで瞬《しゅん》間《かん》移動するのが彼女の得意技《わざ》である。こちらは真琴が身をもって知っている。

「感覚遮断ッ！」

真琴の追撃《ついげき》が、〝しぇら〟と戌子を弾《はじ》き飛ばした。

ノイズによって敵の身体《からだ》を麻痺《まひ》させる力だ。しかし眼前の強者には数秒と効果を発揮しなかった。戌子が紫電《しでん》でノイズを弾き飛ばし、〝しぇら〟も肉体ではなく身体を覆う樹脂を動かすことで、再び真琴に襲《おそ》いかかる。

「感覚遮断ッ！　領域遮断ッ！　感覚遮断ッ！　領域遮断ッ！　くたばれっ！」

立て続けに放たれるノイズに、敵が二人ともじりじりと後退する。

これでいい。

真琴一人で勝てるとは、最初から思っていない。接近戦になったら真琴などパンチ一発で粉々にされるだろう。

真琴の本当の狙《ねら》いは、足止めである。

「感覚遮断ッ！　領域遮断ッ！　感覚遮断ッ！」

少しでも時間を稼《かせ》ぐことさえできれば――。

「あっちいけ、こんちくしょうっ！」

怒鳴る真琴の前で、戌子たちが踵《きびす》を返した。常人離《ばな》れした速度で遠ざかっていく。

これでいい。

この通路が通れないと分かれば、敵は早々に立ち去る。

なぜなら挟《はさ》み撃《う》ちを恐《おそ》れるからだ。

『こ、こっち来ちゃれらっ！　ひぃぃ、〝月姫〟さん！』

『〝しぇら〟が見えないけど――とにかく射ちまくってやる！』

別の通路から、金色の光が漏《も》れるのが見えた。

「手加減なしよ！　ほんの数十秒でいいから、とにかく通路を通さないで！」

真琴の命令に、ゴーグルを通して一同の返事が響いた。

〝霞王〟や鯱人たちが時間を稼いでいる間に、あらかじめ真琴たち残りのメンバーは通路のあちらこちらに散開していた。

目的は通路を塞ぎ、戌子たちをある方角へ向かわせること。

その方角とはもちろん——仕掛けを施《ほどこ》した場所である。

『退いていった！』

『——こっちだ！　ここは通さないよ！　毒々パンチ！』

「人数頼《だの》みの力押しもいいところだけど……速さも技術も経験も勝てないんだから、他にやりようがないのよ」

要塞のあちらこちらで、戦闘《せんとう》の気配が伝わった。

大勢で取り囲もうとすれば、誰もいない通路に逃げられるのは目に見えていた。そうしてまた不意打ちを警戒《けいかい》する、という繰《く》り返しになってしまう。

それならば事前に全ての通路を塞ぎ、少しずつ包囲網《ほういもう》を狭《せば》めていけばいい。

倒《たお》そうとは考えず、道を塞ぐことだけに専念すれば可能である。

「それでも包囲を縮めていけば——相打ち覚悟で、どこかの通路を強引に突破《とっぱ》しようとするでしょうね。完全に取り囲まれたら終わりなんだから」

『敵の〝炎《ほのお》〟がまた移動します！』

相打ちは、こちらにとっては望むところではない。

だから真琴たちは――手薄な通路を残してあった。

『例の通路に向かってます！』

真琴は床《ゆか》を蹴《け》り、罠《わな》を仕掛けた通路に向かう。

「バレバレの罠だけどね。でも〝あさぎ〟はこちらの戦力を把握《はあく》してる。今の時点で戦っていないのは――〝玉藻〟だけ」

『りょーかい。〝照〟さんから受けとったスピーカーの準備はできてるよぉ』

「だったら、思い上がったヤツらはこう考えるでしょ。多少のリスクはあっても、〝玉藻〟くらいなら力ずくで突破できる――」

戌子たちから〝玉藻〟の姿は認識できないはずだ。半径数メートルという狭《せま》い範囲《はんい》で、彼女の迷彩《めいさい》能力を全力で発揮しているのだから。

『来た！　近づいてくる――アタシの姿を認識できてるようには見えないよぉ！　接触《せっしょく》するまで、3……2……1――』

走りながら、真琴は大きく口を開いた。

でもアンタたちが戦うのは、〝玉藻〟じゃないのよ……！

心中で言い放ち、口からはノイズを放つ。

「領域遮断《しゃだん》ッ！」

大音響《だいおんきょう》のノイズが響き渡《わた》った。

しかし音が聞こえたのは、真琴のそばではない。

聞こえたのは、〝玉藻〟が潜《ひそ》んでいる通路からだった。

『くっ……！　命中したよぉ！　〝しぇら〟を確認！　教官も減速！』

担当していた通路から飛び出した決死隊のメンバーが、通路の交差点で合流した。

一同が、一本の通路を見やる。

薄暗い通路の先に、その姿が確認できた。

あらかじめ仕掛けておいたスピーカーから発せられたノイズによって、それぞれの能力を解除された虫憑きたち。

〝玉藻〟、〝しぇら〟、そして獅子堂戌子である。

その光景を見て、〝疫神〟が前に出た。やたらと長い鎌《かま》のような武器を横に振《ふ》るう。

「教官に〝障《さわ》る〟のは、訓練以来だねぇ」

鎌から赤黒い鎖《くさり》が飛び出した。それらが壁《かべ》に触《ふ》れると同時に、壁や天井《てんじょう》一面に赤黒い錆《さび》が拡《ひろ》がっていく。

「これでもう壁や天井が磁力を帯びることはない。瞬間移動もできないねぇ、教官」

『敵は射程範囲内！　退避《たいひ》するよぉ！』

〝玉藻〟がコートの中に隠していた何かを宙に放《ほう》り投げ、後退《あとじさ》った。

ノイズと錆によって能力を殺《そ》がれた戍子たちは、とっさに遠ざかることができない。

「——くらえ」

真琴は片手を喉《のど》にあて、もう片方の手を前に突《つ》き出す。

〝玉藻〟がばらまいたのは、真琴が渡した特殊《とくしゅ》なスピーカーだ。それらは音声を増幅《ぞうふく》した上で、さらに周囲から取り込んだ音声を反響して跳《は》ね返す仕組みになっている。

「境・界・遮・断ッッ！」

真琴の全力を込めたノイズが、通路を埋《う》め尽《つ》くした。

耳障りな音が空間を歪ませた。ぐにゃりと周囲の壁や天井がひしゃげ、ばらまいたスピーカーの中心地点に向かって収束していく。

「隔離《かくり》空間を生み出せるのが、特殊型だけと思わないでよ……！」

そう叫《さけ》ぶ真琴には、確かな手応《てごた》えがあった。

敵二人がいるのは、急速に歪んでいく空間の範囲内だ。足を封《ふう》じられた彼女たちは、その場から脱出《だっしゅつ》する術《すべ》はない。

だが——。

「あっ……！」

驚《おどろ》きの声を上げたのは、誰《だれ》なのか。もしかしたら自分かもしれなかった。

真琴たちが見守る中、何を思ったのか、獅子堂戌子が〝しぇら〟にしがみついたのだ。

そして猫《ねこ》のように身体を丸めたかと思うと——。

「……！」

身体から紫電を発し、〝しぇら〟を蹴り飛ばした。反動で戌子が歪んだ空間から飛び出す。

『きゃあっ！』

〝玉藻〟の横を回転しながら通り抜《ぬ》け、あっという間に通路の奥に消える戌子。

「〝しぇら〟の身体を磁性体にして……！」

〝ねね〟が呻《うめ》いた通りだった。

壁や天井を利用できないと見るや、〝しぇら〟と自らを磁性体にして反発させたのだ。

仕掛けられた罠を脅威《きようい》と判断し、自分だけでも逃《のが》れたのだろう。身代わりとなった〝しぇら〟が歪む空間の中心に突き飛ばされ、ぐにゃりとその輪郭《りんかく》を歪ませる。

真琴たちが呆然《ぼうぜん》とする中、罠が完成した。

四方に散らばったスピーカーの中心で、３６０度回転する漆黒《しつこく》の立方体《キューブ》——。

現実にはあり得ない空間の中で、〝しぇら〟が周囲を見回しているのが映し出されていた。その光景はあたかも黒い水槽《すいそう》に閉じ込められた魚である。

「はあっ、はあっ……〝しぇら〟からはこっちの姿は見えないわ。完全にこの世界から隔離してやったもの」

真琴は荒《あら》い息をつきながら、回転する〝しぇら〟の映像を睨《にら》みつける。

生み出せる空間は、せいぜい数メートル四方。それも音声を反響しあうという特殊な装置の力を借りてしか使うことができない、真琴の奥の手である。

「〝しぇら〟は捕《つか》まえたけど――〝あさぎ〟を逃《に》がした……！　ちくしょう！」

まさか、あんな逃げ方をされるとは思わなかった。敵を二人ともいっぺんに封印しようとしたのが、裏目に出てしまった形だ。

「完全には逃げ切れなかったようだがな」

〝兜〟がキューブの一点を指さした。

そこには――肩《かた》から切り離された、細い右腕《みぎうで》が浮《う》かんでいた。見覚えのある黄色い合羽《カッパ》の袖《そで》とともにである。

「どうするよ？　ワンコを追いかけるか？」

〝霞王〟が戌子の右腕を眺《なが》めながら、言った。

獅子堂戌子に引導を渡す。――それはとても魅力《みりょく》的な提案に思えたが、今の状況《じょうきょう》では時間の無駄《むだ》と判断せざるを得ない。

手負いの敵兵にこだわるより、時間的な遅《おく》れを取り戻《もど》すべきだろう。

「いえ——すぐに下層に向かうわよ」

真琴は決死隊に命令し、エレベータに向かって足を踏《ふ》み出した。

2.05 OPS1 Part.6

双頭《そうとう》のゲジゲジが、真琴の頭を噛《か》み砕《くだ》こうと迫《せま》った。

「どきやがれ、オラァッ！」

真琴を突き飛ばし、〝霞王〟が霞《かすみ》でゲジを押し返した。そのまま霞の爪《つめ》で引き裂《さ》こうとするも、ゲジも負けじと巨大《きよだい》な顎《あご》で爪を押し返す。

「オレ様と力比べする気かぁ？　上等だ、この野郎《やろう》！」

「鯱人と〝四ツ葉〟、それに〝疫神〟はどこに行ったのよ！」

壁に激突《げきとつ》しながら、真琴は叫んだ。

背後にいた〝りんりん〟が答える。

「後ろからも敵が来たとか言って、倒しに行ったのだ！」

「また勝手に……あいつらは、もう！　〝火巫女〟！　鯱人たちのほうで敵が増えそうなら、すぐに教えて！」

「はい！」

頷《うなず》く〝火巫女〟の顔には、ありありと疲労《ひろう》の色が見てとれた。元々、身体《からだ》が丈夫《じょうぶ》ではないと聞いているが、疲《つか》れているのは彼女だけではない。

真琴はもちろん、吠《ほ》える〝霞王〟を含《ふく》む全員が疲弊《ひへい》していた。

当然だ。

真琴たちが地下要塞《ようさい》に潜入《せんにゅう》して、すでにかなりの時間が経過していた――。

「うちが敵の動きを止めたら、〝霞王〟は退いて！　〝月姫〟、頼むわよ！」

「いつでもいいよ」

「ああっ？　っざけんな、こんなヤツ、オレ様一人で――」

「うっさい、いいから退けっ！　いくわよ……感覚遮断っ！」

地下通路にノイズが響《ひび》き渡った。〝霞王〟とせめぎ合っていた双頭のゲジが一瞬《いっしゅん》、金縛《かなしば》りにあったように動きを止める。

「ちっ！」

〝霞王〟が霞を解除したところへ、〝月姫〟が金色のレーザ光線を放つ。

巨軀《きょく》を撃《う》ち抜かれ、ゲジが大きな鳴き声とともにのけぞった。

だが――。

「……！」

躯《からだ》中に穴が空き、頭が一つ吹《ふ》き飛んだ状態で、ゲジが再び真琴たちに襲《おそ》いかかった。

「〝発射〟！」

〝火巫女〟がピストルのジェスチャをした指をゲジに向けた。

床から噴《ふ》き出した火柱が、ゲジを包み込んだ。

さらに〝兜〟の〝虫〟であるカブトムシがゲジに体当たりし、後方へ弾《はじ》き飛ばす。

「くっ……もう一回、射《う》つ！　どいてくれ、〝兜〟！」

「ゾンビか、てめぇはっ！」

〝月姫〟が再び放った光線と〝霞王〟の爪が、今度こそゲジの躯を八つ裂きにした。

ゲジの背後にいた男性がガクリと膝《ひざ》をつき、力なく倒れる。

真琴は荒い息をつきながら、一同を振り返った。

「感知能力以外に、余計な力を使うなって言ったでしょ、〝火巫女〟！　〝月姫〟も狙《ねら》いが甘いんじゃないの？　〝霞王〟も気を抜かないで！」

叱咤《しった》を受けた虫憑《つ》きたちが、反抗《はんこう》的な目で真琴を見た。だが誰一人、言い返さない。

口論に費《つい》やす体力もなくなっているのだ。集中力が切れかけているのも明らかである。

『こっちも片付いたよ。今、そっちに戻る』

『ちょっとばかり、しんどくなってきたねぇ』

真琴はゴーグルに手を当て、現在時刻を表示させる。

「……時間は惜《お》しいけど、少し休憩《きゅうけい》をとるわよ。〃さくら〃、またお願い。〃玉藻〃もね」

「ああ」

頷く〃さくら〃の顔色も疲労で青ざめていた。柄《え》の長いハンドハンマーの先に、彼女の〃虫〃であるサクラコガネがとまる。

ハンドハンマーが通路の壁を思い切り叩《たた》いた。

一瞬、輝《かがや》く亀裂《きれつ》が壁を走った。壁の奥で、何かが歪《ゆが》み、軋《きし》む音が響く。

数秒後、何もなかった壁に小さな扉《とびら》ができていた。

「戻ってきたわね。早く中に入って」

舞《ま》い戻った鯱人たちに呼びかけ、真琴は扉を開いた。

数メートル四方の空洞《くうどう》が彼女らを出迎《でむか》えた。

無機質を自在に操《あやつ》る〃さくら〃の能力で造った、即席《そくせき》のシェルターである。

全員がシェルターに避難《ひなん》したのを確認《かくにん》してから、真琴は小悪魔《こあくま》の少女を振り返った。

「〃玉藻〃、ちゃんと体力を温存できた？　どれくらい結界を張っていられそう？」

「二時間ってところかなぁ」

前回の休憩は、三時間だった。戦いに参加させずに休ませていたとはいえ、この状況で全快を望むほうが不可能というものかもしれない。

〃さくら〃が出入り口の扉をハンマーで叩いた。扉が忽然《こつぜん》と消える。

「休憩は二時間よ。今のうちに携帯食《けいたいしょく》を食べて、仮眠《かみん》をとっておいて。〃火巫女〃と鯱人は交代で外の様子を警戒《けいかい》してちょうだい」

真琴が指示するが、返事をする者はいなかった。ようやく一息つけるとばかりに、床《ゆか》の上に座り込む。

「……」

真琴も背負ったケースを降ろし、床の上に座った。

なるべく無表情を保ちつつ、栄養素入りのゼリーを吸うが——内心は穏《おだ》やかではない。

「あー……地下に潜《もぐ》ってから、どんくらい経《た》ったっけか？」

大の字に転がった〃霞王〃が言った。真琴は答える。

「二十七時間と少し」

「今、わたしたちがいるのって……」

〃ねね〃が訊《き》いた。真琴は答える。

「地下十二層目」

「〃C〃がいるのは、確か……」

「三十層目ね」

与《あた》えられた時間は48時間である。

単純計算でも、制限時間内に〃C〃のもとに到達《とうたつ》困難なことは明白だ。この先、体力を消耗《しょうもう》するほど、さらにペースは落ちていくだろう。

だからこそ真琴は焦《あせ》っていたのだが、それを表面に出すことはできない。

「問題ないわ、順調よ。これまでに倒《たお》した敵――〝蘇生者《そせい》〟ともいうべき虫憑きの数は九人。〝しぇら〟を封《ふう》じ込《こ》めた隔離《かくり》空間はまだしばらく効果を持続するし、どこかにいる〝あさぎ〟も手負いよ。〝C〟の手札が尽《つ》きるのも近いはずよ。邪魔《じゃま》な蘇生者がいなくなれば、ペースを上げられる」

すぐに次々と質問の声が上がった。

「蘇生者の数は十数人程度しかいないはず……だっけ？」

「〝浸父〟が同時に欠片《かけら》を操ることができたのは十人ほど。〝C〟がその力を吸収したとはいえ、〝始まりの三匹《びき》〟の倍も操ることができるとは思えない。だからせいぜい蘇生者は十数人といったところのはず。――これは魅車副本部長の読みだから、まったくの的外れということはないはず」

「それでも、こっちとほぼ互角《ごかく》の戦力だけどねぇ」

「連携をとらないなら怖《こわ》くないわ。一番、怖いのは……うちらの中で誰かが欠落者になるか、死ぬことよ。万が一、そんなことになったら――」

「〝C〟に蘇生させられて、敵になる……」

〝四ツ葉〟の言葉が、決死隊を沈黙《ちんもく》させた。

真琴は頷く。

「そういうこと。――大丈夫よ、うちはこの中の誰《だれ》も脱落《だつらく》させたりはしないし、実際、今のところはうまくいってるもの」

「蘇生者か……ヤツらは本当に記憶《きおく》も感情もないんだろうか？」

〝兜〟がポツリと呟《つぶや》いた。真琴は彼を睨みつける。

「いや、迷っているわけじゃない。ただ我々、東中央支部が得ていた情報とは少し様子が違《ちが》うものでな。中央支部の実験で蘇生者にされたと思われる虫憑き……センティピードや〝みんみん〟には感情があったと聞いている」

「……それはまだ〝浸父〟が生きていて、その欠片を使った頃《ころ》の話でしょ？　今は〝C〟が操ってるんだし、その〝C〟自身が人格も何もない一種のプログラム化された状態なんだから、べつにおかしくはないわ」

真琴は早口で言い放ち、話題を変えるために〝りんりん〟と〝まいまい〟を見た。

「地上との通信状態はどうなの？　何か連絡《れんらく》はあった？」

『〝まいまい〟ちゃん、がんばりました！　〝虫〟を使って地上との通信ルートを確保しちゃれらっ！　ま、まだ通信状態は不安定ですけどっ！』

「作戦2、作戦3……ともに変化無し。こちらの指示も、続行せよ、の一点張りだ」

シェルターに重苦しい空気が漂《ただよ》った。

遅《おそ》い――。

作戦3はまだしも、ハルキヨが率いる作戦2――〝眠り姫〟覚醒《かくせい》作戦が音沙汰《おとさた》なしとは、どういうことなのだろう？　真琴は直接会ったことがないが、噂《うわさ》に聞く炎《ほのお》の魔人の実力が確かならば、大抵《たいてい》の問題はすぐに解決できるはずだ。

誰も語らなくなると、束《つか》の間《ま》の休憩時間はあっという間に過ぎた。

二時間が経過し、決死隊たちは立ち上がった。

多少なりとも疲労を回復したとはいえ、全員の顔色は優《すぐ》れない。残り時間が少ない上に、別働隊の動向も分からないのだ。士気が上がらないのも当然である。

この苦境の中で彼らを奮起させる檄《げき》を、真琴は思いつかなかった。かといって彼らを力ずくで引っ張る強さもない。

「扉を造るぞ。いいな、〝照〟？」

通路がある壁《かべ》に向かって、〝さくら〟がハンマーを振《ふ》りかぶろうとした。

「待って、〝さくら〟」

真琴は〝さくら〟を制止し、自分のバイザーを操作した。

どうも良くない雰囲気《ふんいき》である。

この調子で、本当に〝C〟のもとに辿《たど》り着けるのだろうか――。

口には出さないものの、誰もがそう思っているのが分かった。何より真琴自身がそう考えているし、そのことをメンバー全員に見抜《みぬ》かれているのも感じている。

士気の低い隊は、脆《もろ》い。

これまで脱落者がなかったとはいえ、ほんの少しでも綻《ほころ》びが生じれば、取り返しのつかないダメージを負う可能性が高かった。最悪の場合、全滅《ぜんめつ》もあり得る。

真琴が最も嫌《きら》いな犬死にだけは、避《さ》けたかった。

「〝りんりん〟。今、アンタのゴーグルに映像を送ったわ。それを全員のゴーグルに転送して。——鯱人、アンタはこれを使って」

バイザーを外し、鯱人に投げて渡《わた》す。

「映像……？　了解《りょうかい》だ、全員に転送すればいいのだな」

「ええ。全員、それを見て」

これは、賭《か》けだ。

映像を見たら、戦意を喪失《そうしつ》してしまうかもしれない。逆に標的に同情する恐《おそ》れもある。

だがもう一度、全員が一つの目標を再確認する必要があった。その上で戦えないと判断した者はここで切り離《はな》し、少しでも身軽になったほうが良い。

「うちらが倒すべき相手——〝C〟の映像よ」

「……！」

全員がゴーグルに手を当て、顔つきを強《こわ》ばらせた。

真琴が地上で見せられた、〝C〟の映像である。太いケーブルの海、電子機器の山脈、そして透明《とうめい》に輝く直方形の寝台《しんだい》。

そこに横たわる少女と、離れた場所にある監視《かんし》カメラを覗《のぞ》く眼《め》。

空間や時間が歪んでいるとしか思えない、〝C〟の寝所の光景である。

「中央本部に隠《かく》されていた〝浸父〟を吸収した今、いつ〝C〟が——いえ、そこに映っている〝モノ〟が要塞《ようさい》から脱出するか分からないわ。もしそうなれば赤牧市をメチャクチャにした〝浸父〟なんかよりも、計り知れない被害《ひがい》をまき散らすのは間違いない」

魅車によってその映像を見せられた時、真琴は思った。

——こんな化け物に、勝てるはずがない。

直感ともいうべき恐怖《きょうふ》が、彼女の身を竦《すく》ませたのだ。

「他《ほか》の作戦を実行中のハルキヨや〝ふゆほたる〟が失敗した時は——うちらだけで、そいつを倒さなきゃいけないの」

「——」

全員が、真琴を見た。

「だって、そうでしょ？　一号指定が次々と脱落していけば——ここにいるメンバーが、事実上の最高戦力なんだもの。それに〝C〟が自由に動き回れる地上に脱出したら、あの雷《かみなり》みたいな攻撃《こうげき》でうちらなんて簡単にやられちゃうわ」

「……」

「うちの敵は〝しぇら〟や〝あさぎ〟たち蘇生者なんかじゃないの」

真琴は言う。

「超種一号《ちょうしゅ》の虫憑《つ》き——いえ、虫憑きという枠《わく》すらも超《こ》えてしまった〝C〟なのよ」

一同が黙《だま》り込んだ。

真琴は彼らの中で、誰かが言葉を発するのを待った。

誰でもいいから……なんとか言ってよ——。

すがる思いで、心中で呻《うめ》く。〝C〟の映像は寝所にもっと迫《せま》ってから見せるつもりだった。それを見て萎縮《いしゅく》してしまっては、〝C〟のもとに辿り着くどころではないからだ。

だが今の状況《じょうきょう》で、そんな悠長《ゆうちょう》なことは言っていられない。

しっかりとゴールを見据《みす》えていなければ、次々と立ちはだかる蘇生者たちによって心を挫《くじ》かれてしまう——。

「〝C〟が——」

長い沈黙の後、口を開いたのは〝月姫〟だった。

「〝C〟が……なによ？」

果たして彼の口から飛び出すのは、新たな決意表明か。それとも降参宣言か——。

覚悟《かくご》を決める真琴。

だが〝月姫〟が口にしたのは、彼女が予想だにしなかった質問だった。

「この子がベッド代わりにしてる透明な箱が――〝データベース〟なんだね？」

「……！」

真琴の心臓が鷲摑《わしづか》みされた。一瞬《いっしゅん》、呼吸が停《と》まる。

「な――んで……そのことを？」

魅車八重子によって、できるかぎりメンバーに明かすなと念を押された事実。

〝C〟の人格はすでに失《な》く、蘇生者たちに感情がないとする根拠《こんきょ》。

その核心ともいうべき物体を、なぜ〝月姫〟がすでに知っているのか――。

絶句する真琴に代わって反応したのは、〝りんりん〟だった。

「データベース……？　つまり、つまりこれは記憶装置なのか？　これがただの透明な石ではないとしたら、ま、まさか、ホログラム・メモリ？」

技術的な専門知識を持つ〝さくら〟と〝まいまい〟も顔色を変えた。

「馬鹿《ばか》な！　まだ現代の科学技術では実現できないはずだ。しかも、こんな大きな……」

『データベースのことは知ってりゃりら……でも、まさかホログラム・メモリなんて……この大きさなら、地球上のあらゆる情報を記憶できまりちゃ……』

真琴には詳《くわ》しい原理は分からない。だが彼らの反応を見る限り、魅車から聞いたような記憶装置という一言で済ませられる代物《しろもの》ではないようだ。

〝まいまい〟まで、データベース――〝寝台〟のことを知っていた。

つまり東中央支部が、その存在を知っていたということだ。

〝兜〟と〝月姫〟が言う。

「以前、センティピード――最初に発見された蘇生者から受け取ったディスクを、〝かっこう〟のもとに届ける手助けをしたことがある」

「唯一《ゆいいつ》、その中身を見た〝かっこう〟によると……〝C〟の実験の映像の中に、データベースっていう単語が何度か出てきたんだって。だから〝C〟の実験のせいでこうなったっていうなら――データベースとかいうものも関《かか》わっているんじゃないかと思ってた」

彼らに続いて、〝火巫女〟も静かに言う。

「それが何なのか、私たちはずっと考えてました……〝C〟さんの実験が虫憑きを蘇生させるためのものだとしたら――大勢の虫憑きの情報を管理する場所が必要になる。欠落者たちに夢を思い出させるほど、正確で鮮明《せんめい》な記憶を保管しておく場所です」

「……」

真琴の額に、冷たい汗《あせ》が浮《う》かんだ。

東中央支部――。

こいつらは魅車八重子でさえ隠そうとしていた事実を、自力で探《さぐ》り、手に入れていた。

中央本部に従うだけだった他の支部とは、根本的な部分で違う。特環《とっかん》を目の敵《かたき》にしていただけの〝むしばね〟とも違っていた。

「いわば虫憑きの記憶の欠片を集め、再生するための夢の保管場所」

〝月姫〟が言った。

「欠落者から蘇《よみがえ》るための鍵《かぎ》。――それが〝データベース〟なんだよね？」

かつて〝かっこう〟を主戦力としていた、東中央支部。

彼らは一体どのような戦いを経て、その秘密に辿り着いたのだろう？

凡人《ぼんじん》の真琴には、想像もつかない。

「〝寝台〟よ。……魅車副本部長は、そう呼んでいたわ」

真琴は顔を歪《ゆが》め、無理に笑《え》みを作ってみせる。

「〝C〟だけじゃない。死者や欠落者たちの夢が眠《ねむ》るベッドなのよ。――よく、そのことを知ってたわね。でも知ってるだけで何もできなかったんだから、何の意味もないわ」

「……」

真琴の軽口に対し、東中央支部の虫憑きたちは無言だった。彼女の言う通りなのだから、何も言い返せないのだろう。

ともあれ、こうなっては隠していても意味がない。

「そうよ、アンタたちの言う通り。〝C〟はあくまで〝寝台〟と欠落者を繋《つな》ぐための媒体《ばいたい》であって、〝浸父〟の力が死者すらもそれを可能にしているの。でも結局、蓄《たくわ》えられた電子情報によって擬似的《ぎじ》な蘇生《そせい》をしているだけで、本当の蘇生は不可能だった——それが魅車副本部長から聞いた、実験の全容よ」

包み隠さず話すことを決めると、かえってスッキリした。肩《かた》の荷が下りた気分だ。

「で、そのナントカっていう記憶《きおく》装置はスゴイみたいだけど……実はもう容量がギリギリなんだそうよ。虫憑きの情報が一人二人加わるならともかく——〝C〟が新たに〝始まりの三匹《びき》〟を吸収したら、その時点で機能は失われる」

「……！」

東中央支部の面々が絶句した。さすがにそこまでは、予想外だったようだ。

「だから、うちらは一刻も早く〝C〟を倒《たお》さなければいけないってわけ。虫憑きの希望とやらを詰《つ》め込んだ〝寝台〟に取り憑いてる、あの化け物をね」

真琴の台詞《せりふ》を聞いて、表情を曇《くも》らせたのは〝ねね〟だった。

「化け物……あの〝C〟ちゃんは、もう〝C〟ちゃんじゃないのね」

「魅車の野郎《やろう》！　クソガキを玩具《おもちゃ》にしやがって……！」

自らの手の平に拳《こぶし》を打ちつける〝霞王〟。

憤《いきどお》る少女たちに対し、冷静な者もいた。〝疫神〟だ。

「でも虫憑きの希望とやらを創《つく》り出したのも、魅車副本部長なんだよねぇ」

そう。

虫憑きを弄《もてあそ》ぶ魅車に殺意を抱《いだ》いたことは、真琴でさえ一度や二度ではない。だが自分では魅車を殺すことはできないだろう。いくら憎《にく》んだとしても、悔《くや》しいことに虫憑きにとっての救いを握《にぎ》るのも魅車八重子であると思い知ってしまったから。

「——このままじゃ、ダメだね」

唐突《とうとつ》に言ったのは、鯱人だった。真琴にバイザーを投げて返す。

「今までは後から来る一号指定のために、蘇生者を片付けておくのも任務だった。でも他の作戦が音沙汰《おとさた》ない以上、オレたちで〝C〟を倒すつもりでいくべきだ」

ホッケースティックを肩に載《の》せた少年の顔つきは、戦士のそれだった。怖《お》じ気《け》づくどころか、明確な標的を見つけたことで、ようやく本気になったようにも見える。

真琴は他の決死隊のメンバーを見た。

それぞれ厳しい顔つきをしているが、戦意を喪失したようには見えない。

どうやら賭けはうまくいったようだ。

しかし問題は、ここから先である。

「作戦変更《へんこう》が必要だね。——〝照〟ちゃんも、そのつもりで映像を見せたんだろ？」

鯱人が真琴を見て、言う。

「今までのやり方じゃ蘇生者を倒しきるどころか、〝C〟に辿り着くこともできない」

「……ええ」

真琴は素直《すなお》に認めた。

ハルキヨ、〝ふゆほたる〟——そして〝眠り姫〟のための露払《つゆはら》いができず、〝C〟に辿《たど》り着くこともできない。そんな最悪の結果を回避《かいひ》するための作戦が必要だ。

「誰《だれ》でもいいわ。何か、良い案はない？　特に〝りんりん〟、もっと最短のルートはないの？」

天然パーマの少年が、そばかす顔をしかめた。

「あれば、とっくに言ってるのだ」

「面倒《めんどう》くせぇ。もう力ずくで〝C〟のところまで床《ゆか》を掘《ほ》っていこうぜ。——おら、〝ふゆほたる〟だって、オレ様たちを救出するためにやったじゃねぇか。あれ、パクろうぜ」

〝霞王〟らしい意見だ。〝りんりん〟が首を左右に振《ふ》る。

「あの時、俺たちはできるだけ地上に近い位置に避難していたのだ。一方、〝C〟は要塞の最深部にいるのだから、深さが全然違《ちが》う。第一、あんな何もかもぶち壊《こわ》すためだけにいるような怪物《かいぶつ》と、俺たちをいっしょにしちゃいけないぞ」

「全員で掘ってもダメか？　私もある程度は穴を空けることができる」

〝さくら〟が言うが、〝りんりん〟の返答は変わらない。

「全員でかかっても、貫通《かんつう》できるのはせいぜい二、三層といったところだ。それくらいなら普通《ふつう》にエレベータを使ったほうが早い。シミュレーションするまでもないぞ」

地下要塞にあるエレベータは、一層ごとに別の場所にある。保安上の理由とされているが、一体何を警戒《けいかい》した上での複雑な構造なのかは分からない。

押し黙る、一同。

ここまで来る途中《とちゅう》で、さんざん近道がないか考えていたのだ。

なおさら必要に迫られたからといって、都合良く良いアイデアは浮かばない。

「結界を維持《いじ》するのも、そろそろ限界だよぉ」

〝玉藻〟が汗の滲《にじ》んだ顔で言った。二時間以上、ずっと能力を使い続けているのだ。彼女が力尽《つ》きれば、すぐに〝あさぎ〟の感知能力によって襲撃《しゅうげき》を受けるだろう。

やはり一号指定の誰かがやって来るのを待つべきか。

しかし、それでは真琴たちがここにいる理由がなくなる。

真琴たち決死隊は、一号指定の到着《とうちゃく》を待つだけの掃除《そうじ》係などでは決してない。

「――そのシミュレーションというのは、通路やエレベータを使った場合だけの話なのか？」

そう言ったのは、意外な人物だった。

〝兜〟である。

「普通なら人が通らない場所……たとえば通気口や物資の搬入《はんにゅう》経路なんかを使うことも考慮《こうりょ》に入れてみたらどうなる？」

「もちろん、それも考えたのだ。でも各層に張り巡《めぐ》らされた通気口は通路よりも迷路状態になっていて遠回りになるし、特別な搬入路にいたっては、そもそも存在しない……」

地下要塞《ようさい》の構造を再確認《かくにん》しているのだろう。機械仕掛《じか》けのグローブをピアノを弾《ひ》くような動作で操《あやつ》っていた〝りんりん〟が、ピタリと動きを止めた。

「あ――ああ――」

「どうしたの、〝りんりん〟？」

真琴が呼びかけるも、少年はすぐに答えなかった。グローブをせわしなく動かす。

「ち、違うのだ……見逃《みのが》していたわけじゃない。だって、そこは――何かが通るためにある空間じゃないのだから……」

「言い訳はいいから！　一体、何のことを言ってるの？」

「ち、地下要塞の、ど真ん中なのだ――」

〝りんりん〟が虚空《こくう》を見上げ、言った。

「地下要塞の中心部にあるシャフト部分だ。各層を維持するための電力ケーブルや水道管、それに送風口が各層を分断する隔壁《かくへき》にぶっ刺《さ》さってる……いわば要塞の背骨だ。もちろん分厚い壁《かべ》と隔壁に覆《おお》われているから、各層間を移動するための通路などないが――」

「ぶち破って、下に掘り進めばいいってか」

ニヤリと笑う〝霞王〟。

「土砂《どしゃ》を掘り進んでいくことに比べたら、圧倒《あっとう》的に障害物の質量が少ないのだ。今まで通り通路を進めば、時間内に最下層に辿り着ける可能性は三パーセント未満。だがシャフトの隔壁を破壊《はかい》しつつ強行すれば——」

〝りんりん〟がグローブを動かし、言う。

「最深部に到達できる可能性は——十四パーセント」

「全員、戦闘《せんとう》態勢！　要塞中心部に向かう！　〝さくら〟、出入り口を！」

真琴は決死隊のメンバーたちに命令した。

決して高い成功率とは言えない。

だが今の真琴たちにとっては、奇跡《きせき》のような確率である。

「いいところに気づいたわね、〝兜〟。お手柄《てがら》よ」

「たまたまさ」

真琴の賛辞に、口元を緩《ゆる》める〝兜〟。——東中央支部の感傷によって同行を申し出ただけの戦闘員。そう思っていたし、噂《うわさ》では機転が利《き》くというより質実剛健《ごうけん》なタイプと聞いていたから、思わぬ誤算である。

「いくぞ！」

〝さくら〟がハンドハンマーを壁に打ちつけた。

出現した扉《とびら》をくぐり、真琴たちは通路に飛び出した。新たにバイザーに映し出されたルートに沿って、通路を駆《か》け抜《ぬ》ける。

「中心部まで強襲隊形で進むわよ！　現れた敵が一人なら、強引《ごういん》に突破《とっぱ》する！」

これまでの戦闘で、フォーメーションも固まりつつあった。〝四ツ葉〟を先頭に、〝霞王〟、〝月姫〟と続く攻撃力《こうげき》に特化した戦列を組む。殿《しんがり》は応用力の効く鯱人である。

入り組んだ地下通路を進んでしばらくすると、〝火巫女〟が叫《さけ》んだ。

「前方に〝炎《ほのお》〟が一つ出現！　敵対的な色です！」

「先制攻撃して！　突破するわよ！」

「毒々キック！」

前方から接近した人影《ひとかげ》に向かって、〝四ツ葉〟が跳び蹴《げ》りを繰《く》り出した。

人影が蹴りを受け止めた。しかし〝四ツ葉〟の脚《あし》から、毒々しい色の粒子《りゅうし》が噴《ふ》き出す。

「感覚遮断《しゃだん》！」

真琴のノイズが、人影を襲《おそ》った。

敵がなすすべもなく金縛《かなしば》りに——ならなかった。澄《す》んだ匂《にお》いと水飛沫《みずしぶき》が、真琴のノイズだけではなく〝四ツ葉〟の毒気すらも弾《はじ》き飛ばす。

防がれた？　いえ、この能力は——。

〝霞王〟が追撃にかかった。

「おらぁっ！」

霞《かすみ》が凝固《ぎようこ》してできた爪《つめ》が、人影を襲った。

人影が身を退《ひ》いた。文字通り、紙一重《ひとえ》で爪の切っ先をかわす。

次に前に出たのは、〝月姫〟である。

「退《さ》がってくれ、〝霞王〟！」

金色のレーザ光線が、人影に向かって照射された。

人影が柳《やなぎ》のように身体《からだ》を揺《ゆ》らした。ゆらゆらと揺れる動きで、光線を全《すべ》て避《さ》ける。

「――ひはっ」

真琴の横の壁に、いつの間にか鯱人が立っていた。質量を操って水平に立つ彼の身体が橙色《だいだいいろ》の輝《かがや》きに包まれ、忽然《こつぜん》と姿を消す。勝手に攻撃参加するつもりだ。

「待って！　そいつは――」

真琴が制止するよりも先に、轟音《ごうおん》が響《ひび》き渡《わた》った。

瞬間移動《しゆんかん》して襲いかかったはずの鯱人が、逆に弾き飛ばされていた。ホッケースティックで敵の攻撃は防いだようだが、背中から通路の壁に叩《たた》きつけられる。

「ぐっ……！」

鯱人にカウンターを喰《く》らわせたのは、人影が持つ異様な武器だった。

それ自体が生き物の臓器のような、グロテスクな棒――いや、刀である。刀身には無数の穴が空き、水滴《すいてき》が零《こぼ》れ落ちている。

鯱人を返り討《う》ちにし、居合いの構えをとる少女。

その人物は、かつての真琴の友人だった。

「〝おりおん〟……！」

真琴と同じ装備タイプの虫憑《つ》き、そして同じ北中央支部所属だった少女である。——その土気色に淀《よど》んだ表情に、以前の気が抜けるような笑顔《えがお》は影も残っていない。

「あー、ビックリした。強いな、この子。——〝照〟ちゃんの知り合い？」

鯱人が瞬間移動で退避しつつ、真琴に尋《たず》ねた。

「〝おりおん〟。——達人よ。北中央支部に来た頃《ころ》には、ただの怠《なま》け者になってたけどね……正面からの攻撃はまず見切って受け流されると思っていいわ」

真琴は唇《くちびる》を噛《か》み、気を引き締《し》める。蘇生《そせい》者相手に動揺《どうよう》するなと皆《みな》に言った手前、自分が戸惑《とまど》うわけにはいかない。

「彼女もアンタらのお仲間よ。つまり——〝あさぎ〟の教え子ってわけ」

「……！」

決死隊の中の何人かが、驚愕《きょうがく》した。中央本部の面々が顔をしかめたのは、かつて中央本部にいたこともある同少女の手強《てごわ》さを知っているからだろう。

「彼女は北中央支部の管轄《かんかつ》で欠落者になったはずだ。どうして、ここに……」

〝月姫〟が真琴を見た。——そういえば欠落者になった〝おりおん〟を発見したのは、北中央支部に出張してきたコイツだったはずだ。

「〝GARDEN〟なんていうバカげた隔離施設《かくりしせつ》を持ってる東中央といっしょにしないで。他の支部の管轄で欠落者になった虫憑きは、必ず中央本部に移送することになってるのよ。――なんでそうさせていたのか、今日はじめて本当の理由を知ったわけだけどね……」

光明が見えたところで、いきなり強敵に出鼻をくじかれてしまった。

だが相手の能力が分かっていれば、対処法もある。

「一方通行の通路じゃ、倒《たお》すのに時間がかかるわ！　迂回《うかい》してやりすごすわよ！　警戒隊形に変更《へんこう》！　〝りんりん〟、迂回路を転送して！」

ゴーグルに新たなルートが映し出された。

決死隊が横の通路に飛び込んだ。やや離《はな》れた前方を鯱人と〝四ツ葉〟が併走《へいそう》するフォーメーションで、通路を駆け抜ける。

一同が珍《めずら》しく素直《すなお》に命令に従ったのは、真琴の人徳のおかげではない。一連の連続攻撃を完璧《かんぺき》に防がれたことで、手強い敵であることを誰もが理解したからだ。

「〝おりおん〟の〝炎〟が後ろから追走してきます！」

「相手にしないで！　接近戦はともかく、機動力や遠距離《えんきょり》攻撃は大したことないわ！〝霞王〟、もし近づかれそうになったら適当にいなして！」

『ちっ……あんだけ自分を可愛《かわい》がってた〝おりおん〟まで道具扱《あつか》いかよ、クソガキ』

最後尾《さいこうび》を守る〝霞王〟の呟《つぶや》きが、バイザーから伝わった。

「〝C〟の人格なんてもうないんだってば！　〝りんりん〟、シャフト内部に広いスペースはある？　全方位から襲いかからないと、〝おりおん〟は簡単には倒せないわよ！」

「じゅうぶんな広さとはいえないが……空間はあるのだ！」

「よし、シャフト内部に突入したら、〝おりおん〟攻撃を開始するわ！　戦闘になったらじゃなく、色んな角度から攻撃を！」

〝霞王〟はスペースの確保、鯱人と〝疫神〟は敵の背後に回って！　〝月姫〟は一方からじゃなく、色んな角度から攻撃を！　〝おりおん〟が張る水の防壁は、うちの領域遮断と同じ効果がある！　能力で彼女の戦闘力を下げるのは、ほぼ不可能と思って！」

『おっと、別の方角から〝力場〟が近づいてる。それもスルーでいいんだよね？』

「……ええ、そうよ！　〝りんりん〟、鯱人の先導に従って、ルートの変更を！」

どれくらいの時間、通路を走り続けただろうか。

待ちわびた言葉を〝りんりん〟が叫んだ。

「この先の突《つ》き当たりから、中央エリアだ！　シャフトまでの最短ルートは、右に曲がった先にある装備格納庫を通って――」

「走り回るのは、もうウンザリだぜッ！」

〝霞王〟が吠《ほ》えた。巨大《きょだい》な爪を生み出し、突き当たりの壁を吹《ふ》き飛ばす。

「掘削《くっさく》作業に入る前に、力の無駄遣《むだづか》いを……！　――ああ、もうっ！　〝りんりん〟、シャフトまでの直線ルートを〝霞王〟に転送！　他のメンバーは〝霞王〟を守るわよ！」

「オラオラァッ！」

天井《てんじよう》も床《ゆか》も壁も関係なしで、ひたすら前方の障害物を破壊する〝霞王〟。隔壁を紙切れのように吹き飛ばしていく後ろを、真琴たちは必死についていく。

後方から、蘇生者〝おりおん〟が迫《せま》った。

「感覚遮断っ！」

真琴が足止めするも、すぐに刀から噴き出した水飛沫によってノイズを解除される。

「毒々パンチ！」

「〝発射〟！」

「〝陽炎《ひえん》〟……！」

「ひはっ！」

立て続けに攻撃を浴びせるも、ゆらゆらと揺れる〝おりおん〟を捉《とら》えきれない。

「シャフトの外壁は、もう目の前なのだ！　かなり分厚いから簡単には破れないぞ！」

「一部の耐久《たいきゆう》力を下げる！」

〝さくら〟が床にハンドハンマーを叩きつけた。

光り輝くヒビが、正面に現れた壁まで伝わった。　亀裂《きれつ》が縦横無尽《むじん》に拡《ひろ》がっていく。

「っしゃあ！」

〝霞王〟の渾身《こんしん》の一撃が、外壁に大穴を空けた。

厚さ数メートルはあろうかという壁を通り抜けると——足下《あしもと》が崩《くず》れ落ちた。

「——」

蜘蛛《くも》の巣が張り巡《めぐ》らされた、神々の神殿《しんでん》——。

一目でそんな感想を抱《いだ》いた真琴は、マンガや映画の見過ぎなのかもしれない。

完全な円形にくりぬかれた、壮大《そうだい》な空間だった。

中央に大木のような金属管がそびえ、それを支えるための鉄筋が縦横無尽に張り巡らされている。淡《あわ》い非常灯が空間を照らし、水や風が金属管を通り抜けるゴウンゴウンという重苦しい音だけが響き渡っていた。

『わわわぁあああっ！　お、落ちりゃれらぁあっ！』

〝まいまい〟の悲鳴とともに、決死隊たちがシャフトの中を落下していく。

「ひはっ」

鯱人がホッケースティックを振《ふ》り払《はら》った。決死隊たちから橙色のアキアカネが飛び立ち、ホッケースティックに吸い込まれていく。

真琴たちの落下速度が急減した。それぞれの体重が減り、空気抵抗《ていこう》が勝ったのだ。

遥《はる》か下にあった地面に着地すると、アキアカネが真琴たちの身体に戻《もど》った。束《つか》の間《ま》の半無重力状態から解放され、自らの体重を感じる。

「〝おりおん〟が来るぞ！」

〝兜〟の声に、全員が頭上を見上げる。

張り巡らされた鉄骨を跳《と》び移り、異形の刀を持つ少女が接近しつつあった。その後方には、別の蘇生者の姿も見える。

「このシャフトの床――最下層までの隔壁《かくへき》はあと九枚なのだ！　外壁よりも分厚いぞ！」

「ここなら戦える！　全員、さっき言った隊形で戦うわよ！」

「――いや！　〝おりおん〟ちゃんは一筋縄《ひとすじなわ》じゃ倒せそうもない！　〝霞王〟ちゃんたちはもう掘削作業に入ったほうがいい！」

真琴は鯱人を睨《にら》んだ。

どこまでいっても、コイツらは彼女の命令に素直に従わないつもりらしい。

だが――彼の言ったことは、一理ある。

「……命令変更！　〝霞王〟と〝さくら〟は地下への穴を空けて！　〝りんりん〟、〝まいまい〟は壁際《かべぎわ》に避難《ひなん》！　残りは蘇生者の殲滅《せんめつ》にかかる！　――〝火巫女〟も攻撃に参加して！」

「うん、的確な指示だと思う」

偉《えら》そうに頷《うなず》く鯱人に苛立《いらだ》ったが、その顔があった場所を黒い霞が通り抜《ぬ》けた。

天地を繋《つな》ぐ導管の一本が、轟音とともに大穴を空けられる。

「二度とちゃん付けで呼ぶなって言ったろうがッ！」

瞬間移動で爪を避けた鯱人を睨み、〝霞王〟が怒鳴《どな》った。

「……！」

シャフト全体に、業風《ごうふう》が吹き荒《あ》れた。

〝霞王〟が破壊《はかい》したのは、送風用の導管だったようだ。広大な地下要塞《ようさい》中を駆《か》け巡る空気量は膨大《ぼうだい》だ。直立していられないほどの風量が、シャフト内に吹き付ける。

「こんな時にケンカなんかしないでよ……！　――行動開始！」

真琴の号令によって、虫憑きたちが戦闘《せんとう》に移った。

次から次へと鉄骨を跳び移る〝おりおん〟を、真琴たちは上下左右から包囲する。四方から立て続けに繰《く》り出される攻撃《こうげき》を、さすがの〝おりおん〟も避けきれなかった。鯱人のホッケースティックや、〝月姫〟のレーザ光線がその身体をかすめる。

「穴掘《あなほ》りもとっくに飽《あ》きてるんだけどな！」

文句を言いながらも、〝霞王〟が〝さくら〟とともに床の破壊作業に取り組む。

真琴は頭上を見上げた。

もう一人の蘇生者が、戦う〝おりおん〟たちを見下ろしていた。その足下に、輝く蝶々《ちようちよう》の翅《はね》――いや、薔薇《ばら》のような蕾《つぼみ》が生み出される。

「鯱人！　もう一度、お願い！」

短い指示を、鯱人が汲《く》み取った。ホッケースティックを振るい、真琴から橙色のアキアカネの形をとった質量を奪《うば》う。

真琴は床を蹴《け》り、宙高く舞《ま》い上がった。半重力状態で突風《とつぷう》に押されながらも、なんとか姿勢を制御《せいぎょ》して鉄骨から鉄骨へと駆け上がっていく。

「一人で大丈夫《だいじょうぶ》、〝照〟ちゃん？」

「ええ！　〝おりおん〟はアンタたちに任せる！」

すれ違《ちが》い様に言い放ち、真琴は薔薇のような〝虫〟の宿主と向かい合った。

「うちらの誰《だれ》もアンタを知らないところをみると、どうせ〝しぇら〟と同じ殲滅班なんでしょ」

相手が〝おりおん〟と同じくらい、危険な虫憑きだというのは直感で分かった。

だが同様に直感で感じたのは――〝照〟は相性が良さそうだということ。少なくとも〝おりおん〟のような接近戦タイプはともかく、中距離戦での一対一で真琴は負けたことがない。

「ここそこ暗殺ばかりしてたようなヤツに、負けてたまるもんか」

言い放ち、真琴は自らの喉《のど》に手を当てた。

2.06　OPS1　Part. 7

〝霞王〟が三度目の怒鳴り声を上げた。

「空いたぞ、おらぁっ！　さっさと来い！」

三つ目の空洞《くうどう》が、シャフトの隔壁に穿《うが》たれた。

「はあっ！　はあっ！　――全員、下層へ！」

真琴の指示で、決死隊の全員が床部分に空いた大穴に身を躍《おど》らせた。

鯱人の能力で落下速度を落としつつ、四つ目の隔壁の上に着地する。

「……今度こそ、ヤツらを倒しきるわよ！」

そして再び、〝おりおん〟や薔薇使いに向かう決死隊たち。

戦いはじめてから、相当の時間が経過していた。

真琴たちは蘇生者《そせい》二人を相手に善戦するも、まだ倒しきれずにいた。両者とも防御能力が極《きわ》めて高いのだ。味方に深刻なダメージはないが、疲労《ひろう》が積み重ねられていた。

また誰かが送風管を破壊したようだ。衝撃音《しょうげき》と同時に、突風が吹き荒れる。

「アンタもそろそろ観念しなさいよ……！」

真琴を追って、薔薇使いも鉄骨の上に降り立った。その足下に薔薇のような蝶々が生え、大量の鱗粉《りんぷん》――いや、花粉をまき散らす。

花粉が凝縮《ぎょうしゅく》し、トゲ付きの蔓《つる》となって真琴を襲《おそ》った。

「くっ！」

とっさに別の鉄骨に跳び移り、回避する真琴。

鉄骨を破壊し、蔓が拡散した。再び花粉となり、真琴を包み込もうとする。

「領域遮断《しゃだん》！」

真琴の放ったノイズが、覆《おお》い被《かぶ》さろうとする花粉を吹き飛ばした。

「まったく……〝霞王〟と戦ってる気分だわ！」

薔薇使いの能力、それはまさに〝霞王〟と類似したものだった。物理攻撃を防ぐ花粉が自由自在に形を変え、敵を襲うのだ。しかもそのほとんどが宿主を常に守っているため、物理攻撃はほぼ無効化されてしまう。

その上、花粉には精神汚染《おせん》の効果もあるようだ。近づいただけで意識が朦朧《もうろう》とする。

〝霞王〟のような馬鹿《ばか》げたパワーはないものの、攻防一体の強敵である。

「領域遮断！」

真琴のノイズが、薔薇使いを守る花粉の一部を削《けず》り取る。

実際に戦って、自分よりも〝月姫〟のほうが相性が良いことはすぐに分かった。だが彼は〝火巫女〟を守るのに精一杯《せいいっぱい》だ。〝おりおん〟が射線の分からない火柱を操《あやつ》る〝火巫女〟

を厄介《やっかい》だと判断し、目の敵《かたき》にして狙《ねら》っているのである。

「はあっ……！　はあっ……！」

真琴の疲労はピークに達していた。だが敵にも変化はある。

「花粉も〝虫〟の一部なんでしょ？　そろそろそっちも限界なんじゃない？」

最初と比べて半分以下の密度になった花粉を見て、真琴は不敵に笑った。よく見ると薔薇の花びら――翅の一部が枯《か》れつつあった。

トゲ付きの蔓が、またもや真琴を襲った。

「うっ――」

別の鉄骨に跳び移って避《さ》けるも、疲労のせいか、転倒《てんとう》してしまう真琴。

それを勝機と見たのだろう。薔薇使いの蔓が三本に増え、頭上と左右から襲いかかる。

「――暗殺者なんかじゃ、敵と駆け引きなんてしたこともないんでしょうね」

真琴はニヤリと笑い、唯一《ゆいいつ》の逃《に》げ道に身を躍らせた。鉄骨から飛び降り、頭から真っ逆さまに落下したのだ。鉄骨が蔓によって無残に砕《くだ》かれる。

「ただでさえ残り少ない花粉を攻撃に使ったものだから、壁が薄《うす》くなってるわよ！」

叫《さけ》び、コートの中から取りだした小型のスピーカーを薔薇使いに向かって投げる。

「領域遮断ッ！」

同時に放ったノイズが、花粉の壁を削り取った。

一瞬《いっしゅん》だけ空いた穴も、すぐにまた周囲の花粉によって塞《ふさ》がれてしまう。

だが真琴が投げたスピーカーが、すでに花粉の内側に通り抜けていた。

「くらえ――感覚遮断ッッ！」

花粉の壁の内側で、激しいノイズが反響《はんきょう》した。

薔薇使いの宿主がのけぞり、声のない断末魔《だんまつま》を上げた。力なく鉄骨の上に倒《たお》れた宿主のそばで、薔薇の形をした蝶々が枯れて消え去っていく。

「ふう……」

真っ逆さまに落下する真琴。その視界内で〝おりおん〟との戦いも決着しつつあった。

〝おりおん〟の懐《ふところ》に、ついに〝四ツ葉〟が潜《もぐ》り込んだのだ。決死隊の攻撃をさばききれなくなった〝おりおん〟が、顔を歪《ゆが》めて〝四ツ葉〟に斬《き》りかかる。

「ただのパンチ！」

〝四ツ葉〟の攻撃のほうが早かった。どうせ能力を使ったところで、すぐに浄化《じょうか》されるからだろう。渾身《こんしん》の力を込めたフックが、〝おりおん〟の脇腹《わきばら》に突《つ》き刺《さ》さった。

「もう一発！　オマケにもう一発！」

正拳《せいけん》突きと、回し蹴り。拳法なのか、それともキックボクシングなのかも分からない追撃が命中する。

肋骨《ろっこつ》が砕ける嫌《いや》な音とともに、〝おりおん〟の動きが止まった。それでも、すぐに〝四ツ葉〟に向かって刀を振り下ろそうとして――。

「ひはっ」

瞬間移動で接近した鯱人のホッケースティックが、〝おりおん〟の腕《うで》を叩《たた》き折った。

「これで終わりだ！」

さらに〝月姫〟のレーザ光線が、異形の刀を貫《つらぬ》く。

自らの〝虫〟を焼き尽《つ》くされ、〝おりおん〟が鉄骨の上に倒れた。

それが――決着だった。

「……ヘンに働き者になるから、そんな目に遭《あ》うのよ」

かつての友人が再び倒れる光景を見て、真琴はぽつりと呟《つぶや》いた。くるりと身体《からだ》を回転させ、隔壁の上に降り立つ。

「おらぁっ！　空いたぞぉっ！」

半ば自棄《やけ》気味の〝霞王〟の怒鳴り声。

「残り五枚……！」

真琴を先頭に、次の隔壁に向かって落下する決死隊たち。

「ひとまず蘇生者はやっつけたよぉ。別の蘇生者が出てこないのは気になるけどぉ」

「そもそも外壁を破ってここまで来れる虫憑《つ》きは少ないだろうからな」

「今、思ったんだけどねぇ。この送風管の中を通っちゃダメなわけ？　これも最下層まで繋がってるんだよねぇ？」

「あっという間に送風機に吸い込まれてミンチになるでしょうね……」

「〝霞王〟と〝さくら〟は引き続き、掘削《くっさく》作業を進めて。残りのメンバーは体力の回復を計りつつ、警戒《けいかい》態勢を維持《いじ》。リミットの48時間まで、残りは……」

『三時間くらいりゃれら』

口々に言い合いながら、五枚目の隔壁の上に降り立つ決死隊。

さっそく掘削作業に入る〝霞王〟たちを見つつ、真琴は〝りんりん〟に尋《たず》ねた。

「他《ほか》の作戦の動向は？　何か変化あった？」

「……ないのだ。通信状態は相変わらず悪いが、変化なしとしか伝えてこない」

真琴は唇《くちびる》を引き締《し》めた。

ここまで音沙汰《おとさた》がないとなると、他の作戦は失敗したと考えるべきだろうか？

いよいよ覚悟《かくご》を決める必要がありそうだ。

「最下層に辿《たど》り着いたら、そのまま〝C〟の寝床《ねどこ》に向かうわよ。〝霞王〟たちには悪いけど、うちらだけでも今のうちに体力の回復をはかって——」

言いかけた真琴の言葉に、何かが破裂《はれつ》する音が重なった。

それも巨大《きょだい》な何かがひしゃげ、砕ける音だ。

「い、今のは何の音……？」

周囲を警戒する真琴たち。

そうしている間にも、今度は地響《じひび》きのような音が遠方から聞こえた。

「何かがこっちに——あれは……水？」

〝月姫〟の言葉に振《ふ》り向くと、円状になった外壁《がいへき》の向こうから、ほんの数センチほどの深さの水が流れてくるのが見えた。

すぐに水が真琴たちのもとに到達《とうたつ》した。

〝りんりん〟がハッとした。

「——反対側にある水道管が、破裂したのだ」

彼の言う通りなら、地響きのような音は大量の水が隔壁《かくへき》に溢《あふ》れ出す音だろうか。

「……〝炎《ほのお》〟が！　敵です！　右上方！」

唐突《とうとつ》に〝火巫女〟が叫んだ。

真琴たちは反射的にそちらを見て——眉《まゆ》をひそめる。

そこにあるのは、巨大な柱のような金属管である。敵らしきものは見当たらない。

「敵って……どこにいるの？」

真琴が呟いた直後だった。

金属管が内側から破裂した。送風管でも水道管でもない、内側に細い管が何本も密集したそれは——電力ケーブルだった。

弾《はじ》けたケーブルの断面から、金色の閃光《せんこう》が放たれた。

「──」

次の瞬間、真琴たちの視界にいたのは──。

放電現象によって輪郭《りんかく》を保つ、裸体《らたい》の美女だった。

それも、三体。

その一体一体が、金色に光る蝶々《ちょうちょう》を従えていた。

翅《はね》にアルファベットのCという文字に似た模様を浮《う》かべた、シーアゲハである。

「まさか──〝C〟の……？」

思わず呟いてから、真琴はハッとした。

足下《あしもと》は水道管から溢れ出した水に浸《ひた》っている──。

「まずい──領域遮断ッ！」

危機を感じとったのは、真琴だけではなかった。

真琴が放ったノイズが。〝四ツ葉〟が跳躍《ちょうやく》して繰《く》り出した蹴《け》りが。鯱人が瞬間移動して振り回したホッケースティックが。〝疫神〟が投げた鎖《くさり》つきの鎌《かま》が。

とっさに光り輝《かがや》く美女──おとぎ話の妖精《ようせい》のようなそれを吹《ふ》き飛ばした。

だが──。

「ぐあっ！」

「うああっ！」

「ひぃっ！」

「うっ！」

妖精が投げ込んだシーアゲハが一匹《ぴき》、足下の水に触《ふ》れた。

たちまち吹き荒《あ》れた電撃《でんげき》によって、決死隊の全員が感電した。水を通した電撃は防ぎようがなく、特に体力のないメンバーがガクリとその場にくずおれる。

「ね……〝ねね〟と〝四ツ葉〟は無事……？」

真琴もまた全身を電撃に打たれたものの、かろうじて意識は保っていた。だが金縛《かなしば》りにあったように、身体を動かすことができない。

「無事なら、早く回復を……！」

「か、回復パンチ……！」

〝四ツ葉〟の声と、続いて〝ねね〟の歌声が響いた。

歌声のおかげで身体の自由を取り戻《もど》し、真琴は顔を上げた。

「み、みんな……大丈夫《だいじょうぶ》……？」

そうして決死隊の有様を見て、絶句する。

立っているのは真琴と鯱人、〝四ツ葉〟と〝月姫〟だけだった。残りは膝《ひざ》をつき、〝りんりん〟や〝まいまい〟に至っては完全に気を失って水の中に沈《しず》んでいる。

「い、今のは……もしかしなくても、〝C〟って子の能力だよね」

鯱人が呻《うめ》くように言った。

その直後。

また破裂音が響いた。

頭上を見上げた真琴たちが見たのは――。

「――」

五体の妖精。

真琴だけでは、ないはずだ。

任務の失敗。

それどころか――死を予感したのは。

自らの人生が終わる瞬間に立ち上がって、真琴が視線を向けたのは――。

「……」

妖精たちが浮かぶ、もっと上。真琴たちが空けた天井《てんじょう》の穴だった。

なぜ、そんなところに目を向けたのか――。

もしかしたら――〝ふゆほたる〟がやって来てくれるかもしれないと思ったからだ。

他の作戦に変化がないというのは、何かの間違《まちが》いだとしたら。このピンチに〝ふゆほたる〟が駆《か》けつけてきてくれるかもしれない。

ハルキヨ、それに〝眠り姫〟も颯爽《さっそう》と現れるかもしれない。

一号指定のあいつらならば、真琴のような凡人《ぼんじん》には想像もつかない方法で助けてくれる。

そう——願ってしまった。

「ッ……！」

真琴は奥歯を噛《か》みしめた。ほんの一瞬の出来事だったため、本当に噛みしめたのかは分からない。

真琴は願ってしまった。

だが、現実は——そう都合が良いわけがなかった。

「領域——遮断《しゃだん》ッッッッッ！」

自らの弱さに対する怒《いか》りを込《こ》めて、全身全霊《ぜんれい》の叫《さけ》び声を上げる。

体力温存なんか、どうでもいい。いっそのこと馬鹿《ばか》げた願いを抱《いだ》いてしまった自分など、この場で消えてなくなってほしい——。

それくらいの思いを込めた、渾身の一撃だった。

五体の妖精が、シーアゲハもろとも粉々に砕《くだ》け散った。

「——」

真琴は急激な喪失感《そうしつ》に襲《おそ》われ、ふらりと身体を傾《かたむ》ける。

倒れ込む真琴を抱《だ》き留めたのは、少年の力強い両腕。

薄暗《うすぐら》い空間で影《かげ》になったそいつの顔は——。

——そんな甘いヤツに、俺が負けるわけないだろ。

今、最も思い浮かべたくなかった悪魔だった。


——悪魔との三度目の邂逅《かいこう》は、今から一年以上前のことだった。

真琴は北中央支部のエースと呼ばれるまでの立場まで上り詰《つ》めていた。任務の成功率を優先し、リスクを冒《おか》さない戦い方は後ろ指を指されることもあったが、ちっとも気にならなかった。ようやく払拭《ふっしょく》した〝かっこう〟の言いなりという陰口《かげぐち》に比べれば、称賛《しょうさん》とすら思えたからだ。

そんな身の丈《たけ》に合わない評価が、真琴を図に乗らせた。

任務成功率を気にするあまり、ある任務で先走った。厄介《やっかい》な虫憑きに対して単独で立ち向かい、廃《はい》ビルに追い込んだものの、無茶な攻撃《こうげき》を仕掛《しか》けたのである。

結果、ビルは半壊《はんかい》し、真琴は瓦礫《がれき》の下敷《したじ》きになった。しかも捕獲《ほかく》すべき虫憑きを逃《に》がしてしまうというオマケつきだ。

真琴は自分が死んだものと思った。

だが意識を取り戻した真琴が見たのは、鮮《あざ》やかな朝の日差しと——。

漆黒《しっこく》のロングコートを纏《まと》う悪魔、〝かっこう〟だった。

「……」

真琴がいるのは、避暑《ひしょ》地に立てられたリゾートホテルだった建物である。今や砂埃《すなぼこり》だらけの廃墟《はいきょ》になり果てたそれは半分が倒壊《とうかい》し、崩《くず》れた壁《かべ》から朝日が差し込んでいた。

真琴の下半身は、崩れた瓦礫によって下敷きになっていた。

一方、〝かっこう〟は積み重なったコンクリートの残骸《ざんがい》の上に座っていた。太い柱によりかかり、不機嫌《ふきげん》そうな雰囲気《ふんいき》を隠《かく》そうともせずに真琴を睨《にら》んでいる。

「──期待外れだぜ」

第一声、クズ野郎《やろう》が言った。

意識を取り戻したとはいえ、真琴は朦朧《もうろう》としていた。自分の身体《からだ》のどこかから出血しているのだろう、鉄臭《くさ》い血の匂《にお》いが充満《じゅうまん》していた。

「う……うぅ……」

「勝手に死ぬなって言っただろうが」

悪魔がここにいる理由は、なんとなく予想がついた。任務失敗による失点を恐《おそ》れた北中央支部の支部長が他支部に支援要請《しえんようせい》を出したのだろう。そうしてやって来たのが〝かっこう〟であり、さっそく哀《あわ》れな真琴を見つけたというわけだ。

「お前が生きてるうちは、北中央支部なんかに派遣《はけん》される面倒《めんどう》は二度とないと思ってたんだけどな」

「……」

もしかして今、真琴は悪魔に褒《ほ》められたのだろうか？

そんな勘《かん》違いは、彼の苛立《いらだ》った口調であっさり否定された。

「ここでお前が死ぬとなると、中央本部から誰《だれ》かが新しく派遣されるだろう。色んな意味で〝四ツ葉〟あたりだと安心できるんだけど、どうなるか……」

真琴が、ここで死ぬ？

確かに身体はピクリとも動かないし、血の匂いも半端《はんぱ》ではない。今、こうしている間もひしひしと死の予感が真琴を襲っていた。

それなのに悪魔はじっとしたまま、その場から動こうともしない。真琴をこの場から助け出すどころか、助けを呼ぼうとすらしていないように見える。

「何か、言い残すことはあるか？」

悪魔に言われ、自分はもう本当におしまいなのだと思った。

言いたいことなら、山ほどある。特に思いつくのは、目の前にいるクソ野郎に対する罵《ば》詈雑言《りぞうごん》だった。こいつのおかげで、どれだけ真琴の人生が惨《みじ》めになったことか。

だが死に直面した真琴の口から出たのは、罵倒ではなかった。

「た、助けてよ……」

涙《なみだ》ぐみ、嗚咽《おえつ》を漏《も》らす真琴。

すぐそばにいる悪魔が考えていることが、まったく理解できない。瀕死《ひんし》の人間を前にして、どうしてこうも冷静でいられるのだろう？　どうして口汚《くちぎたな》くなじることができるのだろう？　そんなのは人間ができることじゃない。

「助けて……」

かつての自分とは違うだなんて、嘘《うそ》だ。

人間はそう簡単には変わることができない。いくら強くなったとはいっても、賢《かしこ》くなったとはいっても、真琴の本質的な弱さはこれっぽっちも変わらない――。

そして変わらないのは、悪魔も同じだった。

「――」

ニヤリ、と。

死に怯《おび》える真琴を見て、口元を歪《ゆが》めたのだ。

プライドをかなぐり捨てて命乞《いのちご》いをする人間を見て、ニヤニヤと嗤《わら》うだけの悪魔――。

真琴が恐怖《きょうふ》に勝《まさ》る殺意を覚えたとして、誰が責められようか。

「こ、殺してやる――」

口から血の泡《あわ》を吹きながら、精一杯《せいいっぱい》の呪《のろ》いを込めて〝かっこう〟を睨みつける。

「な、何がおかしいのよ――お前だけは――絶対に、この手で――」

「お前が俺に勝てるわけがないだろ。前にも言ったはずだけどな」

「そ、それなら――」

歯ぎしりし、今にも途切《とぎ》れそうになる意識を繋《つな》ぎ止める真琴。

「い、生きてやる――お前が死ぬより、一秒でも長く――」

生きることに関しては、悪魔にだって負けない自信があった。

何しろ恥《はじ》も自尊心も捨てて、悪魔に命乞いをすることだって厭《いと》わないのだ。

どんなにみじめな人生でも、〝かっこう〟より一秒でも長く生きてみせる――。

「俺も、同じだ。虫憑《つ》きは、自分が生きることだけ考えていればいいんだよ」

〝かっこう〟が笑った。その笑顔《えがお》は意外にも、先ほどまでの悪魔のような笑みではなく――ごく普通《ふつう》の少年のそれに見えた。

「……そう、思ってたんだけどな」

ポツリと言い、〝かっこう〟が顔を上げた。

悪魔の視線の先。壁から見える避暑地の空に、小さな影が見えた。

飛行タイプの〝虫〟だ。真琴には、それが北中央支部の虫憑きのものだと分かる。

どうやら〝かっこう〟は、とっくに救助要請を出していたようだ。

「〝照〟。もし俺がいつか〝始まりの三匹《びき》〟を倒すと言ったら、お前は手伝うか？」

唐突《とうとつ》に、悪魔がそんなことを言い出した。

人間はそう簡単には変わらない。

そのはずなのに、真琴を見つめる悪魔はどこか——中央本部に出向すると言って別れた数年前よりも、どこか変わったように見えた。

「……バカ言うな……」

真琴は嫌悪《けんお》を剝《む》き出しにして呻いた。

「そうなったら……〝始まりの三匹〟のほうについて……アンタを殺す——」

「だろうな。だったら、力ずくで言うことを聞かせるだけだ」

悪魔が、悪魔らしい笑みを取り戻した。

「〝なんでもする〟んだもんな。それまで勝手に死ぬなよ」

真琴は仲間によって瓦礫の下から救い出され、廃ビルから脱出《だっしゅつ》することができた。

その後、建物は完全に崩壊《ほうかい》した。

支柱——〝かっこう〟が背負っていた柱が倒れ、最後の支えを失ったからだ。

地響《じひび》きが静まり、砂埃も収まった頃《ころ》。

頭から血を流した〝かっこう〟が、瓦礫の山から生還《せいかん》する光景を見て——。

真琴は、ウンザリとした。

まだしばらくの間は、あの悪魔の言いなりの人生が続くのだろうな、と。

「——ちゃん！　〝照〟ちゃん！」

全力で能力を使ったせいで、朦朧としていたようだ。

真琴は地下要塞《ようさい》のシャフト内で、薄目を開けていた。

視界の中、次第《しだい》に輪郭《りんかく》を取り戻《もど》していく少年の顔は、真琴がこの世で最も憎《にく》い悪魔ではなく——鯱人だった。真琴の身体を激しく揺《ゆ》さぶる。

「しっかりしろ！　〝照〟ちゃんっ！」

「……し、死んでたまるか……」

真琴は顔を歪め、嗚咽を漏らす。

気がつきたくなかった自分の心の奥底を、知ってしまった。

知りたくなかった本心を知ってしまった。

「……うちは……生き延びて……一号指定になるんだ……」

あの悪魔と——〝かっこう〟と同じ一号指定になりたい。

理不尽《りふじん》に他者を屈服《くつぷく》させる強さと、揺るぎない精神を持つ存在になりたい。

真琴が抱いた一号指定に対する憎悪《ぞうお》。

それは正反対の感情——憧《あこが》れの裏返しだったのだ。

「そうして、やっと……うちは……あいつと同じに……」

無意識に呟《つぶや》くうちに、ようやく理性が戻ってきた。

心配そうな顔をする仲間たちに気づき、涙で濡《ぬ》れた目元を拭《ぬぐ》う。鯱人の腕《うで》を振《ふ》り払《はら》い、礼も言わずに立ち上がる。

「な、何してるのよ……！　早く態勢を立て直して！　またいつ〝C〟に攻撃されるか分からないんだから！」

言いながらも、立ちくらみが真琴を襲った。ふらつく彼女を〝ねね〟が支える。

「うちに構わないで！　それよりもさっさと動いてよ！〝さくら〟は水道管と電力ケーブルの導管の穴を塞《ふさ》いで！」

「もうやった」

「だ、だったら、さっさと掘削《くっさく》するわよ！　もう体力温存なんていってらんないわ！　全員で掘《ほ》り進んで、一刻も早く最下層に行くの！」

「……」

まだ心配そうな顔をしながらも、一同が作業の準備に取りかかった。

何よ、みんなして黙《だま》り込んで……！

無意識だったとはいえ、とんでもなく恥《は》ずかしいことを口にしてしまった。気を遣《つか》っているように見せて、内心で嘲笑《あざわら》っているに違いない。

どいつもこいつも、うちをバカにして……！

真琴が一号指定になるだなんて、笑い話もいいところだ。その器《うつわ》ではないことは自分自身が一番知っている。

「ありがとうな、〝照〟ちゃん」

鯱人が振り向き、笑った。

思ってもみなかった言葉に、真琴は目を見開いた。

「さっきのはマジでやばかった。〝照〟ちゃんのおかげで、みんな助かったよ」

一瞬《いっしゅん》、何を言われたのか分からず、思考が停止した。だがすぐに我に返る。

「そ、そんなの、どうでもいいからっ！　さっさと掘削を手伝ってよ！」

「はいはい」

よく見ると、決死隊のメンバーが全員、口元に笑みを浮《う》かべていた。

「……！」

自分の顔がカッと熱くなるのが分かった。水かさを増やしつつある水をすくい、目を覚ますフリをして顔にかける。

よってたかって、バカにして……！

心中で呻《うめ》く真琴の喉《のど》が、ズキリと痛んだ。けほっ、と小さく咳《せ》き込むと、小さな赤い斑《はん》点《てん》が水面に落ちた。

後先考えずに力を使ったせいで、喉を負傷したようだ。重苦しい脱力感が身体から抜《ぬ》けないのは、〝虫〟の能力を急激に使った反動だろう。

「この調子じゃ、成虫化するのもすぐかな……」

誰にも聞こえないような小声で、ぽつりと呟く。

考えるのも、馬鹿《ばか》らしい。成虫化どころか、一瞬でも気を抜いた途端《とたん》に死んでしまうような状況《じょうきょう》である。残り数時間を生き延びることができさえすれば、それでいい。

「今から撤退《てったい》しても、どうせ追い討《う》ちを喰《く》らって殺されるわ……！」

真琴は身を翻《ひるがえ》し、自らが率いる決死隊に檄《げき》を飛ばす。

「うちらが生き残るには、一秒でも早く〝Ｃ〟を倒《たお》すしかないの！」

もう後戻りはできない――。

真琴の宣言は、すぐに身をもって思い知ることとなった。

五枚目の隔壁《かくへき》を貫《つらぬ》き、下の階層に飛び降りた決死隊たちが見たのは――。

彼女たちを待ち構える妖精《ようせい》たちの姿だった。

「〝玉藻〟！　うちといっしょに妖精を牽制《けんせい》して！　〝さくら〟は掘削と妖精の出口を塞《ふさ》ぐ作業を同時にやって！　〝疫神〟！　周囲一帯の領域をできるだけ支配下に！」

真琴の指示以外、人間らしい声は何一つ聞こえなかった。

聞こえるのは戦闘《せんとう》の音と、決死隊たちの雄叫《おたけ》び。

電撃《でんげき》が炸裂《さくれつ》する衝撃《しょうげき》が伝わる度《たび》に、誰《だれ》かがもんどり打って倒れる。それを自らも怪我《けが》を負った状態の〝四ツ葉〟が回復する。――その繰《く》り返しだった。

「鯱人、他《ほか》の人のフォローはうちがやるから、アンタは妖精を一体でも多く倒して！

〝ねね〟、もっと歌の範囲《はんい》を拡《ひろ》げてよ！　〝りんりん〟、〝まいまい〟、アンタたちも自分の身くらい自分で守って！」

六枚目の隔壁を破った頃には、電撃で皮膚《ひふ》を焦《こ》がしていない者は誰一人いなかった。

死にものぐるいで妖精を撃退し、隔壁に攻撃《こうげき》を浴びせる決死隊。

「無茶なこと言ってるのは分かってるわよ！　でも――領域遮断《しゃだん》！」

〝まいまい〟にシーアゲハをけしかけようとした妖精を、真琴のノイズが打ち払う。

だがその隙《すき》をついて接近したシーアゲハが、鼻先に迫《せま》っていた。

金色の閃光《せんこう》が、真琴の視界を埋《う》め尽《つ》くす。

「――〝照〟ちゃんが意識を取り戻したわ……！　次は誰……！」

真琴が目を覚ましたのは、〝霞王〟たちが七枚目の隔壁を破壊《はかい》している最中だった。

飛び起きて、血の唾《つば》を吐《は》きながら決死隊に指示を下す。

「〝月姫〟、〝兜〟！　〝火巫女〟はうちが守るから、攻撃に専念して！　〝C〟の分身の数が増えすぎてる！　〝四ツ葉〟！　〝疫神〟よりも〝さくら〟の回復を優先！　妖精の出口を塞がないと意味がないでしょ！」

隔壁を打ち破り、八枚目の隔壁の破壊にとりかかる決死隊。

「もう少し……！　もう少しだから、がんばって……！」

もう出す指示も残っていない。誰も彼もが限界を超《こ》えていた。

あと二枚なのに……！

血にまみれ、荒《あら》い息をつく決死隊。彼らの体力が保《も》たないのは明らかだった。

「――ダメ……ここを破っても、もう一枚を破る間、戦い続ける力なんて残ってない……」

真琴が思わず漏《も》らした呟きが、決死隊たちを振り返らせた。

「みんな、覚悟《かくご》を決めて――」

妖精と戦いながら、真琴は目尻《めじり》に涙《なみだ》を浮かべ、歯を食いしばる。――もう自分が泣き虫であることを隠《かく》す余裕《よゆう》すらなかった。

「この八枚目を破ったら、そのまま落ちる勢いで――九枚目を破るわよ」

「――」

決死隊全員が、驚愕《きょうがく》の眼差《まなざ》しで真琴を見た。

「どんな攻撃でもいいから、とにかく全力で――一発で九枚目を破ることができなかったら、うちら全員、死ぬの。それくらいのつもりで――ううん、つもりじゃないわ、実際、そうなんだもん……！」

もはや命令でも何でもない。

それは懇願《こんがん》だった。

はっきり言って、不可能としか思えない指示を下すのは――リーダー失格だと思う。

だが今の決死隊に残された方法は、それしかないのだ。

「おらぁっ……！　空いたぞっ！」

疲労《ひろう》で真っ青な顔をした〝霞王〟が吠《ほ》えた。

「よっし、行くぜぇ！」

鯱人もまた吠えた。橙色《だいだいいろ》のアキアカネが、決死隊から質量を奪《うば》う。

「行くわよ！」

最後の隔壁に向かう真琴たちを出迎《でむか》えたのは、やはり妖精の大群だった。

だが真琴たちは妖精には目もくれず、鉄骨を跳《と》び移って隔壁に向かう。

虫憑《つ》きたちの咆哮《ほうこう》が重なった。

技術も戦術もない。

残りの力を振り絞《しぼ》っただけの全力の一撃を同時に隔壁に叩《たた》き込む、その瞬間――。

「え……」

真琴は、確かに見た。

全員が一丸となって、隔壁を攻撃する直前。

決してここにはいないはずの人間が、真琴たちとともに拳《こぶし》を振りかぶるのを。

風になびく漆黒《しっこく》のロングコートと、角のように逆立った髪《かみ》。大きなゴーグルで顔を隠しているものの、不敵な笑《え》みを口元に浮かべている。

そいつの全身には——緑色に輝《かがや》く鮮《あざ》やかな模様が浮かんでいた。

真琴がこの世で最も憎い人物。

その反面、他の誰よりも、この場にいなければならなかったはずの虫憑き——。

「〝かっこう〟……？」

真琴の小さな呟きが、大音響《だいおんきょう》の破壊音にかき消された。

神々の神殿《しんでん》すらも揺るがす、途方もない衝撃。

今にも燃え尽きそうな虫憑きによる一撃は——。

シャフトの根元に届いた。

「はあっ……！　はあっ……！」

「ぜぇっ！　ぜぇっ！」

「はっ……！　はっ……！」

全員、荒い息をつきながらも、バッ！　と勢いよく頭上を見上げる。

真琴たちがいるのは大量の瓦礫《がれき》をまき散らす、巨大《きょだい》な穴だった。

すなわち、最下層——。

「つ、着いた——」

誰かが歓喜《かんき》の声を上げた。

まさに、その言葉通り。

不可能かと思われた一点突破《とっぱ》を、決死隊は成し遂《と》げていた。

「はあっ！　はあっ……！」

真琴は息を荒げつつ、周囲を見回した。

決死隊のメンバーに脱落《だつらく》者はいない。全員が全員、まっすぐに立つことすらままならない状態だが、奇跡《きせき》的に誰も死ぬことなく最下層に辿《たど》り着いたのだ。

だが、真琴に感動する余裕はなかった。

決死隊は全員、揃《そろ》っているが――〝かっこう〟がいなかった。

確かにあの瞬間、真琴はあの悪魔《あくま》の姿を見たはずなのに。

「どういうことよ……」

唇《くちびる》を噛《か》む。

極限状態で幻覚《げんかく》でも見たのだろうか？　いや、そんなセンチメンタリズムで突破できるような状況ではないはずだ。成功したから良いものの、隔壁を一撃で破るなんて芸当は、少なくとも消耗《しょうもう》しきった真琴たちだけでは不可能だと思っていた。

だが〝かっこう〟は、もういない。それが紛《まぎ》れもない現実である。

最後の隔壁は想定よりもほんのちょっとだけ薄《うす》かったということだろう。そう考えることにする。

それにしても、あんなにリアルな〝かっこう〟の幻《まぼろし》を見るなんて……！

真琴は心中で呻いた。自分に対する怒《いか》りと情けなさで、また顔が赤くなった。煤《すす》を払《はら》うフリをして頬《ほお》をこすり、上気した顔を誤魔化《ごまか》す。

「妖精が来るよぉ……！」

〝玉藻〟が頭上の穴を見上げ、叫《さけ》んだ。

妖精の群れが穴を通り抜け、真琴たちを追ってきていた。

「あんな数と戦う余力はないわ……！　このまま〝C〟の寝所《ねどこ》に向かうわよ！」

気を取り直し、真琴は走り出した。

全員がよろめきながらも駆《か》け出す中、〝兜〟だけが膝《ひざ》をついて動けずにいた。

「す、すまん……予定外に力を使いすぎた」

「予定なんて、そんなものとっくにないわよ！　誰か、手を貸してあげて……！」

「ぼくが手伝う」

駆け寄った〝月姫〟の肩《かた》を借りて、なんとか走り出す〝兜〟。

最下層のシャフトに外壁はなかった。その上、床《ゆか》というものがなかった。

シャフトから伸《の》びた導管を抜け、さらに分裂《ぶんれつ》して細くなったケーブルが敷《し》き詰《つ》められた空間。その上を、真琴たちは走っていく。

「ところで〝照〟ちゃん……〝C〟を倒す作戦は？」

薄汚《よご》れた壁《かべ》で区切られた通路を駆けながら、鯱人が問いかけた。

尋《たず》ねた鯱人と同じ表情を、決死隊の全員が浮かべていた。

すなわち——覚悟を決めた顔だ。

心身ともに極限状態で、力も残り少ない。

そんな状態で超種《ちょうしゅ》一号たる怪物《かいぶつ》に挑《いど》む意味を、誰もが理解していた。

「〝C〟の寝所に飛び込んだらすぐに、〝霞王〟は防御《ぼうぎょ》を展開して皆《みな》を守って」

真琴もまた覚悟を決めていた。

だが破れかぶれで挑もうという彼らのそれとは、少し質が違《ちが》う。

無謀《むぼう》な戦いに身を投じ、犬死にするつもりなどこれっぽちもなかった。

「他の皆は、〝C〟が隔離《かくり》空間に逃《に》げ込むのを何としても阻止《そし》して。そのために隔離空間を破壊できる能力者を優先的に揃えたんだから」

「でも、それじゃあ誰が〝C〟を攻撃するの……？」

〝ねね〟がもっともな疑問を口にした。

真琴は笑んだ。

苦しい戦いだったが、結果的に真琴の思い通りの展開となった。

最初から、真琴はこの任務で死ぬと思っていたのだ。

せめてもの願いは、ささやかな矜持《きょうじ》を守りたいということだけだ。どんな犠牲《ぎせい》を払ってでも、自分のチームのメンバーからは絶対に脱落者を出さないという誇《ほこ》りである。

「これね、詳《くわ》しいことは知らないけど――」

背負ったケースを親指で指し、言う。

「すごい爆弾《ばくだん》なんだって」

「――」

全員が息を呑《の》んだ。

「心配しないで。データベース――〝寝台〟はうちの境界遮断で隔離して、なんとしても爆発から守り通してみせるから」

「ば――」

誰《だれ》かが制止するだろうとは思っていた。

だが真っ先にそれをしたのが〝月姫〟だったことに、真琴は辟易《へきえき》とした。どこまでいっても甘い虫憑きである。

「バカ言うなっ！　そんなもの使うとしたら、〝C〟に近づくってことだろ？　〝寝台〟を隔離するのも、近づいてスピーカーを設置しなきゃいけないんだろ？　〝霞王〟に守られてるぼくらはともかく、それじゃあ〝照〟は――」

「今のうちらに、他《ほか》に方法なんてないでしょ？」

真琴はできるかぎり不敵に見えるように笑った。

誰一人、言い返すことができなかった。

それなのに——誰一人として納得《なっとく》した様子はなかった。

「犬死にするつもりはないわ。うちも〝寝台〟といっしょに隔離空間に逃げるから」

気を抜《ぬ》くと、不安と恐怖《きようふ》で声が震《ふる》えてしまいそうだった、
真琴自身も、自ら生み出した空間に逃げ込む。——それができたことは、今までに一度もなかった。いざ、この状況《じようきよう》で試《ため》したところで、成功率は知れている。

「……」

重苦しい沈黙《ちんもく》は、真琴の言葉を誰も受け入れていないことの証《あかし》だった。

だが——受け入れたフリをしてほしい。

それ以外に、真琴たちが〝C〟に勝つ方法はないのだから。

「……〝C〟の寝所は、あの扉《とびら》の向こうなのだ」

〝りんりん〟が言った。

通路の前方に、ボロボロに朽《く》ちた扉が見えた。

背後からは、妖精《ようせい》の大群が追いかけて来ている。

「みんな、準備はいい？」

真琴の問いに、答える者はいなかった。

最後まで、本当に真琴の言うことを素直《すなお》に聞かない連中だ。

彼らは最初は、真琴の指示した通りに動くだろう。だが最後の瞬間、真琴を助けようと勝手に悪あがきをするかもしれない。

それが、たとえ無駄《むだ》だと分かっていてもだ。

「行くわよ――」

正直を言ってしまうと、真琴自身に後悔《こうかい》はないのだった。

自分がこれからすることは、犬死にではない。

万が一、ここで死んで、一号指定になれなくてもいい。

一号指定と相討《あいう》ちなら……それだけで、うちは一号指定と同じになれる――。

そうすることで、ようやく真琴の復讐《ふくしゅう》が完成するのだ。

ついでのオマケで、世界を救うという手柄《てがら》もついてくるのだから申し分が無い。

心中で自虐《じぎゃく》的に笑いつつ、扉を勢いよく開く。

「〝霞王〟！　防御を展開――」

いっせいに〝C〟の寝所に飛び込む決死隊。

だが全員、凍《こお》りついたようにその場に立ち尽《つ》くした。

〝霞王〟も霞《かすみ》を展開するどころか、愕然《がくぜん》として固まっている。

「――」

そこにあったのは、魅車八重子に見せられた映像と同じ光景だった。

ケーブルの海の中で、透明《とうめい》なベッドに横たわる裸体《らたい》の少女。

〝C〟である。

儚《はかな》くも心の奥底から怖気《おぞけ》を誘《さそ》う少女は、映像を通したよりもずっと綺麗《きれい》に映った。幼いながらも、広大な海にたゆたう女神の絵画を見ている気分だ。

だが――〝C〟は独りではなかった。

「ふ――」

誰一人言葉を発せない状況で、真琴は思わず呟《つぶや》きを漏《も》らした。

映像の中では、〝C〟は独りだったはずだ。

それなのに今、真琴が見ている光景は、一体どういうことだろう？

「ふざけないでよ……」

積み上げられた電子機器の上に佇《たたず》んでいたのは、片腕《かたうで》のない合羽《カッパ》姿。

獅子堂戌子である。

そして、彼女と同じ顔色をした虫憑《つ》きがいた。

その数――百人以上。

まるで競技場の観客のように、ずらりと並ぶ蘇生《そせい》者たちが真琴たちを見下ろしていた。

絶望は、それだけではない。

「え」

間の抜けた声は、誰のものだろう？

誰でもいい。たぶん、真琴だ。

だって仕方ないではないか。

目の前にあった〝C〟の姿がブレて、霞《かす》んで、消えてしまったのだから。

しかし次の瞬間《しゅんかん》には、ノイズとともに再び姿を現す寝姿《ねすがた》の〝C〟。

「——」

その光景を見て、真琴は悟《さと》ってしまった。

ひどい。

必死にここまで辿《たど》り着いたというのに、これではあまりにも——。

「〝C〟の実体はもう——ここには、ない……？」

切り札の爆弾なんて、何の意味もなかった。

真琴がした死の覚悟《かくご》なんて、まったくの無駄だった。

獅子堂戌子が一本しかない腕を水平に振《ふ》り払った。

それを合図に、いっせいに蘇生者たちの群れが真琴たちに迫《せま》り来る。

さらに背後からは、妖精たちの迫る気配が伝わった。

「さ——」

真琴の双眸《そうぼう》から、涙《なみだ》が溢《あふ》れた。震える腕でバイザーの通信スイッチに触《ふ》れる。

「作戦1……し、失敗……」

かくして。

〝C〟率いる蘇生者たちによる蹂躙《じゅうりん》が始まった。

3. 00　OPS2　Part. 1

彼が他者の戦いを、いつも遠まきに見ているのはなぜか。

その理由はいくつかある。

今、〝その光景〟を眺《なが》めているだけなのも、ちゃんと理由があった。

「今まで俺が見てきた中で、一番つまんねぇ光景だぜ」

彼がいるのは、閑散《かんさん》とした繁華街《はんかがい》。そこから遠方に見えるのは――。

大量の芋虫《いもむし》だった。

否《いな》、大量という表現では生ぬるい。都会のビル群を呑み込みながらも、なお浸食範囲《しんしょくはんい》を拡大していく芋虫の高波。それはあたかも穢《けが》らわしく薄汚れた巨人《きょじん》が地を這《は》い、大地を貪《むさぼ》りながら行進しているかのようだ。

解放された〝浸父《シンプ》〟によって、赤牧市が浸食されつつあった、その時。

彼は赤牧市の隣《となり》、氷飽《ひがの》市の街の中にいた。

「〝浸父〟――ディオレストイの生き足掻《あが》くところを見て、こうも何も感じないとは思わなかったぜ」

放置された高級外国車の上に立ち、彼は呟いた。吹《ふ》きつけた風に煽《あお》られ、彼の赤い髪《かみ》とジャケットの裾《すそ》が後方になびく。不敵な笑みを浮《う》かべた口元から、揺《ゆ》らめく熱気と白い煙《けむり》が漏れた。

「昔はムカついてた相手なのにな。あの頃《ころ》は俺も若かったたってことか」

「それってせいぜい二、三年くらい前のことでしょ」

そう言ったのは、高級車の横にいる少年だった。ため息混じりに付け足す。

「安心してよ、その頃からとっくに色々とオヤジ臭《くさ》かったから」

小柄で細い身体《からだ》つき、大きな瞳《ひとみ》が特徴《とくちょう》的な幼い容貌《ようぼう》。——一見して少女のようにも見えるし、性別どころか年齢《ねんれい》すら判別しにくい人物である。中学生と高校生のどちらを自《じ》称《しょう》しても通用しそうだ。前髪をとめるヘアピンには、ハロウィンでよく見かけるカボチャお化けの飾《かざ》りがついていた。

「……セクシュアル・ハラスメント……」

カボチャ少年の隣にいた十代半ばの少女が、ぼそりと呟いた。

目の周りを黒く染め、頭には黒いチューリップの花。首元のスカーフを含む全身の衣《い》装《しょう》が真っ黒というホラー調の服装をしているため、陰鬱《いんうつ》な呟きにも迫力《はくりょく》がある。

「そうそう、ぼくら色々されたよね。いつか訴《うった》えて賠償《ばいしょう》金たんまりもらおうね」

「ぜんぶダイアリィに書いてある……証拠《しょうこ》……」

繁華街には、彼ら三人以外の人影《ひとかげ》はない。

政府による避難勧告《ひなんかんこく》は、氷飽市にまで及《およ》んでいた。前代未聞《みもん》の範囲《はんい》、それもヒステリックなまでに強引《ごういん》な避難による経済的被害《ひがい》は予想もつかない。

「でもさ、あの芋虫、特環《とっかん》だけで倒《たお》せるの？　〝かっこう〟さんが行方《ゆくえ》不明らしいのに」

「すぐに出てくるさ。なんせ〝始まりの三匹《びき》〟との戦いだぜ」

彼の口から、炎《ほのお》の切れ端《はし》とともに笑みがこぼれた。

「だったら——あの野郎《やろう》が出てこねーわけがねぇ」

〝かっこう〟という男は、〝始まりの三匹〟との戦いを望んでいる。

自分が生き残ることしか考えていなかった〝かっこう〟が、そうなった理由。

その理由とは——彼が今、戦いを遠巻きに見ている理由と同じものだ。

ゴスロリ少女が、ぼそっと呟く。

「……〝ふゆほたる〟……」

「そっか、〝ふゆほたる〟さんもいたっけ。もし〝かっこう〟さんと〝ふゆほたる〟さんが手を組んだら、少しは勝てる見込みが出てくるよね」

「ハッハ。将棋《しょうぎ》で王様を二つ置いたら強くなんのか？　弱点が増えるだけだと思うがな」

彼の台詞《せりふ》に眉《まゆ》をひそめた少年だったが、すぐに興味を失ったようだ。頭の後ろで腕を組み、高級車によりかかる。

「魅車《みぐるま》が意識不明なんて、最後のチャンスだと思ったのにさ……結局、地下要塞《ようさい》に〝眠《ねむ》り姫《ひめ》〟はいなかったね」

「まだ要塞全部を探し終わったわけじゃねー。これからまた残りの場所を探しに行く」

「えーっ、地上に戻《もど》ってきたばかりなのに、また潜《もぐ》るの？　――あのさあ、これだけ探しても見つからないとなると、魅車がとっくの昔にどっか遠くに隠《かく》しちゃったんじゃない？　そうじゃなかったら……」

少年が声のトーンを落とした。

「〝眠り姫〟なんて――本当はもう実在しないか、さ」

「……」

彼はニヤリと笑んだ。周囲の空気がジリジリと焼けつく。

「怒《おこ》ったって、ダメだかんね。だって、しょうがないじゃん。ぼくが知ってることなんてほんの少しだけで、彼女が〝眠り姫〟になった戦いには参加しなかったんだもん。その戦いだって、ウソみたいな話ばかりだしさぁ」

「怒ってるんじゃねーよ。ちょっとばかり思い出しただけだ」

「何を思いだしたってのさ」

「――〝本当に、そんな虫憑きがいたのか？〟」

彼は口元に笑みを残したまま、高級車の屋根から飛び降りた。

「あの女と関《かか》わると、どいつもこいつも口を揃《そろ》えてそう言うんだよ」

カボチャ少年とゴスロリ衣装の少女に背を向け、歩き出す。

「ちょっと待ってよ、どこ行くのさ。トイレ？」

「潜るっつったろ。この下にも中央本部の地下要塞は繋《つな》がってる。欠落者を収容する予定の〝牢獄《ジェイル》〟って呼ばれてる場所だ。――最後の晩餐《ばんさん》ならぬ、最後の息継《いきつ》ぎも済んだことだしな。魅車が目を覚まさないうちに、さっさと行くとするぜ」

「……最後の息継ぎ……」

「そんな大げさな。ちょっと昔の知り合いに会いに行くだけじゃん」

「大げさ？　ハッハ、あの女を起こすってのはそういうことなんだよ」

振り返ろうともしない彼のジャケットを、少年が摑《つか》んだ。我慢《がまん》できなくなったように、〝浸父〟に呑《の》み込まれつつある赤牧市を指さす。

「ホントに〝浸父〟を放っとくの？　今まで覗《のぞ》き見しかしてこなかったけど、今回はケタが違《ちが》うよ！　〝かっこう〟さんがいても勝てるかどうか……もし負けたら、世界がどうなっちゃうかも分からないんだよ？　――ううん、そんなこと関係ない。アレを見てドキドキしないの？　モグラの真似《まね》なんかより、怪物《かいぶつ》退治のほうが面白《おもしろ》そうじゃんか！」

「行きたきゃ好きにしろ。誰《だれ》も止めねーよ」

彼はおかまいなしに少年をひきずって歩く。

「さっきも言ったが、俺はこれっぽちも興味ねーんだよ。世界がどうとか、〝始まりの三匹〟がどうとかなんてな」

「もう……！　昔の女のことばかり考えてさ！　そんなに今の戦いに興味ないわけ？」

「俺の頭の中は、あの女のことしかねーんだよ」

過去の光景が、脳裏《のうり》に蘇《よみがえ》った。

夜空から流星が降り注ぐ中、最悪の厄災《やくさい》を抱《だ》きかかえて、眠りにつく少女の姿——。

彼にとっての〝今〟は、あの時に停《と》まったままだ。

「俺は執念《しゅうねん》深いんだ。一秒でも早く、あの女のツラを拝みてーんだよ」

恋慕《れんぼ》にも似た思い。しかし、それは全く逆の感情と呼べるもので——。

ジャケットを引く力が増した。ゴスロリ少女も少年に加わったのだ。

「うーっ！　そうやって〝眠り姫〟のことを面白そうに言うから、ぼくだってついていかざるを得ないんだ！　純粋《じゅんすい》なぼくを弄《もてあそ》びやがって！」

「……弄びやがって……」

二人を引きずって歩いていると、前方で人の気配がした。

誰もいないはずの繁華街。

しかし電柱の陰《かげ》に隠れるようにして、小柄《こがら》な人影がこちらを見ていた。

「なんか見られてるね、ぼくら。――おーい、そこの人、早く逃《に》げないと、この怖《こわ》いお兄さんにイタズラされちゃうよ？　あ、間違った、芋虫に喰《た》べられちゃうよ？」

少年が声をかけると、人影がビクリと身体を揺らした。

「あ、逃げた」

ばたばたと慌《あわ》ただしく逃げ出す人影。だがすぐにクルリと身体の向きを変える。

「あ、戻ってきた。しかも近づいてきた」

ビクビクと怯《おび》えながら歩み寄ってくる様子は、罰《ばつ》ゲームのようにも見える。

「そしてポケットから何かを取り出して、差し出してきた」

いちいち実況《じっきょう》する少年。

彼らの前にやって来たのは、奇妙《きみょう》なパーカーを着た人物だった。カボチャ少年と同じくらい小柄な身体つきで、顔は涙で潤《うる》んだ目しか見えない。なぜならパーカーのファスナーをめいっぱい閉めて、口元まで隠しているからだ。頭にかぶったフードには、兎《うさぎ》のロップイヤーのように垂れた耳がついている。

「……ラブレター……？」

ゴスロリ少女が呟《つぶや》いた。ロップイヤーが差し出したのは一通の便せんである。

彼は便せんを受け取り、開いた。そこに書かれた文章を黙読《もくどく》する。

「――」

こんなに驚《おどろ》いたのは、いつ以来だろうか。

少なくとも、あの流星群の夜が過ぎた後では記憶《きおく》にない。

便せんから顔を上げ、ロップイヤーの目を凝視《ぎょうし》する。

「ハッ――」

彼の口から、小さな炎がこぼれた。

「ハッハッハッハッハッハッハッハッハァー！」

大口を開けて大笑いする彼を、三人の小柄な少年少女が呆然《ぼうぜん》と見た。ロップイヤーに至っては気絶しそうなほどに怯え、小刻みに震《ふる》えている。

「――最高に気に入らねーぜ」

ようやく笑い終えた彼の手の中で、便せんが燃えて塵《ちり》となった。「ああっ、ぼくにも見せてよ！」とカボチャ少年が抗議《こうぎ》する。

「俺は〝今〟には興味ねーんだよ。そっちはそっちで勝手にやれ。――俺に干渉《かんしょう》して、過去を〝今〟に引きずり出そうってんじゃねーだろうな？」

彼が燃える瞳で睨《にら》みつけると、ロップイヤーがガクガクと震えだした。

「だが、てめーは面白《おもし》れー」

今にも逃げ出しそうなロップイヤーの頭を、鷲掴《わしづか》みにする。あらためてその潤んだ瞳を見ると、確かに便せんに書いてあったように――見覚えがあった。

「いいぜ、ついてこい」

言い放ち、再び歩き出す。

その言葉に驚愕《きょうがく》したのは、しかしカボチャ少年のほうだった。

「うぇぇぇぇえっ？　ち、ちょっと待ってよ！　ついてこい、なんて、そんなの聞いたことないよ？　どんな人間にだって、勝手にしろとしか言ったことないくせに！」

「……ずるい……」

「いいんだよ、そいつは客《ゲスト》だ」

「この人、虫憑《つ》きですらないよね？　だって、こんなに緊張《きんちょう》感ない虫憑きなんて見たことないもん！　百パーセント、足手まといだよ！　――ちくしょう、みんなに言いふらしてやる！　特に武闘《ぶとう》派で面倒臭《めんどうくさ》い連中を集めて、よってたかって嫌《いや》がらせしてやる！」

「誰を呼ぶのも勝手だけどな、ちゃんと言っとけよ」

彼は以前から、感じるものがあった。

自分は――〝生き残り〟にすぎない。

勝つべき戦いに負け、無様に生き長らえているだけの存在なのだと。

「来たら、たぶん死ぬぞ――ってな」

〝眠り姫〟が舞台《ぶたい》を降り、レイディー・バードは死んだ。

今も戦う〝かっこう〟でさえ、残り時間は少ないだろう。

確実に数を減らしていく一号指定の〝生き残り〟。

そして、炎の魔人《まじん》。

様々な呼び名を持つ彼は――ハルキヨといった。

3. 01　OPS2　Part. 2

薄暗《うすぐら》い地下道は、壁《かべ》一面が鏡面加工されているかのように汚《よご》れ一つなかった。

静寂《せいじゃく》に包まれた空間に、数人分の足音が響《ひび》く。たまに通りかかるエレベータや扉《とびら》がピクリとも動かないところを見ると、設備としての機能はほぼ休止しているようだ。

緊急用の照明が灯《とも》っているからには、電力の供給は停止していないはずだ。この巨大《きょだい》な迷路の新たな〝主〟が、今この時も確実に息吹《いぶ》いている証明でもある
氷飽市という都市の地下深くにある通路。

そこを歩いているのは、姿格好がバラバラな七人だった。

ジャケットを着た青年と、セーラー服を着た中性的な少年。ゴスロリ風衣装《いしょう》の少女、長身で金髪《きんぱつ》の女性、兎耳がついたパーカーのフードを深くかぶった人物。さらには滑車《かっしゃ》付きの台車の上で体育座りをした三角帽子《ぼうし》の少女や、それを引く顎《あご》ヒゲの青年など、端《はた》から

見たらサーカス団にも見えそうだ。

「地下ダンジョン探索《たんさく》も、さすがに飽《あ》きてきたよぅ。宝箱とかが落ちてないかなあ」

「……どくけしそう、ほしい……」

「トイレ、トイレ」

「出番だぞ、おっさん」

「誰がおっさんじゃコラ。なんでオレの出番なんですか、次の牢獄見つけるまで我慢してくださいよ。──ねえ、魔女《まじょ》さんも、いい加減に自分で歩いてください」

「失敬な！　失敬な！　レディを虐待《ぎゃくたい》するおっさんは地獄《じごく》に堕《お》ちろ！」

「まだ十代じゃコラ。はあ、そろそろ食料も調達しないとですね」

通路の幅《はば》は人が三人並んで歩ける程度に広い。奥行きはというと、無限に続くのではないかと思える闇《やみ》に吸い込まれており、先が見えなかった。

「……っ！」

最後尾《さいこうび》で、ロップイヤーの人物が転んだ。

ジャケット姿の青年は無言で人物のもとへ戻り、襟《えり》を掴んで立たせる。ペコペコと慌てて頭を下げるフードの人物。お礼を言っているらしい。

「ねえ、ハルキヨ。その子、もう置いてこうよぅ」

セーラー服の少年、久瀬崎梅《くぜざきうめ》が言った。

「……足手まとい……そのくせ人一倍食べる……ごくつぶし……」

ゴスロリ風の衣装を纏《まと》った少女、榊遥香《さかきはるか》もぼそぼそと毒づく。

「嫌ならてめーらが帰れ。俺は誰にもついてこいなんて言った覚えはねーぜ」

ジャケットの青年――右頬《みぎほほ》を大量のテープで隠《かく》したハルキヨはそう言って、元の進路に戻《もど》った。ずんずんと大股《おおまた》で先に進む。

たちまち不平不満が飛び交《か》った。

「〝浸父〟と遊ぶのを諦《あきら》めてまでついてきたんだよ？　今さら帰れるわけないじゃんか。――まあ結果的に丸一日以上、歩き回るだけのがっかり状態になってるわけだけど」

「がっかり……」

「ファッキュー」

「つまんないよ、つまんない」

「うるせーな。灼《や》くぞ、おっさん」

「おのれとタメじゃコラ。オレ、何も言ってないんですけど」

文句を言う一行の中で、ハルキヨと長年の付き合いがあるのは梅と遥香だけだ。金髪の白人少女、三角帽子の少女、顎に無精ヒゲを生やした男は、気が合ったという理由だけで行動をともにしている間柄である。梅と遥香はともかく、彼ら三人については操《あやつ》る能力の詳細《しょうさい》すら知らない。――残りの一人、ロップイヤーに至ってはつい先日、はじめて顔を合わせただけの道連れにすぎない。

ハルキヨの同行者たちが苛々《いらいら》していることは、とっくに知っている。

だが最も苛ついているのはハルキヨ自身だ。

「ムカつくぜ……」

異種一号指定、ハルキヨ。

彼は特別環境保全事務局《かんきょうほぜん》、〝むしばね〟に匹敵《ひってき》する少数精鋭《せいえい》の第三勢力を率いる虫憑きとして知られていた。

だがそんな勢力など、実際は存在しない。ハルキヨは本能の赴《おもむ》くままに行動し、そんな彼に興味を抱《いだ》いて行動をともにする虫憑きが、たまたま強いというだけだ。——もっとも弱い虫憑きは、ハルキヨの前に現れただけで欠落者にされるという理由もあるが。

「ムカついてるのは、こっちなんだってば。少しはぼくらに感謝したら？」

「そうさ、そうさ。仲間の望みを叶《かな》えてやろうってのにさ。地獄に堕ちろよ」

「マイツ！　ビューティホゥ！」

「——仲間なんかじゃねぇっつってんだろうが」

ハルキヨが燃える双眸《そうぼう》で振《ふ》り返ると、一同がビクリと顔を強《こわ》ばらせた。

「バカ……」

「魔女さん、やめてよ。仲間ってハルキヨが一番嫌《きら》いな言葉なんだからさ」

「ご、ごめんよ。ごめんよ。許しておくれ」

「面白ければ何でもアリ、だけがオレらのルールですからね。何らかの目的を共有するような仲間って感じではないですよね」

「マジで灼くぞ、おっさん」

「フォローしてやったのになんでじゃコラ」

舌打ちし、ハルキヨはまた前を向いた。

どこにも属さず、誰《だれ》とも馴《な》れ合わず——。

そうやって生きてきたハルキヨが、最近では別の名で呼ばれることが多かった。

中央本部副本部長直属殲滅《せんめつ》班所属〝大閻魔《オオエンマ》〟。

ようするに魅車八重子《やえこ》の飼い犬である。

なりふり構わず、というのはそういう意味だ。

気に入らない人間の飼い犬のフリをして、汚名《おめい》をかぶり、特環《とっかん》の命令に従いながらも、チャンスを待ち続けて——。

その時は、ようやくやって来た。

〝浸父〟の解放、そして——〝C〟の予想外の一号化。

混乱に乗じて、ハルキヨは殲滅班という仮面をかなぐり捨てた。魅車八重子が意識不明という今であれば、彼の探し物を他《ほか》の場所に移されるという可能性もない。

今こそハルキヨは何の束縛《そくばく》もない一人の虫憑きに立ち戻り、長年の探し物を見つけ出すべく動き出したのである。

それなのに――。

「やっぱりさぁ、赤牧市の地下要塞《ようさい》にあるんじゃないの？〝C〟がいる最下層のほうまでは調べてないじゃん。人情的に考えて、大事なものなら奥に隠すものじゃない？」

「最下層はとっくに調べたぜ。丸一年かけてな」

ハルキヨは吐《は》き捨てるように言った。

魅車八重子に従うフリをしてまで、地下要塞の重要施設《しせつ》は調べ尽《つ》くした。ハルキヨの目的は魅車も承知の上だっただろう。だが、そのことを考慮《こうりょ》しても、彼は何一つ手がかりを摑《つか》めなかった。

そこへ今回の〝浸父〟による混乱が発生した。チャンスを待ちに待っていたハルキヨは、ここぞとばかりに地下要塞の未調査部分を全《すべ》て調べて回ったのだが――。

結果は、空振《からぶ》りである。

彼が望むものは、赤牧市の地下要塞にはない。そう結論づけざるを得なかった。

その結論の果てに、ハルキヨがやって来たのが、この隔離《かくり》施設。

通称《つうしょう》〝牢獄《ジェイル》〟と呼ばれる場所だった。

その広大な面積は、赤牧市の要塞に匹敵する。

「でもさ、でもさ、ここって欠落者の隔離施設なんだよね？　なんで誰もいないのさ？　みんなもう避難《ひなん》しちゃったのかい？」

台車に乗った魔女の問いかけに、ハルキヨはそっけなく答える。

「ここには欠落者なんてほとんどいねぇよ。元からな」

「ええっ？　じゃあなんでこんなだだっ広い空間作ったのさ？　税金の無駄遣《むだづか》いだ！」

「大量に欠落者が出る予定でもあったんじゃねーのか？　興味ねーよ、魅車が企《たくら》んでることなんかな」

「ねぇ、ハルキヨ。今さら、言いにくいんだけどさあ」

セーラー服の少年、梅が苦笑《くしょう》した。気まずそうに頬《ほお》をかく。

「ここも、とっくに調べたって言ってなかったっけ？　マリアさんもいっしょに」

ウンウン、と頷《うなず》いたのは白人女性だ。どこかの高校の制服らしきブレザーを着ている。

梅の言う通りだった。

ここだけではない。特別環境保全事務局が管理する施設は地方にあるものまで、とっくに全て調べ尽くしている。

だが、どうしても見つからないのだ。

ハルキヨの探し物――〝眠り姫〟が、

「……」

空振りの連続が、いつしかハルキヨの中に違和《いわ》感を生じさせていた。

何かがおかしい――何かを見逃《みのが》している。

そんな予感が、ハルキヨをこの場所へ連れてきたのである。

「要塞の最下層になかったのは納得《なっとく》がいくぜ。〝浸父〟や〝C〟のそばに置いたら、何かあった時は一度に対応しきれないからな。かといって遠くに隠すのもあり得ねえ」

「だから、この〝牢獄〟？　確かにそれっぽい場所ではあるけどさ」

そう言う梅に続き、三角帽子の少女を始めとする連れたちも怪訝《けげん》そうな顔をした。

「そもそもだよ、そもそもさ。あたしらが探して見つからないなんて、それこそあり得《う》るのかい？　ハルキヨの情報網《じょうほうもう》とマリアの感知能力、それにあたしの占《うらな》いまであるのに。どこぞの独裁者の隠し財産だって見つけられるよ。簡単そうだから、やんないけどさ」

「かなり強力な虫憑《つ》きの能力で隠している、という可能性もあるんじゃないですか？」

「……それは、ない……」

「そうそう、遥香の言う通りだよ、おっさん。それだと色々と矛盾《むじゅん》する。まずそれほどの虫憑きを、〝眠り姫〟を隠すためだけに使うなんておかしい。それに、そんな強い虫憑きがいるなら、ぼくらが見逃すはずがないもん。見逃さないように、ずっと虫憑きたちの戦いをこっそり監視《かんし》してきたんだし。たまに強い虫憑きを見つけたら、適当な口実をつけてハルキヨ自身でテストしに行ったりもしたよね」

そう、ハルキヨは常に注意を払《はら》ってきた。

あらゆる虫憑きの戦いを監視してきたのも、まさに梅が言った通りの理由からである。

そこまで神経質に警戒《けいかい》してきたからこそ、断言できる。

特別環境保全事務局、〝むしばね〟、そして在野の虫憑き。

それらの中には、ハルキヨから〝眠り姫〟を隠し通すことができるような虫憑きはいない。少なくとも、ここまで完璧《かんぺき》に何かを隠蔽《いんぺい》できるようなタイプの能力者はいなかった。

梅が嘆息《たんそく》した。

「ぼくらに気配さえ感じさせないなんて、よっぽどだよね。そんなのが特環とか――ないと思うけど〝むしばね〟なんかの中にいたら、絶対見逃さないと思うんだけどなあ」

「なるほど。しかし矛盾を解決する答えが、ないわけではありませんよ？」

台車を引く青年が、顎《あご》の短い無精ヒゲをさすりながら言った。

「オレらの中に裏切りものがいる――としたら、どうです？」

「……！」

通路を歩く全員が、ハッとした。周囲に緊張《きんちょう》感が漂《ただよ》う。

それまでの物見遊山《ゆさん》のような雰囲気《ふんいき》が消え去り、互《たが》いの表情を探《さぐ》り合う一同。

「……」

ハルキヨは表情を消した。

確かに——その可能性がないわけではない。

「ち、ちょっと待ってよぅ。それって——」

梅が慌《あわ》てて、全員の顔を見回した。

遥香たち残りの面々も、緊張した面持《おもも》ちで互いの顔を見つめ合い——。

まるで合図をしたかのように、全員が顔つきを変える。

ニヤリ、と。

梅が三日月のように口の端《はし》を吊《つ》り上げた。

「——すっごい、面白そう」

遥香、マリア、魔女《まじょ》、顎ヒゲの青年も同様に愉《たの》しげに嗤《わら》う。

「おっさん、ナイスだよぅ。それって、すごくドキドキするシチュだよぅ」

「うわ、うわ、あたしが占いでウソつけば可能だ！　あたし、怪《あや》しすぎ。楽しすぎ」

「意外性なら、言い出しっぺのオレでしょう。一番、能力も知られてないはずですしね」

「ミー！　ミー！　アイム、ウラギリィモノ！　アイム、モスト、ストロング！」

「……実はハルキヨってセンも……？」

「もし俺をハメようとしてるなら、今のうちに言っとけよ」

ハルキヨは一行を振り返り、言い放つ。

「そうすりゃ、灼き加減くらいは選ばせてやる」

灼けつく双眸で、一同を睨《にら》みつける。ただの脅《おど》しでは済まないことは、これまでの付き合いで分かっているはずだ。

だからこそ、逆効果だった。

ハルキヨに睨まれた者たちは、ニヤニヤと愉しげに嗤うだけだ。

「ちっ」

脅すだけ無駄だった。舌打ちし、また歩き出す。

本来、一人一人が特環の刺客《しかく》から悠々《ゆうゆう》と逃れられるような実力者たちなのだ。それも、つまらない死に方はしたくないが、面白い死に方ならそれもアリ、という変人の集まりである。裏切りなどという概念《がいねん》は最初から存在しないし。気まぐれで敵対したくなったら、そうするのが彼らのルールでもある。

それでも同行を許したのは、一刻でも早く探し物を見つけるためだ。

なんとしても魅車八重子がいない今の内に――。

「おっと、魅車八重子から伝言が届いてます。ハルキヨの殲滅班用の回線に」

魔女が乗る荷車を引きながら、顎ヒゲの男が言った。携帯《けいたい》電話を持っているわけではないし、他の通信機器らしきものも見当たらない。

「なんだぁ、死ななかったんだ、あの人」

「……にっこりババア……」

「──何を言ってきた？」

ハルキヨは顔を歪《ゆが》めた。

間に合わなかった──。

手段を選ばず探し物を求めたのに、魅車八重子を出し抜《ぬ》くことはできなかった。

「地上にいる〝浸父〟を殲滅したそうです」

「うわあ、勝ったんだあ。〝かっこう〟さんと〝ふゆほたる〟がいっしょに戦ったんなら、そう簡単には負けないと思ってたけどさ」

梅が気楽に笑うが、その表情が青年の次の言葉で凍《こお》りついた。

「その戦いで──〝かっこう〟が欠落者になったそうです」

しん、と地下通路が静まり返った。

気温さえも数度下がったかのような、完全な沈黙《ちんもく》が一同を包んだ。

梅が引きつった笑《え》みを浮《う》かべた。

「ウソだ……」

ぽつりと放った呟《つぶや》きが、静寂《せいじゃく》の中に染《し》み渡《わた》っていく。

「あの人が欠落者なんかになるわけない……ねえ、そうだよね、ハルキヨ？　一号指定は〝不死〟だって言ってたよね？　それなら〝かっこう〟さんだって……！」

「カッコウ？　フー？」

「マジ？　マジで？　昔、あの悪魔から逃《に》げ切ったことがあるのが自慢《じまん》だったのに……何さ、そんなヤバイ戦いだったのかい？」

「今、地上に留《とど》まってる仲間——じゃなくて、知り合いに裏をとってもらいましたけど、間違《まちが》いなさそうです」

「そうだ——魅車に何かされたんだ！　そうに決まってる！　あいつは本当は同化型の〝かっこう〟さんを怖《こわ》がってたもん！　じゃなきゃ、あの〝かっこう〟さんが欠落者になるわけないよ！　そうでしょ、ハルキヨ！」

ハルキヨに掴みかかる梅の目には、涙《なみだ》が滲《にじ》んでいた。彼はその頭を乱暴に撫《な》でる。

「お前はあいつのこと、ずいぶん気に入ってたもんな」

「ハルキヨだって……！　ハルキヨだって同じでしょ！」

「俺はとっくに見限ってたぜ。——あの流星群の夜からな」

自分自身と同じくらいにな——。

心中で付け加え、梅を引き離《はな》す。

「さっさと次のエリアに向かうぞ。時間がねぇ」

〝浸父〟を倒《たお》したとはいえ、戦いは終わらないはずだ。特環《とっかん》がその戦いに意識を集中している間は、まだ自由に動けるはずである。

早足で歩きながら、ハルキヨは顔をしかめた。

「急ぐ理由が一つ減っちまったけどな……」

〝かっこう〟。

あの男とぶつかり合ったのは、一度や二度ではない。

だが結局、その中でも思い出すのは、流星が降り注ぐあの夜の戦いだった。

「てめぇが無理なら、もう俺しか――」

独りごちるハルキヨに、顎ヒゲの男が再度呼びかけた。

「ハルキヨ。まだ伝言の続きがありますよ」

「あん？」

「特環は、これから超種《ちょうしゅ》一号と指定された〝C〟の殲滅《せんめつ》作戦に移ると」

ハルキヨは歩きながら、舌打ちする。

「〝浸父〟が解放されたのが〝C〟のせいなのは分かってたが、超種一号ときたか。――あれも一号ってことは、つまり……はっ、俺の同類が増えて嬉《うれ》しいかぎりだぜ」

「その殲滅作戦の一つとして」

顎ヒゲの男の声に、緊張の色が混じった。

「俺たちに、探し物――〝眠り姫〟の居場所を教える、と」

ピタリ、と。

ハルキヨは足を止めた。

「――」

彼が振《ふ》り返ると、ビクリと一同が肩《かた》を震《ふる》わせた。ハルキヨが今、どんな形相をしているのか、自分では分からない。

「なんだと？」

「座標が送られてきました。手持ちのＧＰＳで確認《かくにん》しろって。座標は――」

〝眠り姫〟の隠《かく》し場所を、教える？

ハルキヨはそれを知るために魅車に使われ、魅車もそれを隠し通すことで彼を利用してきたはずだ。それが今さら、彼女のほうから〝眠り姫〟を手渡すという。

魅車八重子の目的は何か。

ハルキヨは、すぐにそれを悟《さと》ることができた。

「……そういうことかよ」

「まさか――」

梅が声を上げた。彼もまた魅車の意図に気づいたようだ。

「〝眠り姫〟を――〝かっこう〟さんの代わりにするつもり……？」

間違いない。

それ以外に、理由があるはずもなかった。

「今の状況《じょうきょう》なら……アイツは喜んで〝かっこう〟の代わりになるだろうな」

ハルキヨは怒《いか》りに顔を歪めた。

「昔のままのアイツなら、そういう人間なのだ。

〝眠り姫〟とは、そういう人間なのだ。

他《ほか》ならぬハルキヨは知っている。

そして、魅車八重子も——。

「魅車の最後の伝言です。おそらく制御《せいぎょ》不能に陥《おちい》っているであろう〝番人〟は、そちらで対処してください、と」

「番人って、何のことさ？——あれっ？」

取り出した機械をいじっていた魔女が、目を見開いた。

「その座標とやらを確かめたけど——ここ、みたい」

魔女が指さしたのは、自分の足下《あしもと》だった。

「ちょっと遠いけど……この〝牢獄《ジエイル》〟の中なんだ」

ハルキヨは目を見開いた。

梅が顔を歪め、頭を抱《かか》える。

「なんだよ、これ……これじゃまるで、ぼくたちが何もかも魅車のために動いてたみたいじゃんか……一体、どうなってるの？ねえ、ハルキヨ……！」

「マリア、魔女。本当に何も感じないんだな？」

ハルキヨが睨むと、金髪《きんぱつ》の女性と三角帽子《ぼうし》が慌てて首を左右に振った。

「ノー！　ノー！」

「マジだよ、マジだよ！　私の占《うらな》いには何も……こんなのは初めてなんだ！」

榊遥香と顎ヒゲの青年も顔を見合わせた。

「……番人……」

「番人ということは、〝眠り姫〟を守る虫憑《つ》きがいるってことでしょうか。オレたちから完全に身を隠すなんて、よっぽどの化け物みたいですね」

化け物？

果たして、本当にそうなのだろうか？

ハルキヨの中に生まれた違和《いわ》感は、膨《ふく》らんでいく一方だった。

ヒントは揃《そろ》っているのに、解答を導くことができずにいるような——気色の悪い予感。

まだ魅車八重子の掌中《しょうちゅう》から抜け出せずにいるような苛立《いらだ》ちを覚える。

だが、それでも。

「——行くぜ」

前に向かって足を踏《ふ》み出すハルキヨ。

その背後で、またロップイヤーが何もない場所で転倒《てんとう》した。

3.02 OPS2 Part. 3

〝眠り姫〟が目覚めたら、何と言えばいいのだろう？

長い間、ずっとそのことを考え続けてきた。

答えは——まだ出ていない。

「あっ、また地上から通信が来ましたよ」

顎《あご》ヒゲの青年が言った。

「〝C〟討伐《とうばつ》作戦の一つとして、こちらの動きを〝作戦2〟と呼ぶそうです。48時間以内に作戦を成功させてください、とのお言葉付き。返事はどうします？」

氷飽市の地下にある、〝牢獄〟と呼ばれる施設《しせつ》。

そこは単調な場所だった。一定の長さの通路と、一定の数の個室が密集した空間である。

ハルキヨにしてみれば牢獄というより、蟻《あり》の巣と呼んだほうがしっくりくる。

「シカトしとけよ、ヒゲのおっさん」

「セクシーだろがコラ。——了解《りょうかい》。適当にアイラブユーとでも返信しときます」

牢獄の通路を、ハルキヨと数人の同行者たちが歩いていく。

カボチャお化けのヘアピンをした梅。ゴスロリ衣装《いしょう》の榊遥香。台車に乗った三角帽子の〝魔女〟。その台車を引くスーツ姿の〝サンタクロース〟。長身で金髪の少女マリア。そしてパーカーのフードを目深《まぶか》にかぶったロップイヤー。

彼らはあくまでただの道連れであり、ハルキヨの仲間ではない。名前を詮索《せんさく》することすらないため、あだ名しか使わない者もいる。ふとしたきっかけで知り合って以来、何かとハルキヨにつきまとってくるようになっただけの間柄《あいだがら》である。

「あっ、足手まといのムダ飯食《ぐ》らいがまた転んだ」

梅が後方を振り返った。ロップイヤーが転び、擦《す》りむいた膝《ひざ》をさすっていた。

「ねえ、ハルキヨ。あの子、そろそろ本気で置いていこうよ。ただでさえ、魅車が言った座標までいくのに時間かかりそうなのに」

何度目か分からない梅の抗議《こうぎ》を、ハルキヨは聞こえないフリをした。疲労《ひろう》と痛みで鼻をすするロップイヤーに、声をかける。

「おい、さっさと起きてついてこい。しんどいなら、魔女といっしょに乗せてもらえ」

「えっ、ちょっ……！　待ってよ、待っておくれよ！　あの子、男の子？　女の子？　男だったりしたら、いっしょに乗るなんて恥《は》ずか死ぬんだけど！」

「オレもこれ以上、重くなるのは勘弁《かんべん》なんですけど。ハルキヨ代わってくださいよ」

「アホか。面倒《めんどう》なら捨てればいいだろーが」

「い、いやだ、いやだ！　捨てないで！　こんなところに置いてかれたら、あたし、死んじゃうよ？　それでもいいのかい？」

「ほら、色んな意味で重いんですよ、もう……ホウキで飛べばいいのに」

「無茶言わないでおくれよ！　ずっと飛び続けたら、それこそ過労死しちゃうよ！」

「魔女さんって面倒臭《くさ》いよねぇ。学校でイジメられてるのも分かるなあ」

「や、やめてよ、やめてよ！　ハルキヨの前でそのことを言わないでおくれよう……」

「少なくとも俺らの中じゃ、魔女が一番いいヤツだけどな。能力は万能《ばんのう》すぎてワケ分かんねーけど。——おい、怪我《けが》したなら、魔女に治してもらえよ」

「えっ？　でへっ。えへへぇ、そこのキミ、こっちにおいで。良い薬を塗《ぬ》ってあげよう。死ぬほど緑色のコレを塗ればどんな怪我でも——痛いっ！　なんで蹴《け》るのさ、マリア！　ああ、これ絶対、骨折れた……もうダメだよ。もう二度と歩けないよ……」

「ファッキン、ビッチ」

緊張《きんちょう》感のない会話をしながら、〝牢獄〟の中を進んでいくハルキヨたち。

魅車八重子が示した〝眠り姫〟の居場所。

それは牢獄の中でも下層部分にあたる箇所《かしょ》だった。ただし下層とは言っても、赤牧市の地下要塞《ようさい》とは構造が異なる。あちらは単純に下に潜《もぐ》れば下層に着くが、こちらは下層に繋《つな》がるルートは緩《ゆる》やかなスロープになっており、それぞれの階層によって決まった順路を進まなければならないのだ。やはり蟻の巣と呼ぶべき構造といえる。

「ところでこのペースだと、座標の位置まで何時間かかるか分からないよ？　ハルキヨ、びゅーんってひとっ飛びで行かないの？」

梅のもっともな質問に対し、ハルキヨは平然と答える。

「〝眠り姫〟を起こす前に、余計な力を使いたくねーんだよ」

一同がざわついた。

「マジですか。ハルキヨがそこまで慎重《しんちょう》になる相手って、想像つかないですね」

「オウ……」

「芋虫《いもむし》お化けと遊ぶのを我慢《がまん》して来たんだから。そうじゃないとつまんないよ」

「それに早くそこにいけば解決するってワケじゃあねーだろーしな」

同行者たちの怪訝《けげん》そうな気配が、背中から伝わった。

「梅がさっき言ってたように、俺は以前、マリアといっしょにそこを探した。だが何も気づかなかったんだぜ。今また行ったところで、素直《すなお》に〝眠り姫〟が見つかるとは思えねー。だから目的地に着くまでに理由を突《つ》き止めねーと意味がねーんだよ。魅車が場所以外の情報をよこさねーのも気になるしな」

魅車八重子は必要以上に、現在の戦いにハルキヨを関《かか》わらせたくなかったはずだ。

一方、ハルキヨは過去に置き忘れたものを取り返したかった。

今と昔——それらを交わらせないことを暗黙《あんもく》の条件に、互《たが》いを利用していたはずだ。

それが今になって、魅車は過去の因縁《いんねん》を現在に巻き込もうとしている――。

「あの女がやることは、いちいち胸くそ悪《わ》りーからな。ろくでもねー隠し方をしてるってことだけは、間違《まちが》いねーぜ」

「それならやっぱり、ぼくらの中に裏切り者がいるっていうのが有力だと思うな。魅車に懐柔《かいじゅう》されたスパイがいるのかも？」

梅の言葉に、また一同が勝手に盛り上がる。

「……サンタクロース……怪《あや》しい……」

「だよね、サンタのおっさんが一番、向いてそうだよね。いまだにあんまり能力見せようとしないし」

「そうですね、何を隠そう年上好きですが……魅車八重子だけはお近づきにはなりたくないというのが本音です。能力で言うなら、魔女さんだって怪しいんじゃないですか？　たぶん全虫憑きの中で一番、意味不明な能力だし。魅車好みでしょ」

「そう、実は犯人はあたし！　――って言いたくもなるよ、これだけ退屈《たいくつ》が続くとさ。そもそもあたしらって全部の能力を明かし合ってるワケじゃないからさ。全員、怪しいっちゃ怪しいんじゃないかい？　今回、ここに来なかったヤツらだって怪しい――」

「ウェイト」

マリアが会話を遮《さえぎ》った。通路の先を指さし、言う。

「エネミィ」

「敵？　こんなところに？」

首を傾《かし》げる梅を無視して、マリアがハルキヨの腕《うで》を掴《つか》んだ。そのまま彼の手を、自分の豊満な胸に押しつける。

「ん？　むにっ、か？　ふわっ？」

ハルキヨの疑問に首を振《ふ》り、マリアが今度はサンタクロースの頬《ほお》を引っぱたいた。

「……なんでオレなんじゃコラ」

「バシッ！　じゃなかったら……ひりひり？」

そう言う魔女を指さし、コクコクと頷《うなず》くマリア。

ハルキヨは通路の先を振り向く。

「なんだよ、胸は関係ねーじゃねーか」

「関係ないなら、さっさとその手を離《はな》したら？　とんだヘンタイ同士だよ」

半眼で毒づく梅。

待ち構えるハルキヨたちの前方から、ゆらりと人影《ひとかげ》が現れた。

小柄な少女だ。頭をゆらゆらと左右に揺《ゆ》らす少女の指先に、青白い放電現象が起きる。

ハルキヨは眉《まゆ》をひそめた。

「確かにヒリヒリしそうだが……どっかで見たツラだな」

正体不明の少女が、胸の前で両腕を交差させた。開いた両の手の平が青白く輝《かがや》いたかと思うと、両側の壁《かべ》が轟音《ごうおん》とともに弾《はじ》け飛んだ。

埋《う》め込まれた電力ケーブルや壁の破片が、空中で棒状に密集していく。

「……電磁力……」

「ぼくらを攻撃《こうげき》しようとしてるのかな？　あと、どうでもいいけど顔色悪いね、あの子」

「ヒリヒリで、電磁力──そうか、思い出したぜ」

「えっ、えっ、もしかしてハルキヨの元カノとかかい？」

電磁力を操《あやつ》る虫憑きの少女の手に、鉄塊《てっかい》の槍《やり》が創《つく》り出された。先が尖《とが》ったそれは、通路を塞《ふさ》いでしまいそうなほどに大きい。

「殲滅《せんめつ》班にいたヤツだ。名前はたしか〝びりびり〟──」

ハルキヨが言い終えるよりも先に、少女が両腕を振り払《はら》った。

周囲の壁や天井《てんじょう》と反発し合いながら、滑《すべ》るように迫《せま》る鉄塊の槍。

狭《せま》い通路にいるハルキヨたちに、逃《に》げ場所はない。

「えいっ」

梅の軽い声とともに、通路に大きな物体が現れた。

体長三メートル以上はありそうなカガミムシだ。背中に巨大《きょだい》な鏡を貼《は》りつけた〝虫〟の中に、鉄の槍が吸い込まれて消える。

かと思うと、次の瞬間《しゅんかん》にはカガミムシから飛び出した鉄の槍が少女に襲《おそ》いかかった。

自らの攻撃を跳《は》ね返され、少女が回避《かいひ》しようとした。だが狭い通路で逃げ場がなく、脇《わき》腹《ばら》と肩《かた》を鉄片に削《けず》られて倒《たお》れる。

「まだまだ」

梅が嗤《わら》った。鉄の槍が飛んでいった先に、もう一匹《ぴき》のカガミムシが生まれる。

「自分の攻撃のキャッチボールを、何回避《さ》けられるかな？」

愉《たの》しげに言う梅だが、隣《となり》にいるマリアの身体《からだ》が金色に輝くのを見てぎょっとする。

「えっ、マリアさん、ちょっと待った――って、魔女さんも！」

魔女が三角帽子《ぼうし》の中から、小さな木の杖《つえ》を取り出した。少女に向かって振りかぶる。

直後、大音響《だいおんきょう》が牢獄《ジエイル》を襲った。

激しい揺れと轟音が、電磁使いの少女を襲い――。

「あっぶないなぁ！　ぼくの〝虫〟まで巻き込まれるところだったじゃんか！」

「ソーリィ、ソーリィ」

「あたしにも運動くらいさせておくれよ。それに、いいじゃんか、一匹くらい。何匹も持ってるんだろ？」

魔女の言葉に「そーだけどさぁ」とむくれる梅。

ハルキヨの眼前に、巨大な空洞《くうどう》ができていた。つい数秒前までは通路だった場所である。

遠くまで弾き飛ばされたのか、それとも別の理由か。電磁力使いの少女の姿は、見える範囲《はんい》にはどこにもなかった。

土がむき出しになった通路を、変わらないペースで歩いて行くハルキヨ。

「〝びりびり〟はどっかで死んだか欠落者になったたって聞いたがな」

「えっ、じゃあ今のって幽霊《ゆうれい》？　生まれてはじめて見たかも！　あー、もったいないことしちゃった。幽霊ならペットにしたかったなあ」

「……〝浸父〟……」

「あ、そっか。〝浸父〟って死人を操れたんだっけ。……あれ？　でも〝浸父〟は倒したんじゃなかったっけ」

「魅車が言うには、あれは〝浸父〟の人格だけで、力そのものは〝C〟が吸収したんだそうですよ。つまりアレは〝C〟の手先ってことになりますね」

「なーんだ、幽霊じゃないのか。でもどうして〝C〟がぼくらの邪魔《じゃま》するのさ」

「〝眠り姫〟を起こすな——〝C〟がそう言ってるってことかい？」

魔女の台詞《せりふ》に、ハルキヨは思わず笑い声を漏《も》らした。

「ハッ。あのガキならそう考えてもおかしくねーが——それは違うぜ。〝C〟の人格はもうとっくに消えちまったんだ。赤牧市の霧《きり》が晴れた時にな」

梅たちが怪訝そうに眉をひそめた。

「あの霧は、まだ人間だった頃《ころ》の〝C〟の断末魔なんだよ。助けてください、助けてください、こっちを見てくれないと消えてしまいます、ってな」

「どういうこと？」

「〝C〟は……助けを求めてたってこと？」

梅が唇《くちびる》を噛《か》んだ。彼にしては珍《めずら》しい表情である。

「一体、誰《だれ》に助けを求めてたの？　──なんて、訊《き》くまでもないよね」

「〝C〟の断末魔を……それともダイイングメッセージかもしらねーが、確かに届いたんだろうぜ。あいつが一時的に消息が掴めなくなったのは、そういうことだろう」

「……〝かっこう〟さん」

「だが、救えなかった。どのみち、手遅《ておく》れだったんだよ。せいぜい自分を殺そうとしている犯人を伝えるか、それとも何か他《ほか》の秘密を伝えるか──それだけをしたくて、〝C〟は〝かっこう〟を呼び寄せたんだ」

そして霧は晴れ、〝C〟の最後の人格部分は失われた。

ハルキヨは〝眠り姫〟を探す過程で、魅車が〝C〟を使って行っていた実験のことも知っている。知りながら止めなかったのは、彼にはそれを止める理由がなかったからにすぎない。

「今の〝C〟にかつての意思はない。だから感情的な理由で俺たちを邪魔するなんて、ありえねー話だ」

言い放つハルキヨのジャケットを、マリアが摑んだ。

「エネミィ」

「またぁ？　幽霊じゃないなら、あんまり興味ないんだけどな」

「ひぃっ！　やめてよ、やめてよ、髪《かみ》を引っ張らないでおくれよ、マリア！　あ、あ、頭を揺らすなっ、ひいぃ」

「引っ張って、揺らす？　ああ、何かを操る感じですか？」

サンタクロースの指摘《してき》に、マリアがウンウンと頷く。

「……見たまんま……」

遥香が呟《つぶや》いた。

通路の先に現れたのは、異形の人形の群れだった。パソコンやモニターなど、手当たり次第《しだい》の電子機器を寄せ集めて人形を造っている。

「人形を操る虫憑《つ》きですか。宿主の居場所、分かります？　マリアさん」

「オーケー、オッサン」

「わざわざ日本語で言うなコラ。さっさと教えてください」

マリアが、ある座標をサンタクロースに告げる。

「〝C〟が俺の邪魔をするなら、それはつまり——〝眠り姫〟を隠《かく》すのに〝C〟が関わってるってことだ」

ハルキヨはペースを変えず、歩き続ける。

人形の大群が、ハルキヨたちに向かって駆《か》けだした。

「あのガキは、かつての命令を続けてるだけなんだからな」

大きな爆音《ばくおん》と振動《しんどう》が、牢獄を揺らした。

爆音の発生源は、この近くではない。はるか遠方から聞こえた。

「〝眠り姫〟を隠してる番人も、こいつらと同じ——蘇生者《そせい》ってことか」

ぶつぶつと呟くハルキヨに襲いかかる直前、人形の群れが力を失った。ドミノ倒しのように地面に転がり、それきりピクリとも動かなくなる。

バラバラに散らばった電子機器を踏《ふ》みながら、前進するハルキヨたち。

「うわ、台車運びづらいですね、これ。自分で歩いてくださいよ、魔女さん。——あ、こいつらを操ってた虫憑きには〝贈り物《おくもの》〟を届けておいたんで、もう大丈夫《だいじょうぶ》ですよ」

「……見れば分かる……」

「あいかわずの速攻《そっこう》だね、サンタクロース。どうやってるのか教えておくれよう」

「悪い子にしてれば、いつか教えてあげますよ。身をもってね」

電子機器を乗り越《こ》えながら、梅がハルキヨに尋《たず》ねる。

「番人が蘇生者だとしたらさあ、おかしくない？　〝C〟の実験が成功したのって最近でしょ？　それならずっと前から隠してた〝浸父〟の欠片《かけら》を使って、誰かを番人にしてたって言われたほうが納得《なっとく》できるよ。ほら、殲滅班だって欠片使われてたんだよね？」

「あり得ねぇ」

ハルキヨは言う。

「蘇生者も殲滅班も関係ねーよ。この俺が、そんなことができる虫憑きを見逃《みのが》すワケがねーんだ。あの流星群の夜以来、ずっと見張ってきたんだからな……」

そう、あり得ないのだ。

だがハルキヨは、いまだに〝眠り姫〟を守る番人が何者か分からずにいる。

「おっさん、魅車が言った座標を見ろ。もう範囲内だろ」

ハルキヨの言葉を受けて、サンタクロースが片目を閉じた。

「いや、ぜんぜん範囲外ですけど……無理すればいけるかもしれませんね。どれどれ」

流星群の夜に、虫憑きの戦いから姿を消した〝眠り姫〟。

それを隠すのは、魅車八重子だ。

ハルキヨが出会った中で唯一《ゆいいつ》、その謀略《ぼうりゃく》を読み取ることができない女である。

「――言っちゃっていいですか？」

苦笑《くしょう》混じりに言うサンタクロースの表情が、ハルキヨの嫌《いや》な予感を裏付けしていた。

〝眠り姫〟を起こすために、ハルキヨはここまでやって来た。

だが彼にはまだ、計り知れない謎《なぞ》が残っている——。

「何もありません……それっぽい空間すらない、ただの通路しか見えないんですけど」

残り時間は限られている。

魅車八重子によって与《あた》えられた、48時間という時間制限——。

もし時間内に〝眠り姫〟を見つけ出すことができなければ、どうなるか。

その結末もまた、ハルキヨには推測することができなかった。

3. 03　OPS2　Part. 4

魅車八重子から伝えられた場所に来るまで、およそ十時間。

さらにその場に止まること、数時間。

それでもハルキヨは〝眠り姫〟と再会を果たせずにいた。

「……」

通路の壁に寄りかかり、ぼんやりと考え事をするハルキヨ。

壁らしい形が残っているのは、彼の周りだけだった。それ以外の部分——元は〝牢獄〟の通路だった場所には、瓦礫《がれき》とむき出しになった土しかない。

「またアイツが来ましたよ！　音波だか衝撃波《しょうげきは》使うヤツ！〝かなかな〟でしたっけ？」

「しつっこいなぁ！　さっさとぼくの射程内に追い込んでよ！　必殺技《わざ》で丸裸《まるはだか》にしてやる！」

「……すばしっこい……」

「まずいよ、まずいよ！　あたしの占《うらな》いじゃ、これからまだ敵が何人も来るって……ああっ！　このウサミミ野郎《やろう》、寝《ね》てやがるっ！　いや起きてても役に立たないけどさ！」

「あぁ、わもねぶてぇなあ……」

「マリアさん、素《す》が出てますよ」

「――アイム、ベリータイアード」

「えっ？　えっ？　マリアって外国人じゃないの？　イギリス貴族の娘《むすめ》じゃないの？」

「魔女さん、知らなかったんだ。マリアさんってバリバリ日本人だよ。っていうか、あんな下手くそな英語に騙《だま》される人いるんだ」

「……めんどい……」

苛立《いらだ》った口調で呟き、榊遥香が両腕《りょううで》を前に伸《の》ばした。手の甲《こう》に毒々しい色の蛾《が》――シャクガが浮《う》かび上がり、その表面が粘土《ねんど》のように盛り上がる。

腕から肩、肩から全身へと急速に粘土が拡《ひろ》がり、数秒後には別人の形をとった。

「灼《や》くぜ」

ハルキヨだ。全身を火炎《かえん》で包み、通路の奥に猛《もう》スピードで突進《とっしん》していく。

取り残されたのは本物のハルキヨと、その連れたちである。

「遥香さんが本気出したなら、少しはゆっくりできますかね。マリアさん、遥香さんは敵を捕《つか》まえられそうですか？」

「オーノー。カーチェイス？　オイカケッコ？」

「時間かかりそうだね。ていうか、英語ヘタすぎ。——あそこまで徹底《てってい》してヒットアンドアウェイで来られると、簡単には倒《たお》せないよねえ。もうホント、うざいったら」

「休むヒマなんてないよ。もうすぐまた新手が来るって、あたしの占いに出てるから。強さはそんなでもないっぽいけど……」

口々に愚痴《ぐち》を漏らす一同が、ハルキヨを見た。

「いい加減、〝眠り姫〟の隠し場所について何か思いつきそうですか？」

顎《あご》ヒゲの男に問われるも、ハルキヨは腕組みをしたまま答えない。

梅が嘆息《たんそく》する。

「一日がかりで〝眠り姫〟の隠し場所まで来たのに、何もナシ。じゃあ魅車がウソついたのかっていうと、他の手がかりはゼロ。ハルキヨは何か見落としがあるんだって言うけど、じゃあそれは何なの？　って話だよう」

「あたしも、もうヘトヘトさ。いっそのこと他の仲間たちも呼んだらどうだい？」

台車の上で体育座りをした魔女を、ハルキヨは睨《にら》みつけた。

「ひぃっ！　ご、ごめんよ、ごめんよ。睨まないでおくれよぅ」

「だから魔女さん、仲間っていうのは禁句なんだってば」

そう言う梅を一瞥《いちべつ》して、ハルキヨは口を開いた。

「……ウメ。お前、死にそうになったら逃げる技みてーなのがあったよな」

「わっ、やっと喋《しゃべ》った。――必殺技その十五、〝バカめ、それは鏡に映《に》った偽物《にせもの》だ！〟のこと？　うん、十回くらいなら誰にも殺されないよ、ぼく。自動的に発動するようにしてあるしね」

「それ、そこのウサミミにも使えるか？」

ハルキヨ以外、全員がパーカーの人物を見た。そいつはロップイヤーを床《ゆか》に垂らし、いびきをかいて寝ている。魔女が杖《つえ》で突《つつ》いても起きなかった。

「……できると思うけど」

「頼《たの》むぜ。〝眠り姫〟を起こしたら、何が起きるか分かんねーからな」

言い、彼は再び考えに耽《ふけ》ろうとした。

だが自分を見つめる険悪な視線に気づき、梅や他の連れたちを一瞥する。

「なんだよ」

「ちょっとムカついてるだけだけど？　いくら仲間じゃないっていってもさぁ、昨日今日の付き合いじゃないのに、ぼくらを差し置いてこんなの大事にするってどうなの？」

「アイム、ジェラシー」

「嫌なら――」

「嫌なら帰れ、でしょ？　分かってますよ。そろそろ本気で検討します。これ以上、面白《おもしろ》そうなエサがない状態が続くならね」

そう言う顎ヒゲの青年の顔は、すでに冷め切っていた。他の面々も同様である。

「エサなんて、もう何もねーよ」

ハルキヨ自身、とっくに苛立ちのピークに達しているのだ。

魅車八重子がウソをついたのだろうか？

いや――それはない。彼の直感が、そう告げていた。

ただの直感ではない。彼が今まで生きてきた中で、ここまで確信に近い直感を得た時は必ず材料が揃《そろ》った上でのことだった。後からそうと分かっただけで、手に入るヒントはすでに摑《つか》んでいるのである。

魅車八重子は〝眠り姫〟を隠す番人がいると言った。

番人とは、虫憑きだろうか？

だが、こうも気配すら感じさせないほどの虫憑きなど、果たして実在するだろうか？

なぜ魅車は、番人の正体をハルキヨに明かさないのだろう？

「じゃあさ、じゃあさ、〝眠り姫〟のことを教えておくれよ」

魔女の言葉に、ハルキヨはピクリと眉《まゆ》を持ち上げた。

「ウメたちはともかく、あたしらはそこまで詳《くわ》しく聞いたことがないからさ。ただハルキヨがすごく気にかけてる女ということしか……あっ、べ、べつにハルキヨの昔の女が気になるとかじゃないよ？　本当だよ？」

「……」

「そ、そんな目で見ないでおくれよ。違《ちが》うのさ、べつにあたしはハルキヨに気があるわけじゃ……うう、偽物のラブレターを使ってからかわれた時のことを思い出しちゃったよ。あたしみたいなのが恋愛《れんあい》しようだなんて、おかしな話なのさ……」

「ハッ、かえってよかったじゃねーか。そんなクズにゃ、お前はもったいなさすぎる」

ハルキヨが笑うと、魔女が真っ赤になった。

「えっ？　えっ？　そ、そうかなぁ？　そうだよねえ？　でへっ、えへへへぇ——」

三角帽子《ぼうし》を目深《まぶか》にかぶって顔を隠《かく》す魔女が、真横に吹《ふ》っ飛《と》んだ。

通路の奥から、衝撃波が襲《おそ》いかかったのだ。

台車ごと通路を転がる魔女を見て、梅たちが大爆笑する。

「ぎゃははははっ！　今の……今の見たっ？　すごいキレイに吹っ飛んだよねっ！」

「うわははは！　遥香さんに追いかけられた〝かなかな〟が、一周して戻《もど》ってきたみたいですね！　ぶはっ！」

「い、痛いよ、痛いよ……！　笑わないでおくれよう！　マリアも敵が戻ってきたなら、ちゃんと教えておくれよ！」

「ソーリィ、ソーリィ。ザマーミロ」

舞《ま》い戻った敵と、再び戦いを始める梅たち。

「この人、もうボロボロじゃん。命からがら遥香から逃げ切りましたって感じ」

「新手が来るらしいですから、それまでにさっさと片付けちゃいますか」

そこへ元の姿に戻った榊遥香もやって来た。

「……燃料切れ……」

ハルキヨの片腕を掴み、その手に舌を這《は》わせる。ハルキヨの能力である炎《ほのお》が引き出され、少女に吸い出されるのを感じた。

「〝眠り姫〟の話か……ただの昔話だし、俺の女なんかじゃねーんだけどな」

彼の言葉に、梅たちが戦いながら振《ふ》り返った。

「でも、もうただの昔話じゃなくなっちゃったよね」

「話を聞けば、オレらも何か思いつくかもしれませんよ。その子の隠し場所についてね」

もう、ただの昔話ではない——。

確かに、そうなのかもしれない。ハルキヨにとっては過去にあった戦いの、ケジメをつけるためだけに〝眠り姫〟を探し続けていたにすぎないのに——。

「そうかよ。それなら勝手に聞け」

あるいは——〝かっこう〟が中途半端《ちゅうとはんぱ》なところで退場さえしなければ、昔話のままだったはずだ。

ハルキヨは口を開いた。

「俺には親も兄弟も恋人《こいびと》もいなくて……まあ、それは俺に近づくヤツら全員が、なんでか死んじまうせいなんだが」

出生以来、縛《しば》られ続けてきた己《おのれ》の運命を、一言で説明する。

まるでハルキヨ自身が、近しい人々を灼き尽《つ》くす炎であるかのように。

彼に近づこうとした人間が灼かれ、消えていく。

そんな光景を見続けてきたのが、ハルキヨの人生だった。

「呪《のろ》われてるだなんて思っちゃいねーけどな。とにかくそんなこともあって、大概《たいがい》のことじゃ死なねーような連中を探してた時期があった。虫憑《つ》きになったのも、そんな頃《ころ》だ」

「あ、ぼく、その時に立ち会ったんだよ。もちろん、死にかけたけど」

梅が新手の蘇生者《そせい》と戦いながら、楽しそうに手を上げた。

「やたら強《つ》えー虫憑きがいるって聞いたのは、その時だ。調べていくと、そいつはハンターとか〝槍使《やり》い〟って呼ばれてるらしいことが分かった」

敵の攻撃《こうげき》を台車に乗った魔女とともに回避《かいひ》しながら、顎ヒゲの青年が言った。

「槍使い……なるほど、それが〝眠り姫〟ってことですね」

「いや、そいつはとっくに死んでた」

ピタリ、と味方たちの動きが止まった。

危《あや》うく敵の攻撃を受けそうになり、慌《あわ》ててまた回避行動をとる一同。

「ち、ちょっと、ちょっと！　なんだい、それ。〝眠り姫〟はもう死んでるってこと？」

「いや」

ハルキヨは目を細めた。彼の炎を食べ終え、眠《ねむ》そうにしている遥香の頭を撫《な》でる。

「ハンターは死んだが、その〝虫〟だけが残って、虫憑きでもない人間に取り憑いたんだ。大して強くもない上にバカな女にな」

「は？　宿主が死んだ後も残る〝虫〟なんて、聞いたことないんですけど。〝眠り姫〟って、そういうオカルト的な話だったんですか？」

顎ヒゲに続いて、魔女も疑わしい目つきでハルキヨを見た。

「虫憑きが死んだら〝虫〟も消えるに決まってる。トリックがあるなら、種明かしをしておくれよ」

「その手の疑問は当時、聞き飽《あ》きたし、俺自身も考え飽きたぜ」

彼らが怪《あや》しむのも当然だ。ハルキヨ自身、ずっと疑っていたのだ。

だが結果的に、種も仕掛《しか》けもなかった。

ただ生を望んだだけの、ある虫憑きと——彼女を虫憑きにした者。

そしてその思いに手をさしのべた少女が起こした、予想外のイレギュラー。

〝虫〟と虫憑きというシステムに生じた、小さな欠陥《bug》にすぎなかったのだ。

「だが、実際にそれは起きた。その上、その〝虫〟に取り憑かれた女はバカだから、虫憑きなんてヤツらに入れ込んだ。虫憑きを救おうだなんて考えるくらいにな」

「……虫憑きを救う……どうやって……？」

至極《しごく》もっともな質問をしたのは、遥香だった。

「〝始まりの三匹《びき》〟を倒す——」

そのハルキヨの言葉には、誰《だれ》も振り返らなかった。

だが彼らが、ますますハルキヨの話に耳を傾《かたむ》けているのが分かった。

「色々あって、まあ、俺も取引みてーなことをして、それに手を貸すことになっちまった。俺だけじゃねー。〝かっこう〟とレイディー・バードもな。……〝ふゆほたる〟も欠落者になってなかったら、間違いなく誘《さそ》われてただろうな」

「い、一号指定が全員……？」

ゾッとした様子で呻《うめ》く魔女を尻目《しりめ》に、ハルキヨは続ける。

「俺たちは罠《わな》を仕掛けて、〝大喰《おおぐ》い〟に挑《いど》んだ。集まった虫憑きは百人以上いただろうな。

レイディーだけはドタキャンしたみてーだが。――とはいえ挑んだものの、ある問題があった。〝大喰い〟の能力だ」

〝大喰い〟の能力。それは――。

「〝大喰い〟は、てめーが虫憑きにしたヤツらの能力を全《すべ》て使えるんだよ」

「――」

顎ヒゲの青年と魔女、マリアの三人が顔を強《こわ》ばらせた。梅と遥香はその秘密を知っているため、無反応だ。

「当時、〝大喰い〟――エルビオレーネが虫憑きにしたヤツの中には、厄介《やっかい》なのがいた。いくら殺しても死なねー〝不死〟の虫憑きだ」

「は？　殺しても死なないって……そんなのアリですか？」

「〝不死〟の虫憑きがいる以上、〝大喰い〟も不死身だ。俺と〝かっこう〟――それに、てめー自身も虫憑きになった二代目の槍使いの女の三人がかりでも倒《たお》せなかった。おまけに〝不死〟本人まで〝大喰い〟側についてたしな」

「ち、ちょっと、待っておくれよ、すでに色々とついていけないんだけど……」

「俺たちは全滅《ぜんめつ》した。生き残りは俺と〝かっこう〟……それに〝霞王《かすおう》〟と何人かの雑魚《ざこ》どもだけだ」

それが流星群の夜にあった、過去の決戦。

〝始まりの三匹〟を倒すという悲願に手を伸《の》ばしかけたものの、決して叶《かな》うことのなかった敗戦である。

あの夜、虫憑きは多くのものを失ったといえる。

「生き残りがそれだけってことは……〝眠り姫〟は？」

顎《あご》ヒゲの問いかけに、ハルキヨは答える。

「その呼び名の通りだぜ。あいつは〝虫〟を眠らせる力を持ってた。だからその力を使って、〝不死〟の〝虫〟もろとも眠りについたんだよ」

自然とハルキヨの顔つきが厳しくなった。

彼女が今もなお眠っている理由——それは彼には到底《とうてい》、納得《なっとく》のいくものではない。

「次の戦いこそ、虫憑きが〝始まりの三匹〟に勝てるようにってな」

過去にあった戦いは、間違いなく惨敗《ざんぱい》だった。

だが失われたもの以上に、一握《ひとにぎ》りの希望を残そうとした戦いでもあった。

今の〝大喰い〟は不死身ではない。いくら手強くとも、倒せる可能性がゼロではなくなったのだ。

だからこそハルキヨはともかく、〝かっこう〟は——。

「俺も死にかけて、完全に怪我《けが》を治すまで時間がかかっちまった。その間に魅車が〝眠り姫〟を回収してどっかに隠しちまったたってわけだ」

「な、なんか信じられない話を聞いちゃったよ……で、でも、もしそれが本当なら」

魔女が戦うことも忘れ、呆然《ぼうぜん》としていた。そのせいで戦いの相手が増えたマリアが「フアッキュー！」と罵声《ばせい》を上げる。

「そ、そんなトンデモない虫憑きが今も生きてて――この近くにいるってことかい？」

「虫憑きを救おうとした虫憑き、ですか……これ以上ないエサじゃないですか」

顎ヒゲの青年もそうだ。先ほどまで冷めていたはずの顔が、いきいきとしていた。

ハルキヨは舌打ちする。

「だから話したくなかったんだよ。あのバカ女のバカはバカ同士で伝染するからな」

「なっ、違う、違うよ！　浮気《うわき》なんかじゃないからね！　あたしはハルキヨ一筋……ってナニ言わせるんだよう！」

「シネ、チビ」

「ところで気になったんですが、なぜ〝不死〟の虫憑きとやらは〝大喰い〟に味方したんですか？　虫憑きなら〝大喰い〟は憎《にく》いんじゃ？」

「そいつは魅車と同じ側だからな。虫憑きを永遠にいじくり倒して遊びたかったんじゃねーか」

話しながら、ハルキヨは何かがひっかかっていた。

昔話で感傷に耽《ふけ》る趣味《しゅみ》はない。だが、あらためてあの戦いを思い出してみて、いい知れない不安と焦《あせ》りがこみ上げる。

「同じ側っつーか、そいつが特別環境《かんきょう》保全《ほぜん》事務局の本部長だしな」

「……ひぃぃぃい」

「……一番、聞いちゃいけないこと聞いちゃった気がします」

気まずそうな顔で、蘇生者たちと戦う魔女とサンタクロース。

一方、梅は不満顔だ。

「あーあ、ぼくも流星群の夜の戦い、参加したかったなあ。なんで誘ってくれなかったのさ、ハルキヨのバカ」

「何度も言ってんだろ。あの頃のてめーじゃ、あっさり死ぬに決まって——」

言いかけ、ハルキヨは表情を凍《こお》りつかせた。

天啓《てんけい》のごとく——。

いや、すでにあったはずのヒントが、唐突《とうとつ》にハルキヨの中で一つとなった。

「——」

「もう、一生、恨《うら》んじゃうもんね。——って、ハルキヨ？　どうかしたの？」

怪訝《けげん》そうな梅に続き、他の面々もハルキヨを振り返った。

少年の問いかけは、ハルキヨの耳に入っていなかった。

そう——。

ヒントはすでに揃《そろ》っていたのだ。

「お、俺は……バカだぜ……」

両手で頭を抱《かか》える。

魅車八重子。

〝不死〟の虫憑き。

流星群の夜の戦い。

〝C〟と、彼女を使った実験。

死者を操《あやつ》る〝浸父〟。

いくら探しても見つからない、番人たり得る虫憑き。

そして――蘇生者。

「俺は、とんでもねーバカだ……！」

ヒントどころか、答えがそこにあったのだ。

それもずっと前からだ。

ただハルキヨが気づかなかっただけだ。

気づいて――やれなかった。

「ど、どうしたのさ、ハルキヨ！　頭が痛いのかい？　あたしの薬使うかい？」

「ホワッツ？」

「……ハルキヨ……？」

心配そうな顔でこちらを見る、ハルキヨの連れたち。

それがいっそう、彼の怒《いか》りを膨《ふく》らませた。

その半分は、自分自身に対する怒りである。

もう二度と、自分以外の誰もバカと呼ぶことはできない。

「俺は世界一の大バカ野郎《やろう》だ……！　答えはとっくにあったのに……！」

腕組《うでぐ》みを解き、顔を上げる。

怒りのあまり髪《かみ》が逆立ち、抑《おさ》えきれずに口の端《はし》から炎《ほのお》が噴《ふ》き出した。

ハルキヨを焦《こ》がす怒りの、残り半分。それは――。

「魅車八重子ォォォォォォォオオオオオオオオオオオッ！」

彼が発した炎が、敵もろとも味方である梅たちも弾《はじ》き飛ばした。

「うわああっ！」

「ひぃぃっ！」

ハルキヨが力を込《こ》めると、右腕が紅蓮《ぐれん》の炎に包まれた。

憤怒《ふんぬ》の炎を燃やす双眸《そうぼう》で、周囲を探《さぐ》るように見回す。

その気配は、すぐに感じ取ることができた。

「あの、クソがぁぁぁあああああっっっ！」

ハルキヨは業火《ごうか》を纏《まと》った右腕を、勢いよく突《つ》き出した。

見つけ出した気配——かすかな空間の歪《ゆが》みは、ハルキヨだからこそ分かったのだ。

今や世界でただ一人、彼だけがそれを知っているのだから。

その仕組みや解き方を知っているのも、ハルキヨだけである。

なぜならそれは、互《たが》いにかつて頼《たの》み事をする間柄《あいだがら》の懐《なつ》かしい気配で——。

「——ッ！」

梅たちが、目を見張った。

ハルキヨが突き出した右腕が、何もないはずの空間を引き裂《さ》いたのだ。

生じた裂け目に、さらに彼は左腕を突っ込んだ。力任せに左右に拡《ひろ》げていく。

「なっ……！」

魔女たちが戸惑《とまど》いの声を上げた。

ハルキヨが力任せに裂け目をこじ開けると、たちまち光景が一変したのだ。

つい今し方まで、そこは破壊《はかい》し尽《つ》くされた通路だった。

だが一瞬《いっしゅん》で、まったく異なる世界に引きずり込まれていた。

膨大《ぼうだい》な面積に並んでいるのは、ボロボロに朽《く》ち果てた棚《たな》——本棚だった。そこに並ぶ本も一冊残らず朽ち果て、虫食いと風化によって崩《くず》れる寸前である。

広大な本棚の海。

それだけではない。本棚に絡《から》みついているのは、無数の熱帯樹だった。

「――」

ハルキヨと同行者たちの視界で、本棚が勝手に動き出した。前後左右に、まるでパズルゲームをしているように滑《なめ》らかな動作で移動していき――。

目の前に、広い空間が生まれた。

「そ――そんな――」

梅が絶句した。

生まれた空間に現れたのは、木製の椅子《いす》が二脚《きゃく》と、そこに座る二人の人物――。

青白い顔をした、二人の男女だった。

「あんまりだ――こんなのって――」

呆然と呟《つぶや》く梅の瞳《ひとみ》から、大粒《おおつぶ》の涙《なみだ》が溢《あふ》れ出した。

「こんなところで、ずっと……？　〝眠り姫〟を隠《かく》すためだけに――」

椅子に座る女性は、上品なスーツを着ていた。だが髪はほつれ、衣服は古びていた。かつて眼鏡《めがね》をかけていた顔には、機械仕掛《じか》けのゴーグルのようなものを装着している。

もう一人の男性も、ゴーグルをかけているのは同じだ。青白い顔で力なく俯《うつむ》いている。

「誰《だれ》、なんですか……？」

顎ヒゲの男が、困惑《こんわく》した様子で梅を見た。

梅が嗚咽《おえつ》混じりに言った。

「〝司書〟さんと、〝管理人〟さん……ぼくらの仲間だったんだ……〝司書〟さんはハルキヨといっしょに流星群の夜の戦いに参加した――」

「――仲間じゃねーっつってんだろうが」

ハルキヨが噛《か》みしめた奥歯から、火花が散った。

いくら探しても番人が見つからないのは、当たり前だった。

魅車が番人の正体を明かさなかったのも、当然である。もし事前にそのことを知っていたら、ハルキヨは真っ先に魅車を殺しに舞《ま》い戻《もど》っただろう。

なぜならその番人は、かつてのハルキヨの――。

「俺の友達《ダチ》に何してくれてんだぁぁぁあああぁあああぁあッッッ！」

怒れる魔人《まじん》の咆哮《ほうこう》が、朽ちた本棚に囲まれた異空間に響《ひび》き渡《わた》った。

3.04　OPS2　Part.5

ハルキヨは自ら火球と化し、ゴーグルを装着した二人に猛然《もうぜん》と迫《せま》る。

木製の椅子に座った女性、〝司書〟のゴーグルが電光を放った。手の中に一冊の本が生まれ、もう一方の手に持つ羽つきのペンで何かを高速で書き込む。

ハルキヨの頭上、天井《てんじょう》の見えない暗闇《くらやみ》から、巨大《きょだい》な物体が舞い降りた。

体長十メートル以上はあろうかという巨人だ。禿《は》げ上がった頭に二本の角を生やし、手には巨大な斧《おの》を握《にぎ》っている。

「なあっ……？　なんだいこりゃあっ！　怪物《かいぶつ》っ？」

魔女の驚《おどろ》く声に、地響きが重なった。

もう一人のゴーグル装着者、〝管理人〟が両腕を持ち上げた。頭を力なく垂らしたまま、何かに操られるようにめまぐるしく腕を動かす。

床《ゆか》から大樹が飛び出した。太い枝が生き物のように伸《の》び、ハルキヨや梅たちを拘束《こうそく》しようと襲《おそ》いかかる。

「てめぇらも、簡単に使われてんじゃねぇぞッ！」

ハルキヨの拳《こぶし》が、巨人が振《ふ》り下ろした斧を蒸発させた。さらに巨人の下半身を爆発《ばくはつ》させ、熱帯樹が生《お》い茂《しげ》る地面に真っ赤なクレーターを作る。

「うおおっ！」

顎《あご》ヒゲたちが衝撃《しょうげき》の余波に晒《さら》され、後方に吹《ふ》っ飛んだ。それぞれ受け身をとって立ち上がるが、ロップイヤーの人物だけがゴロゴロと床を転がって本棚に激突《げきとつ》する。

ハルキヨの攻撃《こうげき》は、ギリギリのところで二人のゴーグル装着者に命中しなかった。攻撃が直撃する寸前、滑《すべ》るように椅子ごと遠方に回避《かいひ》したのだ。

「確かに司書さんも管理人さんも、隔離《かくり》空間を作ることに関しては天才的だったよ。あの二人が隠してたなら、簡単に見つけられるはずないさ……！　でも！」

梅が普段《ふだん》は見せない、悲痛な表情で叫《さけ》んだ。

「あの当時、〝C〟はまだ実験に関わってなかったはずなのに……！」

その通りだ。

だからこそ、ハルキヨも気づくことができなかった。

蘇生者《そせい》の実験は最近始まったものとばかり、思い込まされていたのだ。

「〝浸父〟の欠片《かけら》は元からあった――実験そのものは、もっとずっと前からやってやがったってことかよっ！」

怒声《どせい》を上げるハルキヨに、もう一体の巨人が躍《おど》りかかった。ハルキヨが無造作に振り払《はら》った腕が、巨人の斧から腕、腕から全身にかけて深紅《しんく》の炎に巻き込み、完全に溶《と》かす。

「そんな――」

言葉を失う梅だが、司書たちが装着したゴーグルを見てハッとする。

「あのゴーグル！　普通《ふつう》の特環《とっかん》のゴーグルじゃない……頭に直接――」

〝C〟を使った実験は、まだ可愛《かわい》いものだった。それ以前の実験で虫憑《つ》きがどれほど非人道的な扱《あつか》いを受けていたか、一目瞭然《いちもくりょうぜん》である。科学的な技術と〝浸父〟の欠片を用いた実験は、その〝浸父〟の力を取り込むと同時に〝C〟に引き継《つ》がれたのだろう。

顎ヒゲの青年が叫んだ。

「ハルキヨ！　こんな時にアレですけど、特環が作戦2の経過を尋《たず》ねてます……！　もうすぐ48時間が――」

「うるせぇ」

ハルキヨは動くのを止《や》め、燃える双眸を見開いた。

司書がするすると椅子ごと移動しながら、恐《おそ》ろしい速度で手元の本に文字を書き込み続ける。一体、また一体と巨人や怪鳥など、現実ではあり得ない生き物が生まれていく。

この大図書館は、司書が生み出した隔離空間である。ここでは彼女が本に書き込んだ描写《びょうしゃ》が形となり、あらゆる空想が実体化するのだ。

「どいつもこいつも、灼《や》き尽くしてやる」

ハルキヨの全身が、高温で真っ赤に染まった。周囲の空気が熱気で揺《ゆ》らめき、本棚が炎すら上げずに一瞬で炭化していく。

「何もかも思い通りになると思ってんじゃねぇぞ、あのクソババア……！」

事前に番人の正体を知らされていたら、すぐに魅車八重子を殺しに行っただろう。

だが、この状況《じょうきょう》で知ってしまったら――かつての友人を打破するしか選択肢《せんたくし》がない。

魅車の思い通りに、である。

いちいち悪巧《わるだく》みが理に適《かな》いすぎていて、吐《は》き気《け》がした。

「やばっ、ハルキヨがブチギレた！　隔離空間内じゃ、ぼくら逃《に》げ場がないじゃんか！」

「ひぃぃっ！　い、急いで魔方陣《まほうじん》描《か》くよ！　援護《えんご》しておくれ！」

「ハリィ！　ハリィ！」

「この状況じゃ、オレは何もできないんですけど……」

「……できるだけ相殺《そうさい》する……」

梅が慌《あわ》てた。魔女が走り回って杖《つえ》で床に線を描《えが》いた。マリアが全身を輝《かがや》かせ、周囲から襲い来る枝を光線で焼いた。サンタクロースが立ち尽くし、遥香が再びハルキヨに変身して周囲に炎の壁《かべ》を生んだ。ロップイヤーがオロオロした。

「――」

ハルキヨは無言で二人のゴーグル装着者に近づいた。

司書と管理人は、今度は逃げなかった。すでに周囲一体の床が火の海となり、逃げ場所がないからだ。空想の怪物たちも、ハルキヨに接近するだけで蒸発していく。

「……来るのが、遅《おく》れちまったな」

青白い顔をした、かつての友人たちに語りかける。

「あの女には、必ず落とし前をつけさせるぜ――」

魅車八重子には、死や拷問《ごうもん》すら生ぬるい。

今はとるべき手段を思いつかないが、いつか必ず復讐《ふくしゅう》することを友人に誓《ちか》う。

自分たちの好奇心《こうきしん》の結果、死ぬのは本望《ほんもう》だ。だが意思のなくなった後、玩具《おもちゃ》のように実験台にされるのは——筋が違《ちが》う。

「司書……約束通り、てめーのコレクションはちゃんと守ってるぜ。だからこれが二度目の約束だ」

赤い髪《かみ》を逆立たせたハルキヨは、静かに囁《ささや》きかけた。

物言わぬ友人たちの顔が、炎《ほのお》に呑《の》み込まれていく。

「で、できた！　ほら、みんな、早く中に入っておくれ！」

「せ、狭《せま》くない、これ？　わぷっ、マリアさん、胸大きすぎ！」

「場所代われやコラ！」

「ファッキュー」

梅たちが騒《さわ》ぐ声が、すうっと溶けるように霞《かす》んで消えた。

大図書館を包んだのは、深紅《しんく》を超《こ》えて真っ白に染まるほどの高温。

音のない、純粋《じゅんすい》なる炎が視界に映るもの全てを呑み込んでいく。

そうして何もかも灼き尽くし、さざ波のように熱気が引いた時——。

「……」

大図書館は、大図書館ではなくなっていた。

無言で佇《たたず》むハルキヨと、その前に座る二人のゴーグル装着者。

そして呆然《ほうぜん》と立ち尽くす梅たち。

それ以外には——何もない。真っ平らな焦土《しょうど》があるだけだ。

「——」

ガクリ、と司書と管理人の身体《からだ》が傾《かたむ》いた。

同時に二人の座る椅子が滑り、周囲の光景がガラスが割れたように粉々に砕《くだ》け散る。

「隔離空間ごと司書さんたちの〝虫〟を灼き尽くした……」

「な、なんちゅう力業《わざ》ですか……」

「ひぃぃ、助かったあ——って、炎がここだけ避《さ》けてる！　魔方陣描いた意味ない！」

現実の世界に戻ったハルキヨたちは、広い空間にいた。

サッカーのグラウンドくらいはありそうな、半球状の場所だ。緩《ゆる》やかなカーブを描く天井は、広大なプラネタリウムのようにも見えた。

空間の端に、鋼鉄製の椅子に座ってうなだれる司書と管理人の姿があった。

「〝牢獄《ジエイル》〟内に、こんな広い場所が……？」

周りを見回す梅。

その隣《となり》で、マリアが声を上げた。

「ハルキヨ！」

彼が一瞥《いちべつ》すると、金髪《きんぱつ》の少女が真っ青な顔で震《ふる》えていた。

マリアが首を左右に振り、人差し指を持ち上げた。

その指の先。

二人のゴーグル装着者に挟《はさ》まれる形で、一段高い場所に安置されているのは――。

「久しぶりだな」

ハルキヨはマリアの警告を無視し、それに向き直った。

幅広《はばびろ》の楕円《だえん》形をしたそれは、巨大な卵のようにも見えた。ご丁寧《ていねい》に金属製のベッドのような台座の上に安置されている。

白銀の繭《まゆ》。

淡《あわ》い輝きと、銀色に煌《きら》めく鱗粉《りんぷん》を立ち上らせるそれは――数年前に見た時と、まったく変わっていなかった。

「――アリス」

ハルキヨは繭の前で、〝眠り姫〟の名を呼んだ。

彼女が眠りについた時、繭の前には二人の少年がいた。

他《ほか》ならぬハルキヨ自身と――〝かっこう〟である。

年月を経て彼女を呼び覚まそうとする今、しかしハルキヨの隣にあの悪魔はいない。

「ノー！」

マリアが叫んだ。感知能力者である彼女は、藺から何かを感じとったのだろう。かつて見たことがないほど怯《おび》えた表情で、小刻みに肩《かた》を震わせている。

「ずっと探し続けてたんだぜ。お前をな」

ハルキヨはマリアを無視し、藺に笑いかける。

「あの流星群の夜以来、ずっとな。俺はあの時から、ずっとお前のことを――」

ようやく見つけ出した探し物を前にすると、柄《がら》にもなく感傷が湧《わ》いた。

長かった気もするし、あっという間だった気もする。

虫憑きの希望のためにアリスが眠《ねむ》りについて以来、様々なことがあった。

レイディー・バードが死に、〝かっこう〟も欠落者になった。

ハルキヨはそれらを遠くから客観的に眺《なが》めつつ、こうして生き残っている――。

「――ぶっ殺したかったんだぜ」

沸《わ》き上がる憤怒《ふんぬ》に、ハルキヨは双眸《そうぼう》を吊《つ》り上げた。

再び全身から炎を噴《ふ》き出す彼を見て、梅たちが愕然《がくぜん》とした。

「えっ……？」

思い出すだけで、あの夜に抱《いだ》いた怒《いか》りが蘇《よみがえ》った。

ハルキヨが〝大喰い〟との戦いに協力したのは、虫憑きたちのためではない。

己《おのれ》の目的のため。アリスとの取引のためだった。

それなのに――。

「俺の夢を叶《かな》えるって言っておきながら、勝手に眠りやがって――」

あれは完全なる契約違反《けいやくいはん》だった。

筋の通らない、裏切りである。

ハルキヨは過去の戦いのケジメをつけるために、〝眠り姫〟を探し続けた。

それはつまり、アリスにケジメをつけさせるためでもあった。

「今さら優《やさ》しく揺り起こしてもらえるなんて、思ってねーだろうな」

長年、くすぶり続けてきた怒りが、ハルキヨの腕《うで》を炎で包んだ。

「ま、待った！　さっきの話じゃ、その子を起こしたら、〝不死〟まで――」

魔女の制止も、ハルキヨにとっては関係なかった。

実を言うと――繭を探し当てるのは、〝かっこう〟との競争でもあったのだ。

ハルキヨがアリスを起こすのが先か。

それとも〝かっこう〟が〝始まりの三匹《びき》〟を倒《たお》すのが先か。

それがかつて一時、ともに戦った二人の間の暗黙《あんもく》のルールだった。〝かっこう〟がそれを意識していなかったとは言わせない。

ハルキヨが〝不死〟もろともアリスを起こす前に、〝かっこう〟は〝始まりの三匹〟を倒しておかなければならなかったのだ。

「てめーと、てめーの夢の続きを守ってきた〝かっこう〟は、もういない」

だが〝かっこう〟は、夢半ばで倒れた。

だからハルキヨは当然の権利として、燃える腕を振《ふ》るうことに躊躇《ためら》いはなかった。

「賭《か》けはてめーの負けだぜ、アリス！」

紅蓮《ぐれん》の火炎《かえん》が、銀色に輝く繭を包み込んだ。

手応《てごた》えはあった。

炎に耐《た》えるかのように動かずにいた繭が、唐突《とうとつ》にブルブルと震え出す。

「——ッツ！」

ハルキヨや梅たち、その場にいる全員が顔を歪《ゆが》めた。

繭から響《ひび》き渡《わた》った大音響《だいおんきょう》が、ドーム全体に響き渡ったのだ。

何かが軋《きし》むような高い音——それは繭そのものの苦しげな鳴き声のようにも聞こえた。

「ハッハー！　もう一発、いっとくか！」

ハルキヨは再び腕を振りかぶるが、追撃《ついげき》の必要はなかった。

繭の形が苦しげに歪み、ひしゃげ、再びブルブルと震えたかと思うと、破裂《はれつ》音とともに炎を吹《ふ》き飛ばした。

一同が見守る中、輝く亀裂《きれつ》が繭に走った。

亀裂が割れ目となり、そこから一枚、また一枚と銀色の破片が剝《は》がれ落ちていく——。

「――」

　空いた小さな穴から現れたのは、白い手だった。

　手が穴を拡《ひろ》げ、細い腕が現れる。何年も陽《ひ》に当たることのなかった、透《す》き通るように白い肌《はだ》が露《あら》わになった。

　次に現れたのは、頭だった。

　俯《うつむ》いた顔は見えないが、髪は長く、色素が薄《うす》かった。開いた繭の穴から、ズルリと上半身が這《は》い出す。一糸まとわぬ身体を髪が隠《かく》していた。

　銀色の繭から這い出した少女が――顔を上げた。

「……思ったより、育ってんじゃねーか」

　無意識に、ハルキヨは笑《え》みを浮《う》かべていた。

　少女はかつて見た時よりも、歳《とし》相応に成長していた。すらりとした背筋が伸《の》び、顔つきも幾分《いくぶん》大人びている。

　ただ彼女の一番の特徴《とくちょう》だった、黒真珠《しんじゅ》のように澄《す》んだ瞳《ひとみ》。

　それだけは眠たげで、眠りについた当時よりも色を失っているように見える。

「うわあ、美少女になったなあ」

「や、優しそうじゃないかい、ねえ？」

　梅と魔女の会話を尻目《しりめ》に、ハルキヨはアリスに呼びかける。

「まだ寝《ね》ぼけてるみてーだな。おはようのキスでもしてやろうか？」

少女が首を傾《かし》げた。繭の中から這い出し、ふらつきながら立ち上がる。

その左手には、銀色の棒が握《にぎ》られていた。彼女の武器であるロッドである。

「魅車って女のこと、覚えてるか？　あの女はてめーを〝かっこう〟の代わりにするつもりらしーぜ」

笑みを浮かべて語りかける、ハルキヨ。

裸体《らたい》を髪で隠す少女の手の中で、銀色のロッドが数倍の長さに伸びた。

その白い肩に、銀色に輝《かがや》く蝶々《ちようちよう》――モルフォチョウが舞《ま》い降りる。

「なんせ、〝かっこう〟が欠落者になっちまったもんだからな。てめーを都合の良い手駒《てごま》に使おうってんだろ」

モルフォチョウの軀《からだ》が、爆発《ばくはつ》するように分裂した。無数の触手《しよくしゆ》と化し、少女の身体と同化していく。さらに槍《やり》とも同化し、穂先《ほさき》に翅《はね》が重なって鋭《するど》い槍と化す。

梅が恐《おそ》る恐る言った。

「ハルキヨ……？　なんだかアリスさんの様子がおかしいんだけど？」

「まだ目が覚めてねーだけだろ。そうじゃなきゃ――」

ハルキヨは振り返り、言う。

「眠りについた時みてーに、成虫化しかけてるかだ」

梅たちの顔色が変わった。

「──逃《に》げろ。マジで死ぬぞ」

忠告するハルキヨの視界の端《はし》で、アリスが身を沈《しず》めた。全身に銀色の模様を輝かせた状態で、身長よりも長い槍を水平に振りかぶる。

「これだけ時間が経《た》てば、〝虫〟を制御《せいぎょ》できる程度には成長してると思ったんだがな！」

振り向き様にハルキヨが炎《ほのお》を生み出すのと、アリスが槍を振るったのは同時だった。

プラネタリウムのような空間の半分を埋《う》め尽《つ》くすほどの鱗粉。

その衝撃《しょうげき》は、ハルキヨが生み出した炎をいとも容易《たやす》く呑《の》み込んだ。

「──ッッッ！」

実に数年ぶりに感じる、圧倒《あっとう》的な破壊《はかい》力だった。

ハルキヨが生み出した熱波の障壁《しょうへき》も、あっさりと突《つ》き破られた。彼の長身が床《ゆか》に叩《たた》きつけられ、なお床の破片もろともに後方に弾《はじ》け飛んで壁《かべ》に激突《げきとつ》する。

忘れかけていた記憶《きおく》が、否応《いやおう》なく蘇った。

モルフォチョウの銀槍《ぎんそう》。

それが直撃した時の破壊力は、ハルキヨよりも強い──。

「……ハッハー！　目が覚めたのは、こっちのほうみてーだな！」

瓦礫《がれき》を払《はら》いのけ、ハルキヨは勢いよく飛び起きた。頭から流れる血も気にならない。

「良い感じに俺好みに育ってくれたじゃねーか、なあ、アリス！」

燃え盛《さか》る双眸でアリスを睨《にら》む。炎の魔人《まじん》と呼ばれるようになった頃《ころ》の、滾《たぎ》る闘争心《とうそう》がハルキヨを高揚《こうよう》させるが——。

「……ハルキヨ！　魔女が！」

梅の声が、彼に理性を取り戻《もど》させた。

先ほどの一撃は、梅たちにも及《およ》んでいた。ほとんどの者が——ロップイヤーの人物さえも無傷だったが、たった一人、魔女だけが肩から胸にかけて裂傷を負っていた。大量の鮮《せん》血《けつ》が衣服を濡《ぬ》らし、ガクガクと身体《からだ》を揺《ゆ》らしている。ショック状態だ。

「魔女さんだけ、ぼくの必殺技《わざ》が間に合わなかった……！　だって一度にこんな人数は無理だよ！」

つまり梅の力がなければ、先ほどの一撃で全員が死んでいたということだ。

「まだ魔女の薬が残ってるだろ。ありったけ塗《ぬ》って、避難《ひなん》しとけ」

言い放ち、ハルキヨは銀色の少女と向き合った。

少女に表情はないが、その片眼《かため》が銀色に染まりつつあった。成虫化の兆候である。両目が染まり、さらに髪《かみ》が完全に銀色に輝くようになったら、それでおしまいである。

「計算違《ちが》いだったな、魅車。こいつは誰《だれ》の思い通りになったこともねーんだ。おとなしくてめーの手駒に使えるようなヤツじゃねーんだよ」

言いながら、冷《ひ》や汗《あせ》がハルキヨの頬《ほお》を伝った。

眼前の少女から感じる圧倒的な強さに焦燥《しょうそう》を覚える一方――安堵《あんど》も覚えていた。

これで、やっと夢が叶うかもしれない――。

焦《あせ》りと安堵という相反する感情が、ハルキヨの中でせめぎ合う。

「アリスは《コイツ》――使いもんにならねー」

〝眠り姫〟アリス。

最後の一号指定にして、銀色の槍を操《あやつ》る虫憑《つ》きの少女が――。

全力の炎で全身を包む炎の魔人に向かって、勢いよく床を蹴《け》った。

3.05　OPS2　Part. 6

その光景を見た梅は、どうすれば現実を否定できるのか考えていた。

自分の知るかぎり、あり得ないことが起きている。

「ウ――」

炎の魔人、ハルキヨ。

その名を聞いて畏怖《いふ》しない虫憑きは、この世にいないだろう。どんな戦いにも関与《かんよ》しないが、まるで災害のように気まぐれに破壊をもたらす一号指定の虫憑きである。

同じ一号指定である〝かっこう〟、〝ふゆほたる〟、レイディー・バードらと並び、その存在はもはや伝説ですらあった。

ハルキヨのそばに最も長く付き添《そ》っているという自負が、梅にはあった。

その梅をして、ハルキヨの戦いは常に圧倒的だったのだ。

誰もハルキヨには敵《かな》わない。

炎の魔人は、特別な存在なのである。

そんな男が――。

「ウソだ……」

血塗《ちまみ》れで、一人の少女によって吊《つる》されている。

銀色に輝く細い手で首を摑《つか》まれ、片手で宙に持ち上げられているのだ。

両者の戦いは、およそ人間同士とは思えない――虫憑き同士とすら思えない、壮絶《そうぜつ》なものだった。彼らがいたプラネタリウムも、すでに原形を保っていない。

「ハルキヨぉっ！」

梅の呼びかけに、炎の魔人はピクリとも動かなかった。手足をだらりと下げ、呼吸をしているのかも分からない。

やられた演技などではないことは、付き合いが長いから分かる。

「――」

銀色の少女の瞳が、ギロリと梅たちを見た。

一号指定の一人を無造作に投げ捨て、こちらに向かってゆっくりと近づいてくる。

さらに――。

「アァ――」

となりにいたマリアが、絶望の声を上げた。

彼女の視線の先にあるのは、すでに割れた後の銀色の繭《まゆ》だった。

その内部から、じわり、と黒い物体がにじみ出したのだ。

それは――小さな黒い〝虫〟の群れだった。

「まさか――〝不死〟の――」

目尻に涙《なみだ》を浮かべ、梅はその場にへたりこんだ。

梅だけではない。遥香はハルキヨがやられた時点ですでに戦意を喪失《そうしつ》し、うずくまっていた。魔女は重傷を負って気絶しているし、マリアは足が竦《すく》んで動けずにいる。

顎《あご》ヒゲの男、サンタクロースに至っては、ただ呆然《ぼうぜん》として――。

「――作戦2……失敗……」

誰にともなく、そう呟《つぶや》いただけだった。

エピローグ　OPS3　prologue

杏本詩歌《あんもとしいか》。

ごく平凡《へいぼん》な家庭に生まれ、ごく平凡な小学生だったはずの自分。

だが、ある日、小さな夢を抱《いだ》いたことで、虫憑きになってしまった。

たまに、今とは違う世界——虫憑きではない詩歌が歩んだであろう日々を想像する。

詩歌は同級生とともに小学校を卒業し、ごく普通《ふつう》の中学生になったことだろう。中学校も卒業し、成績も運動も芳《かんば》しくないながらも、地元の公立高校に入学したはずだ。

そして今頃はささやかな数の友人を作り、もしかしたら恋《こい》だってしていたかもしれない。あいかわらず成績も運動も人並み以下で、テストのたびに必死にならざるを得ない。部活動は美術部あたりが——いや、虫憑きでなければ、あの美しい親友と出会うこともなかったはずだから、美術に興味を持つこともなく、吹奏楽部《すいそうがく》あたりに入部していたはずだ。

「——以上が、特環《とっかん》から聞かされたことの全《すべ》てです」

決して人より目立つことのない学生生活。

詩歌にとって、それこそ本来あるべき姿だったはずなのに——。

虫憑きになったことで、詩歌は全く異なる世界を生きることとなった。

「特環の中央本部が〝浸父《シンプ》〟を隠《かく》していたこと。〝C〟という虫憑きがこの国を危機に陥《おとしい》れようとしていること。〝眠《ねむ》り姫《ひめ》〟をハルキヨという人が起こしに向かっていること。そして——」

何も分からないうちに特別環境《かんきよう》保全《ほぜん》事務局の戦闘員たちを欠落者にし、自らも欠落者にされた。

その後、数年間を〝GARDEN〟という隔離施設《かくりしせつ》でロボットのように生きた。

〝大喰《おおぐ》い〟によって、なぜか元の虫憑きに戻り——それからは戦いに次ぐ戦いの日々だった。追われ、戦い、傷つき、傷つけ、たくさんの絶望を目《ま》の当たりにしてきた。詩歌のような人間には耐《た》えられないような、苦しいことばかりだ。

「〝大喰い〟は分離《ぶんり》型の虫憑きの能力を全て使えるということ」

だが、そんな厳しい現実の中。

平和に満ちた妄想《もうそう》の世界に負けない、素敵《すてき》な出来事もあった。

同じ夢を抱く〝かっこう〟という虫憑きとの約束。

立花利菜《たちばなりな》という親友と過ごした日々。

そして薬屋大助《くすりやだいすけ》という少年との——恋。

そんなかけがえのない出来事が、今の詩歌を支えていた。

戦い、失い、逃げ出したくなるような現実でも、立ち向かうことができる。

「これらの事実を知って、ショックを受ける人もいるでしょう。私も同じです。だって〝大喰い〟と戦えば――私の力のせいで、誰かが死んでしまうのかもしれないんだから」

詩歌は、託《たく》されている。

今や〝かっこう〟と二人で一つとなってしまった、自分の居場所が欲しいという夢。

利菜が望んだ、虫憑きたちの居場所を作るという夢。

二人は舞台《ぶたい》を去ってしまったけれど、彼らの夢を詩歌は守らなければならない。

「それでも私は、生きて〝大喰い〟と戦うつもりです」

まだ今も残された希望もある。

――来年のクリスマス、また会おう。

そう言ってくれた薬屋大助との約束がある。

詩歌にはとても身の丈《たけ》が合わない現実。たとえばたった今、最新鋭《さいしんえい》の映画館内の壇上《だんじょう》で、大勢の虫憑きを相手に語りかけるといった状況《じょうきょう》でも、両脚《りょうあし》で立っていられる。

大助と再び、会うために。

全てに決着をつけて、また普通の少年と少女として再会を果たすために。

詩歌は顔を上げ、前を向くことができる――。

「もう作戦1と作戦2も始まっています。私たちは作戦3として、〃大喰い〃を倒《たお》す方法を考えなければなりません」

講堂の出入り口が開き、数人のロングコートたちが姿を現した。

特別環境保全事務局の戦闘員だ。

講堂にいる虫憑きたち――〃むしばね〃のメンバーたちがざわつくが、詩歌は声のボリュームを上げる。

「特別環境保全事務局と協力して、です！」

この場に特環が現れることは聞いていなかった。だが詩歌は続ける。

「私たち虫憑きが勝つには、どの作戦も成功しなきゃいけません。どれか一つでも失敗すれば――私たちの負けです」

姿を現した特環の戦闘員らに、〃むしばね〃の幹部たちが近づいた。両者で顔を向き合わせ、何事か言い合っている。

「今は色々と困惑《こんわく》していると思いますが……どうか皆《みな》さんの知恵《ちえ》を貸してください。時間がないんです。私たちは一刻も早く、作戦3を成功させなければいけません」

そう締《し》めくくり、詩歌は壇上を降りた。

幹部の中でも年長者の〃なみえ〃が、詩歌と入れ代わりに壇上に上がった。ざわつく仲間たちに向かって平静を保つよう呼びかけつつ、今後の方針などの説明を始める。

詩歌は幹部たちの元に駆《か》けつけた。

「〝ふゆほたる〟」

仲間たちよりも先に詩歌に声をかけたのは、黒いロングコートを纏《まと》った人物だった。

その顔を詩歌は知っていた。

何しろその戦闘員は、かつて詩歌を殺しかけた相手なのだから。

「こうして顔を合わせるのは、久しぶりだな。といっても、そっちからしたら思い出したくもないかもしれないが――」

「い、いいえ、お久しぶりです」

詩歌はぺこりと頭を下げた。怒《いか》りや憎《にく》しみといった感情はない。だが本来は小心者の詩歌にとって、かつての刺客《しかく》との再会は緊張《きんちょう》せざるを得なかった。

ぎこちない詩歌を見て、相手が苦笑《くしょう》した。厳しい顔つきをしているが、笑うと意外と優《やさ》しい口元をしている。

「俺は〝兜《かぶと》〟。今回の作戦3を実行するにあたって、特環との連絡係《れんらくがかり》として〝むしばね〟に同行するよう命令された。高位の虫憑きほどではないが、多少は戦力の足しにもなると思う」

そう言って、後ろに控《ひか》えたロングコートたちを振《ふ》り向く〝兜〟。佇まいからして精鋭たちと分かるが、彼らは彼らで詩歌を前にして緊張しているように見えた。

「は、はい。よろしくお願いします」

「——決まりだ」

〝兜〟が今度は〝むしばね〟側の少年、アイジスパを見た。アイジスパが嘆息《たんそく》する。

「彼女が承諾《しょうだく》するなら、仕方ない」

詩歌は「えっ」と声を上げた。

「アイジスパさんは反対だったんですか？　特環が協力してくれるなら、助かると思うんですけど……」

「できるかぎり危険な要素を減らしたいと考えるのは当たり前だろう。何しろお前が俺たちの制止を振り切って、〝大喰い〟の能力のことまで明かしちまうものだから——」

アイジスパが講堂の〝むしばね〟たちを見る。

壇上では〝なみえ〟による説明が続いていたが、客席にいる虫憑《つ》きたちの中には詩歌をチラチラと一瞥《いちべつ》する者も多い。

「〝大喰い〟を倒すための最大の障害がお前自身だと、虫憑き全員に知れ渡《わた》ったことになる。いざ苦戦したら、お前を逆恨《さかうら》みして倒そうとするヤツが現れてもおかしくない」

「私は……みんなを信じてます」

詩歌は笑って、言う。

アイジスパはそれで黙《だま》り込んだが、不機嫌《ふきげん》さを隠そうとしない者もいた。

「私にしてみれば、一番心配なのはアンタ自身なのよ、詩歌」

赤瀬川七那《あかせがわななな》だ。大富豪《だいふごう》の少女がステッキをクルクルと回す。

「〝大喰い〟を倒そうとするのはいいわ。でも、もし目の前で自分の能力のせいで欠落者になっていく虫憑きたちを見ても、アンタは耐えられる？」

「……」

「流星群の夜の戦いでは、耐えきれずに大勢の虫憑きが自ら欠落者になっていったわ。それこそ次々とね。――アンタはそうならないって言い切れるの？」

七那が顔をしかめた。遠くから見ていたという当時の光景を思い出したのだろう。

「七那……もしかして私を心配して、今まで〝大喰い〟の能力を秘密にしてたの？」

詩歌が言うと、七那が耳を赤くした。

「バッ……バカじゃないの？　そんなワケないでしょ！」

「ありがとう、七那。私は大丈夫《だいじょうぶ》だよ」

詩歌は託されている。

だから、死ねない。

生きて、託された願いとともに――。

薬屋大助と再会しなければならない。

「私は生きて、夢を叶《かな》えるよ」

微笑《ほほえ》む詩歌を見て、七那も黙らざるを得なかった。

〝兜〟がゴーグルに手を当て、言った。

「たった今、作戦1の決死隊が地下要塞《ようさい》に潜入《せんにゅう》したそうだ。こちらも早く〝大喰い〟を倒すための行動に移るべきだと思う」

「はい」

詩歌は頷《うなず》き、壁際《かべぎわ》を見た。

そこに立っていたのは携帯《けいたい》電話を持った少女、ルシフェラ。

そしてルシフェラの隣《となり》に立つ、〝コノハ〟という少女だった。

「他に手段がないとはいえ……裏切り者の言うことを信じていいのかしら」

そう言ったのは、日本人形のような白い肌《はだ》と黒髪《くろかみ》が特徴《とくちょう》のハレンシスだった。

「う、裏切ったわけじゃ……」

ルシフェラが言い返そうとするも、ハレンシスは攻撃《こうげき》的な態度を崩《くず》さない。

「今までコソコソと外部の人間と連絡を取り合っていたクセに、よく言ったものね。目的は〝むしばね〟内部の情報を探《さぐ》ること？」

「そ、それは……その……」

「ようやく回復した〝ミミック〟たちが姿を消したのも、どうせあなたの手引きだったんでしょう？　そうやって強い虫憑きをこっそり引き抜《ぬ》いていくつもりだったの？」

「ち、違《ちが》っ……！　あたしたちは〝ミミック〟なんて──」

「私は、なんとなく知ってました」

詩歌は言う。〝むしばね〟の幹部たちが彼女を見た。

「ルシフェラさんが誰《だれ》かの指示を受けてるってこと……それでも深く追及《ついきゅう》しなかったのは、〝むしばね〟にとって悪いことが起きたことがないからです」

ルシフェラの眼《め》をじっと見つめ、尋《たず》ねる。

「今回も、そうなんですよね？」

「う……」

言葉に詰《つ》まるルシフェラの代わりに、〝コノハ〟が唇《くちびる》を噛《か》んだ。

「そうよ……だから、そんな──まるで〝かっこう〟みたいな目で見ないで……」

「そ、そんなつもりじゃ……」

ハッとして目をそらす詩歌。

「作戦2の状況は変わっていない。──とはいえ、あのハルキヨが作戦に失敗するとは思えない。ハルキヨよりも先に作戦を成功させるつもりなら、行動を急ぐべきだ」

〝兜〟に促《うなが》され、詩歌は頷いた。

振り向くと、アイジスパたち幹部と、客席にいる大勢の仲間たちの姿が見えた。

託された夢。

多くの虫憑きたちの命運。
本音を言えば、詩歌の小さな肩《かた》で背負うには重すぎる使命だった。
だが今は顔を上げ、前に進まなければならない。
本当は弱い自分を忘れ、戦いに挑《いど》まなければならない。
大丈夫、詩歌には支えがある。
「行きましょう――α《アルファ》のもとへ」
薬屋大助と再び会う、その日を思えば――。
詩歌はどんな決戦でさえ、勝利できるという確信があった。

あとがき

こんにちは、岩井《いわい》恭平《きょうへい》です。

ムシウタも12巻目に突入《とつにゅう》し、初の上下巻となりました。

物語も佳境《かきょう》に入り、最終決戦の第一章というところです。それなのに冒頭《ぼうとう》のエピソードからして意外な展開になってますが、今後の流れを楽しみにしていただければ幸いです。

ここで昔から思っていたことを少しだけ。

主人公と、それ以外の登場人物というものについてです。

自分は映画、ドラマ、マンガや小説などに触《ふ》れると、脇役《わきやく》に惚《ほ》れることがよくあります。もちろんどの主人公もカッコ良いけど、カッコ良いことは主人公の義務であるわけだから当然なわけで。ちょっとした出番で登場するキャラクターたちは、そんな義務はないんです。

でも、彼らなくして物語は成立しない。

今までどんな人生を歩んできて、どういう理由で主人公を助けることになったのか。あるいは敵対することになったのか。それを想像するのが楽しかった。カッコ良くなければならない、という義務を背負ってない彼らの人生はリアルです。たぶんそこに惹《ひ》かれるんじゃないかな、と自分では思ってます。

そーゆー脇役好きなところは、読者の皆様《みなさま》にはとっくにバレてるでしょうけども。

主人公以外の登場人物は、そこで初めて登場するんじゃありません。それぞれ別の人生を歩んできた人間たちが邂逅《かいこう》する瞬間《しゅんかん》なんだと思っております。

で、今作の話に戻《もど》ると、短編シリーズの『ムシウタｂｕｇ《バグ》』の登場人物が本格的に関《かか》わってきております。今までさんざん本編でも匂《にお》わせてきたものの、いよいよ参戦というわけです。

あくまで本編では新たな登場人物という形になるものの、新登場というより邂逅、再会でもあります。そこらへんも含《ふく》めて、登場人物の数が尋常《じんじょう》じゃないですね。いよいよもってとんでもないことをしでかしてる気がしていますが、今回のエピソードは上下巻になっても大事な展開となっておりますので、下巻もお楽しみにしていただければと思います。

今作を書くにあたって、またこれまで以上にたくさんの方々にお世話になっております。

辛抱強《しんぼうづよ》く手助けをしてくださる担当さんや、ますます素敵《すてき》なイラストを手がけてくださる、るろお先生。

そして、この本を手にとってくださる読者の皆様方。

最終決戦の舞台《ぶたい》が整うまでに長らく続いているのも、読んでくださる方あってこそ。最後まで見守ってもらえるよう、全力で物語の続きを紡《つむ》いでいければと思います。

今回はボリュームの関係で分冊になってしまいましたが、下巻も秋頃には刊行できるように致《いた》します。

また別シリーズ『サイハテの救世主』も刊行しておりますので、機会があればそちらも手にとっていただければ幸いです。

岩井　恭平

ムシウタ

12. 夢《ゆめ》醒《さ》める迷宮《めいきゅう》（上）

著	岩《いわ》井《い》恭平《きょうへい》
	角川スニーカー文庫　17467
	2012年7月1日　初版発行
発行者	井上伸一郎
発行所	株式会社角川書店 〒102-8078 東京都千代田区富士見2-13-3 電話・編集　03-3238-8694
発売元	株式会社角川グループパブリッシング 〒102-8177 東京都千代田区富士見2-13-3 電話・営業　03-3238-8521 http://www.kadokawa.co.jp
印刷所	旭印刷株式会社
製本所	株式会社ビルディング・ブックセンター

KADOKAWA SHOTEN, Printed in Japan　ISBN 978-4-04-100353-4　C0193

★ご意見、ご感想をお送りください★
〒102-8078 東京都千代田区富士見 2-13-3
角川書店　角川スニーカー文庫編集部気付
「岩井恭平」先生
「るろお」先生

角川文庫発刊に際して

角川源義

第二次世界大戦の敗北は、軍事力の敗北であった以上に、私たちの若い文化力の敗退であった。私たちの文化が戦争に対して如何に無力であり、単なるあだ花に過ぎなかったかを、私たちは身を以て体験し痛感した。西洋近代文化の摂取にとって、明治以後八十年の歳月は決して短かすぎたとは言えない。にもかかわらず、近代文化の伝統を確立し、自由な批判と柔軟な良識に富む文化層として自らを形成することに私たちは失敗して来た。そしてこれは、各層への文化の普及滲透を任務とする出版人の責任でもあった。

一九四五年以来、私たちは再び振出しに戻り、第一歩から踏み出すことを余儀なくされた。これは大きな不幸ではあるが、反面、これまでの混沌・未熟・歪曲の中にあった我が国の文化に秩序と確たる基礎を齎らすためには絶好の機会でもある。角川書店は、このような祖国の文化的危機にあたり、微力をも顧みず再建の礎石たるべき抱負と決意とをもって出発したが、ここに創立以来の念願を果すべく角川文庫を発刊する。これまで刊行されたあらゆる全集叢書文庫類の長所と短所とを検討し、古今東西の不朽の典籍を、良心的編集のもとに、廉価に、そして書架にふさわしい美本として、多くのひとびとに提供しようとする。しかし私たちは徒らに百科全書的な知識のジレッタントを作ることを目的とせず、あくまで祖国の文化に秩序と再建への道を示し、この文庫を角川書店の栄ある事業として、今後永久に継続発展せしめ、学芸と教養との殿堂として大成せんことを期したい。多くの読書子の愛情ある忠言と支持とによって、この希望と抱負とを完遂せしめられんことを願う。

一九四九年五月三日

サイハテの救世主
岩井恭平
イラスト:Bou
シリーズ100万部突破!
『ムシウタ』の
岩井恭平が描く
新エンタテインメント
天才×楽園=
世界の危機!?
自称・天才の沙藤葉が日本のサイハテの地で出会ったのは、世話好き美少女の陸をはじめとする賑やかな近所の人々。しぶしぶながら楽しい生活を送る葉だったが、未完成の論文"破壊者《デモリッシャー》"を巡る世界滅亡のシナリオが動き出し!?
シリーズ絶賛発売中!
スニーカー文庫

角川
スニーカー
文庫
「ザ・スニーカー」に
掲載された幻の短編を集めた、
珠玉のアンソロジーが絶賛発売中！
S BLUE
ザ・スニーカー100号記念アンソロジー
『魔法王国カストゥール』水野良
『涼宮ハルヒ劇場』谷川流
『薔薇のマリア』十文字青
『トイ・ソルジャー』長谷敏司
『アンダカの怪造学』日日日
『未来放浪ガルディーン』火浦功
こちらも
よろしく！
S RED
ザ・スニーカー100号記念アンソロジー
イラスト／
いとうのいぢ

大変売れている
そうですよ!!
人気急上昇!
問題児たちが
異世界から
来るそうですよ?
Tatsunokotarou
竜ノ湖太郎
イラスト/天之有
Amanoyuu
お買い上げの方にはもれなく首輪付き黒ウサギが
あ、当たりません!!(スパァーン!)
黒ウサギが異世界から呼んだ3人の問題児たちは、言うことを聞かず「魔王を倒そうぜ!!」なんて言いだして!? 世界最強の問題児たちと超絶愛玩生物黒ウサギが箱庭の世界で打倒魔王を目指す、ハイテンションファンタジー☆
シリーズ絶賛発売中!
スニーカー文庫

スニーカー大賞
作品募集
皆様のご応募お待ちしています！
一次選考通過者（希望者）には編集部の熱い評価表をバック！
春の締切
5月1日
秋の締切
10月1日
賞金
大　賞♛300万円
優秀賞♛50 万円
特別賞♛20 万円
イラスト／籠目
【応募規定】●原稿枚数…１ページ40字 ×32行として、80～120ページ ●プリントアウト原稿は必ずA4判に、40字 ×32行の書式に縦書きで印刷すること。感熱紙の使用は不可。フロッピーディスク、CD-Rなど、データでの応募はできません。●手書きは不可です。●原稿のはじめには、以下の事項を明記した応募者プロフィールを必ず付けてください。〈１枚目〉作品タイトルと原稿ページ数。作品タイトルには必ずふりがなをふってください。〈２枚目〉作品タイトル／氏名（ペンネーム使用の場合はペンネームも。氏名とペンネームには必ずふりがなをふってください）／年齢・郵便番号・住所・電話番号・メールアドレス・職業（略歴）／過去に他の小説賞に応募している場合は、その応募歴。また、何を見て賞を知ったのか、その媒体名（雑誌名、ウェブページなど）も明記してください。〈３枚目〉応募作品のあらすじ（1200字前後）●プリントアウト原稿には、必ず通し番号を入れ、最初に応募者プロフィールを付けてから右上部をダブルクリップで綴じること。ヒモやホッチキスで綴じるのは不可。必ず一つの封筒に入れて送ってください。●途中経過・最終選考結果はザ・スニーカー WEB（http://www.sneakerbunko.jp）にて順次発表していく予定です。
【原稿の送り先】
〒102-8078　東京都千代田区富士見 1-8-19
角川書店編集局　第五編集部
「スニーカー大賞」係
※同一作品による他の小説賞への二重応募は認められません。※受賞作品・もしくはデビュー作品の著作権（出版権をはじめ、作品から発生する　映像化権・ゲーム化権、などの著作権法第 27 条および第 28 条の権利を含む）は、角川書店に帰属します。※応募原稿は返却いたしません。必要な方はあらかじめコピーをとってからご応募ください。※電話による問い合わせには応じられません。※二次選考以上通過の方には、お書きいただいた住所に選評をお送りさせていただきます。※提出いただいた個人情報につきましては、作品の選考・連絡目的以外には使用いたしません。